Diogenes Taschenbuch 24448

CHRISTOPH POSCHENRIEDER, geboren 1964 bei Boston, studierte Philosophie in München und Journalismus in New York. Seit 1993 arbeitet er als freier Journalist und Autor von Dokumentarfilmen. Heute konzentriert er sich auf das literarische Schreiben. Sein Debüt *Die Welt ist im Kopf* wurde vom Feuilleton gefeiert und war auch international erfolgreich. Mit *Das Sandkorn* war er 2014 für den Deutschen Buchpreis nominiert. Christoph Poschenrieder lebt in München.

Christoph Poschenrieder
Kind ohne Namen

ROMAN

Diogenes

Die Erstausgabe
erschien 2017 im Diogenes Verlag
Covermotiv:
Gemälde von David Hettinger,
›A Summer Read‹, 2014
Copyright © David Hettinger

Veröffentlicht als Diogenes Taschenbuch, 2018
Alle Rechte vorbehalten
Copyright © 2017
Diogenes Verlag AG Zürich
www.diogenes.ch
60/18/36/1
ISBN 978 3 257 24448 9

Dieser Roman entstand, trotz oder wegen mannigfaltiger Ablenkungen und Inspirationen, während meiner Stipendienaufenthalte in der *Villa Concordia* in Bamberg (2015/16) und im *Palazzo Barbarigo della Terrazza* (Deutsches Studienzentrum Venedig, Herbst/Winter 2016).

Die Personen und Begebenheiten in diesem Roman sind imaginär, aber nicht ohne Bezug zur Realität.

Für Katja, Anna und Xenia

Inhalt

Endlich sagte der Vetter: »Es ist nur schade, dass man nicht weiß, was an solchen Dingen wahr ist. Alles kann man kaum glauben, und etwas muss doch an der Sache sein …«

Jeremias Gotthelf, Die schwarze Spinne

Luft

Mutter

Nicht, dass sie böse auf die Welt gekommen wäre. Das ist niemand. Sie hat wohl, wie alle anderen Kinder auch, den Fliegen die Flügel ausgerissen, um zu sehen, wie sie ohne zurechtkommen. Sie fand einen Vogel mit gebrochenem Bein, schiente das Bein (wobei sie den marmornen Briefbeschwerer auf den Rumpf des zappelnden Vogels legte) mit einem Streichholz und viel Bindfaden, wollte ihn dann aufstellen, er aber ist umgefallen und, weil tot, warf sie ihn, den Undankbaren, an die Wand. Sie will das Gute. Worin das Problem liegt – sie will es. Sie lässt es nicht kommen oder wachsen oder gedeihen, sie will es, sofort, unbedingt, hilft nach Kräften nach und holt sich Hilfe, wo sie sie findet. Das kann ich alles sagen, weil ich sie gut kenne. Sie ist meine Mutter und so eine Art Bürgermeisterin hier. Ehrenamtlich, dafür umso engagierter.

Ich habe das Dorf verlassen, nachdem ich es für die Kulisse einer – alles in allem – glücklichen Kindheit benutzt hatte. Barfuß laufen, fremde Kirschen essen, das erste Herumfummeln am eigenen und am anderen Geschlecht, Natur überall, das Gefühl, neben dem frisierten Mofa des Nachbarn das lauteste Geschöpf in einem stillen Hain zu sein. Mir tun die leid, die nicht auf dem Dorf aufwachsen; und die, die ihr ganzes Leben dort verbringen müssen. Sobald ich konnte, ging ich in die Stadt, weil ich dachte, nur dort finde ich die Welt.

Jetzt bin ich zurück auf dem Dorf, und alles ist anders.

An einem Frühlingstag kam ein Kleinbus voller Menschen mit kleinem Gepäck im Dorf an; meine Mutter wollte, dass alles gut werden würde, ich küsste einen dunkelhäutigen Mann, und am Ende brannte es – lichterloh, wie ein Dichter sagen würde. Herzen, Häuser, Hass. Poesie macht es nicht besser oder erträglicher, aber leichter lesbar. Dabei war es bloß die schlichte, manchmal knirschende und quietschende Mechanik der Gefühle, der echten, der geheuchelten und der eingebildeten, die hier am Werk war.

Abgehängt

Wir sind das letzte Funkloch in Deutschland. Die Telefongesellschaften haben Köpfe gezählt und gerechnet und lassen uns in Rückständigkeit versauern. Auf unseren Dächern schwanken turmhohe, dünne Eisenstangen, gekrönt von den mageren Fischgräten der Fernsehantennen. Hilft nicht viel, der Empfang ist schlecht, immerzu schneit es auf der Mattscheibe, und bei Sturm fallen die Stangen um. Die E-Mail, wie wir sie kennen, ist nur unwesentlich schneller als die gelbe Post und weniger zuverlässig. Breitband-Internet wird seit Jahren von der Regierung versprochen. Niemand glaubt noch daran. Genauso wenig, dass irgendwann mehr Busse fahren werden oder sich ein Hausarzt in der Gegend niederlässt oder dass der Krämerladen wieder aufmacht.

Es gibt eine Menge leere Häuser im Dorf. Mehr und mehr. Die Molkerei, das Schulhaus, Scheunen, Ställe. Die Häuser der Weggezogenen, der Weggestorbenen, der Verreisten, der Verschwundenen, derer, die man nie sah. Und eine Schiefertafelfabrik, am Rande der Siedlung, vor dem kleinen Bergwerk, aus dem die Fabrik ihren Rohstoff bezog. Wir haben Raum.

Wegen der Strahlenarmut sind ein paar Spinner hierhergezogen. Sie glauben, gesünder zu leben, weil keine schlimmen Funkwellen durch ihre Körper vibrieren, oder was sie eben im Körper tun. Natürlich besitzen wir seit einiger Zeit Mobiltelefone: Weil alle sie haben; und sogar wir ab und zu rauskommen.

Um damit zu telefonieren, steigen wir auf den Handyberg. Das ist eine flache, mit spärlichem Buschwerk beflockte Kuppe südlich vom Dorf, zu der einige Pfade sich hinaufschlängeln. Man hat dort oben einen großartigen Rundumblick, aber nicht viel zu sehen: Wald, noch mehr Wald, die Burg, die auf der anderen Talseite über dem Dorf hockt wie der Alb auf dem Bauch des nächtlichen Schläfers. Die Mobilfunkantennen auf dem Hügel gegenüber. Manchmal, wenn es klar ist, ein paar ferne Kirchturmspitzen.

Ich wollte auf dem Handyberg einmal einen Kiosk eröffnen, Stühle und Tische hinstellen, Sonnenschirme. Die Leute könnten telefonieren und dabei eine Bratwurst essen und ein Bier trinken, zum Sonnenuntergang vielleicht einen Cocktail. Bei Kälte würde ich Kohlebecken anheizen und Glühwein ausschenken. Ich hätte ein Geschäft und ein Auskommen und müsste mir keine Sorgen um meine Zukunft machen. Kleine Ziele. Außer solch verwegenen Träumen hatte das Dorf einer, die nicht mehr Kind und noch nicht ganz erwachsen ist, nicht viel zu bieten.

Wirtshaus

Eine Woche nach meiner Heimkehr ins Dorf ließ ich mich von Georg, dem Wirt und Brauer, dazu überreden, an vier Tagen der Woche im Wirtshaus auszuhelfen, als Mädchen für alles, in der Küche, am Tresen, gelegentlich beim Auftragen und Abräumen. Diese Fertigkeiten sind das einzig Verwertbare, das ich aus der Stadt mitgebracht habe. Das andere, was ich mitgebracht hatte, war noch gut verborgen, unsichtbar unter Kleidern, unsichtbar unter der Haut, selbst für mich noch kaum spürbar, auch wenn die Anzeichen mehr und deutlicher wurden. – Meine Schwangerschaft und nicht bloß das Heimweh hatte mich zuletzt aus der Stadt getrieben. Heim zu Mutter: die traurige Wahrheit; aber ich getraute mich nicht, es ihr zu sagen. Noch nicht. Sie gab sich zufrieden mit dem, was ich ihr auftischte, jedenfalls fragte sie nicht nach: abgebrochenes Semester wegen Totalausfall eines wichtigen Professors; Rückkehr in die Stadt zur planmäßigen Fortsetzung des Studiums im Herbst. Obwohl ich natürlich wusste, dass sich in Kürze alles ändern würde. Ich wollte warten, bis zum letzten Moment. In ihrer Nähe zu sein gab mir Sicherheit. Aber ich kenne sie zu gut: Gib ihr eine Chance, dich zu bemuttern, und sie tut es ohne Gnade.

Mit dem Wirtshausjob konnte ich ein bisschen Geld verdienen und war mitten im Geschehen, denn bei uns werden die wichtigen Dinge noch im Wirtshaus besprochen. Auch der inoffizielle Dorfrat – unter der Führung meiner Mutter – tagt in einem Nebenzimmer. Wir sind schon lange keine eigenständige Gemeinde mehr und in dem Verband, zu dem wir gehören, das kleinste, unbedeutendste, abgelegenste Dorf. Dabei geht es den meisten gut. Niemand hungert, niemandem regnet es durchs Dach. Man hält zusammen. Trotzdem nagt das Gefühl, vernachlässigt und vergessen zu sein, an vielen hier.

Vom Vorratsraum hinter der Küche bekam ich alles mit. Da ist eine Lüftungsklappe in der Wand; die auf der anderen Seite, im Nebenzimmer, durch ein Gruppenbild der Feuerwehr verdeckt ist. Georg hatte mich geschickt, den Eimer mit hausgemachtem Kartoffelsalat zu holen, der zu den genauso wenig hausgemachten Fleischkrapfen gehört. Ich hörte meine Mutter sagen:

Da könnt ihr euch auf den Kopf stellen, *die* kommen, ich hab's schwarz auf weiß. Früher oder später sind die da. Besser wir stellen uns drauf ein.

Die anderen Stimmen konnte ich nicht zuordnen. Alle redeten durcheinander, zornig und erregt. Die Bruchstücke, zusammengesetzt: *Die* wollten sie *hier* nicht haben. Ich aber verspürte eine unbestimmte, leise Vorfreude – dann müsste ich mich nicht mehr als die einzige Außenseiterin im Dorf fühlen.

Burg

Die Burg wendet uns ihre Rückseite zu. Die Prachtseite, die mit dem wappengeschmückten Portal, der Zugbrücke und dem trockenen Wassergraben, können wir vom Talgrund nicht sehen, auch nicht die beflaggten Ecktürme, nicht die Obstbaumspaliere. In manchen Jahren sollen dort oben sogar Aprikosen gedeihen; sie wärmen sich an der besonnten Mauer. Uns zeigt die Burg eine hohe kalte graue Wand, die die meiste Zeit im Schatten liegt.

Die Dörfler haben sich deswegen nie gegrämt. Sollen die Prunkabordnungen doch über die Zugbrücke anrücken, flatternde Standarten an den Lanzen oder blankpolierte Sterne auf der Kühlerhaube. Denn am Fuß der hohen kalten grauen Wand befindet sich eine kleine Pforte; angeblich das Ende des alten Geheimganges. Wir haben immer geliefert; alles, was durch die Pforte passte: die Jungfrauen für den lüsternen Robert von Stoffeln (wenn die Legende stimmt), Bier und Wein für den Ritter Sebaldus ganz bestimmt. Sonst und alle Tage Brot und Früchte des Feldes, Waldes und der Obstwiesen. Dienstleistungen aller Art, Botengänge, Hand- und Spanndienste. Bei uns gab es sogar einmal einen Perückenmacher – ein Perückenmacher, hier, wo man sich die Haare mit dem glühenden Holzscheit sengt.

Dabei gehörte das Dorf nie zum Lehen der Burg. Unterhalb der Mauer verläuft eine Grenze; und über die Grenze unser stiller Grenzverkehr. Für Wohlstand hat das nie gereicht, aber ein Auskommen oder ein Zubrot hat es für viele von uns bedeutet (und so ist es noch).

Von der Pforte wissen nur wir im Dorf und die jeweiligen Burgherren – nicht die Verfassungsschützer, die über viele Jahre an der Schokoladenseite der Burg in unauffälligen orangefarbenen Audis dösten und das Kommen und Gehen dokumentieren sollten. Angeblich haben sie sich an kalten Tagen auch gern mal einen Kaffee vom Burgherrn servieren lassen, hat mein verstorbener Opa erzählt. Uns zeigt die Burg den Arsch, pflegte mein Opa außerdem zu sagen, aber wo was rauskommt, wird wohl auch was hineingehen, oder? Wenn es einem nichts ausmacht, braun zu werden, natürlich.

Mehrere Wege führen vom Talgrund an die Pforte. Einer von ihnen ist mit einem geländetauglichen Wagen passierbar. Die Pfade sind auf keiner Karte verzeichnet. Sollte sich einmal ein Wanderer in unsere Gegend verirren, er würde kaum zufällig auf sie stoßen. Genauso wenig ein Autofahrer auf den Fahrweg. Dazu müsste er nämlich bei uns läuten und darauf warten, dass meine Mutter, mein Bruder oder ich das vordere Tor zur alten Scheune aufschließen, den Wagen hinein- und durch das rückwärtige Tor hinausfahren lassen. Nach ein paar Metern verschwindet das Auto dann im Wald, der das Motorgeräusch dämpft. Dann sind alle Tore wieder verschlossen, das Licht gelöscht. Es ist so still wie zuvor.

Durchfahren darf nur einer – jener, den ich für mich,

als Kind, immer den »Grünen« nannte. Die anderen im Dorf aber kennen ihn als den »Burgherrn«; und sie sagen das ganz ohne Ironie.

Auserwählt

An uns ist immer alles vorbeigegangen. Die Handelswege, die Eisenbahnlinien. Die Straße zu uns endet hier. Das Dorf liegt am Ende eines flachen Tales; keine Felswände türmen sich um uns, es ist keine dramatische Landschaft, eher lieblich. Oder langweilig. Man kann sich hier fühlen wie ein Käfer, der in eine Salatschüssel gefallen ist.

Als Kind bin ich oft im Gras gelegen und habe Kondensstreifen geguckt und mir vorgestellt: Dieser Flieger kommt aus New York und fliegt nach Peking, dieser Flieger kommt aus Berlin und fliegt nach Casablanca, und dieser Flieger … Einmal sah ich zwei genau aufeinander zusteuern. Ich dachte, der eine oder der andere wird schon ausweichen, aber sie blieben stur auf Kurs. Ich bin aufgesprungen und habe in den Himmel geschrien: Passt auf! Flieg du nach links! Weich doch aus! Ich sah mich schon in einem Regen von glühenden Metallsplittern und verbranntem Fleisch stehen. Inzwischen weiß ich auch, dass die in verschiedenen Höhen unterwegs sind.

Jedenfalls ist es so: Die Linien kreuzen sich genau über dem Dorf. Deswegen habe ich mir vorgestellt, dass irgendjemand, irgendetwas Großes sich über den Globus gebeugt und hier, über uns, ein Kreuz oder ein »X« eingezeichnet hat; wie man das so macht, auf Landkarten, da, wo der Schatz vergraben liegt. Das hatte etwas zu bedeuten, ganz bestimmt. Wir waren auserwählt und sind es noch.

Burgherr

Der Herr der Burg ist hoch belesen. Das Lesen hat ihn aber nicht gebessert, moralisch gesehen, glaube ich. Er besitzt viele tausend Bücher: meine Leihbibliothek, seit ich neun Jahre alt war. In einem Nebenbau des Pfarrhauses hatte es bis dahin eine kleine Bücherei gegeben; aber die wurde aufgelöst, als der Bischof den Pfarrer abzog, unsere Seelen aufgab und sie dem Burgherrn überließ.

Mutter hatte gekämpft und getobt, gebettelt und gefleht, dass uns der Priester erhalten bleiben solle, aber die Kirchenoberen verhandelten nicht. Mutter war und ist eine eiserne Kirchgängerin; seit wir seelsorgerisch verwaist sind, nimmt sie jeden Sonntag den Bus in die nächste Stadt, um die Messe zu hören. Sonst spüre ich nicht viel von ihrer Religiosität. Sie predigt nicht, treibt keinen Kult, hat nie verlangt, dass wir vor dem Essen beten. Sie hofft stets, durch Vorbild zu überzeugen (und wenn das nicht geht, mit anderen Mitteln), ist keine von den Frauen, die sich um nichts anderes drehen als um Haus, Mann und Kinder. Meine Mutter wollte immer wissen, was ging, und sie mischte sich ein, wo sie glaubte, im Recht zu sein oder ein besseres Argument zu haben. Manchmal ohne Argument, immer mit Überzeugung.

Dem Pfarrer trauerte ich nicht nach. Er unterrichtete

Religion, als ich im Dorf zur Schule ging. Es mag harmlos gewesen sein – aber ich mag die handfeste Pädagogik nicht, egal, ob sie als Getätschel oder Maulschelle daherkommt. Mir tat es um die Bücher leid, obwohl ich die meisten schon gelesen hatte. Am Abend des Tages, an dem der Pfarrer reichlich beweint und reich beschenkt das Dorf verließ, hielt der Burgherr vor der Scheune an, ließ das Fenster herunter, grinste mich an und sagte: Du liest doch so gern, nicht?

Da hatte er mich.

Den Weg hinauf an die Burgmauer, durch die geheime Pforte und über die 147 Stufen dieses muffig-feuchten Ganges bin ich viele Hunderte Male gegangen. Er endet in der Bibliothek des Burgherrn, hinter einer schwenkbaren Abteilung des Bücherregales. Die Bibliothek ist nach keinem erkennbaren System geordnet, man entdeckt die erstaunlichsten Dinge an den erstaunlichsten Stellen. *Nathan der Weise* steht eine Reihe über der Kollektion signierter und vom Verfasser gewidmeter Exemplare von *Mein Kampf;* eines der besonderen »Sammelgebiete« des Herrn von der Burg. Er hat mir die Göring und Goebbels zugeeigneten gezeigt. Keine Kante gewellt, keine Ecke geknickt, nichts angestrichen, nie geöffnet. Nie gelesen. *Wenn das der Führer wüsste!* Dabei ist ihm »der Führer« herzlich egal. Er verehrt ihn nicht; das hätte ich irgendwann mitbekommen. Nur wenn er irgendeinen braunen Trottel überzeugen muss, sagt er etwas Nettes über »den Führer«. Das habe ich ein paarmal mitbekommen: bei meinem eigenen Bruder.

Der Burgherr macht einen altmodischen Eindruck – wie er redet, wie er sich kleidet –, ist aber ganz modern: Ideologien streift er ab und zieht er über, wie er sie braucht, wie einen Pullover. Angeblich war er eine große Nummer in der Studentenbewegung Ende der sechziger Jahre. Getratscht wird viel: vom Saulus zum Paulus, sagen die Leute. Ich bin ja ein und aus gegangen bei ihm. Eine Zeitlang hatte er eine »Hausdame« aus Nordafrika; war wohl eher eine Putzfrau. Vielleicht denkt er, solche Menschen sind nur als Domestiken zu gebrauchen. Vielleicht denkt er das nicht. Aber ganz sicher denkt er an sich und vielleicht noch an seine Allernächsten. Ich bin nicht sicher, wer das ist. Frau und Kinder hat er nicht, nur »Gefolgsleute«, wie er den Schwarm nennt, den er um sich hat.

Fünf Bücher durfte ich jedes Mal mitnehmen. Er guckte sich an, was ich auswählte, kommentierte es beiläufig: *Bist du dafür nicht zu jung?* Oder: *Da hast du ja wieder ein paar harte Brocken ausgesucht.* Er notierte die Titel – *der guten Ordnung halber!* –, aber er schlug die Bücher nie auf. So kam ich auf die Idee, das eine oder andere Buch mit einem falschen Schutzumschlag zu tarnen. Besonders, als mich erotische Literatur zu interessieren begann. Wegen ihm wäre das wohl nicht nötig gewesen; er hat nie versucht, mich zu erziehen, er hat mir nie ein Buch verwehrt; aber bei einer kontrollierenden Mutter und einem schnüffelnden Bruder war der Schafspelz um meine Wolfsbücher ganz nützlich.

Er war immer schon da, soweit es meinen Horizont betrifft jedenfalls. Keiner hat ihn je auf die Jagd gehen sehen; er besitzt keinen Jagdhund und ist dennoch stets in Jägergrün gekleidet, er trägt einen jägergrünen Hut mit einer langen roten Feder. Sein bürgerlicher Name ist bekannt. In der Zeitung stand er manchmal unabgekürzt zu lesen, wenn es um die Prozesse ging, in die er verwickelt war. Er saß auch schon im Gefängnis, aber nie für lange. Ich glaube, er würde viel von seiner – man kann schon sagen: Aura – verlieren, wenn wir ihn bei seinem wirklich hundsgewöhnlichen Namen nennten und nicht immer geheimnisvoll »Burgherr« raunten.

Wenn meine Mutter sagt: Der Burgherr ist da, mach das Scheunentor auf, dann laufe ich los. Lasse alles fallen, laufe los, seitdem ich ein kleines Kind gewesen bin, ich laufe, damit ich nur ja schneller bin als mein kleiner Bruder, öffne die Torflügel, stehe da, während der Grüne seinen schweren Geländewagen in das schwarze Loch der Scheune gleiten lässt, und ich warte darauf, dass er mich ansieht, mit diesem leisen Lächeln, und dass er mit dem Finger an die Hutkrempe tippt, worauf die unters Hutband gesteckte rote Feder wippt. Das war meine einzige Belohnung, das reichte mir, auch wenn er ab und zu einen Schokoriegel aus dem Fensterspalt fallen ließ. Der Burgherr hat mich so gut wie alle anderen im Dorf dressiert. Schwer, davon loszukommen, aber ich habe es mir vorgenommen, jetzt, wo ich wieder da bin.

Er hat die Burg vor vielen Jahren als Ruine gekauft und von seinen »Gefolgsleuten«, Willigen und Handwerkern aus dem Dorf herrichten lassen. Woher er das Geld nahm, blieb rätselhaft. In der Zeitung wurde er gelegentlich als »Plakatmaler« bezeichnet, gelernt hat er wohl Graphiker. Opa meinte, der Burgherr müsse mächtige Freunde haben, welche »die Sache« mit viel Geld unterstützten. Was »die Sache« war, konnte oder wollte er mir damals nicht erklären.

Das Dorf macht gute Geschäfte mit ihm; er ist der Burgherr, und wir sind die Vasallen. Und keiner wundert sich, wenn ein Trupp seiner Männer in grünbraun gesprenkelten Tarnanzügen und mit Holzgewehren fuchtelnd durch den Wald huscht. Wir lachen nicht einmal, obwohl es lächerlich aussieht. Wir grüßen, die grüßen, und ein jeder geht seiner Wege. So war das bei uns, ist das bei uns, und so wird es wohl immer bleiben, wenn es nach dem Burgherrn gehen sollte – wenn er sich da mal nicht täuscht.

Ankommen

Der kleine weiße Bus stand eine ganze Weile da, bevor jemand ausstieg.

Ich hielt einen Blumenstrauß in der einen und den Schlüssel zum alten Schulhaus hinter uns in der anderen Hand. Meine Mutter wartete mit offenen Händen, wippenden Füßen, überfließendem Herzen. Sie hielt sich bereit für die Umarmungen der Ankömmlinge, das Umarmen und das Umarmtwerden, mit dem sie fest rechnete. Sie hatte den ganzen Vormittag davon gesprochen. Wie wichtig das sei, als Symbol einer universalen Menschlichkeit, nach allem, was vorgefallen war – woanders, Gott sei Dank. Da stand sie also und konnte nicht anders, glühend und entschlossen, von ihrer Wärme abzugeben. Sonst wartete da niemand – nur wir beide.

Das war im Frühsommer und ich seit einigen Wochen im Dorf. Die erste Welle von Geschwätz und schiefen Blicken wegen meiner außerplanmäßig frühen Heimkehr war da schon über mich hinweggerollt. Von mir hatten sie nur dürftige, ausweichende Erklärungen gehört, »verkürztes Semester«, »Professor ausgefallen« oder »auf Sabbatical«, aber keine Sorge, im Herbst ginge es weiter. Je öfter ich das sagte, desto eher glaubte ich es selbst. Die anderen – eher nicht. Das sah man ihnen an.

Wir hörten Stimmen aus dem Bus. Sie diskutieren, sagte meine Mutter. Sie streiten, sagte ich. Dann stieg der Fahrer aus und stellte sich neben mich, hielt mir eine Zigarettenschachtel hin, zündete sich eine an.

Sultan und Sultanine sind uneins, sagte er, ob sie euer Tadsch Mahal da beziehen wollen.

Er zeigte mit dem Kinn auf das Schulhaus. Einen neuen Anstrich hätte es vertragen können, aber es war sauber und ungezieferfrei, die Betten frisch bezogen, die Matratzen ordentlich, die Toiletten geputzt, Vorhänge gewaschen, Energiesparlampen eingeschraubt, Papier und Buntstifte für die Kinder bereitgelegt – falls welche ankommen sollten; so was teilte man uns »behördlicherseits« nicht mit. Für die vier Tage Vorwarnung, die wir bekommen hatten, eine beachtliche Leistung. Wir hatten das im Wesentlichen zu zweit gemacht, meine Mutter und ich, mit etwas Unterstützung vom Technischen Hilfswerk aus der Kreisstadt. All jene im Dorf, die sich für einen Kegelausflug ihres Vereins erschöpfend engagieren konnten, hatten keine Zeit oder »es mit dem Rücken« gehabt, und die Feuerwehrler mussten auf dringende Übungen mit den Nachbarwehren.

Das Tadsch Mahal liegt in Indien, sagte ich.

Wo auch immer, sagte der Kleinbusfahrer, ich fahr jedenfalls nicht dorthin.

Ein alter Herr verließ den Bus, langsam und tastend. Mutter schoss los und umarmte ihn. Auf den Mann wirkte die plötzliche Zufuhr mitmenschlicher Wärme, als hätte man ihn schockgefrostet; nachdem Mutter von ihm abgelassen hatte, stand er an den Bus gelehnt wie ein Besenstiel. Mutter umarmte auch alle anderen, die ausstiegen: zwei jüngere Männer, eine alte und zwei junge Frauen, zwei Kinder zwischen vier und sechs, geschätzt.

Ich hatte sie gewarnt. Dass es in anderen Kulturen nicht üblich sei, Fremde zu umarmen, Männer schon gar nicht und alte Männer auf keinen Fall. Aber sie hatte Menschen im Fernsehen gesehen, die am Bahnhof applaudierend Spalier standen, um die Ankömmlinge zu begrüßen, und wollte das toppen.

Die Jüngeren holten ihre Telefone hervor und verloren ihr verlegenes Lächeln, als sie merkten, dass auch außerhalb des Kleinbusses keine vier Strichlein der Empfangsanzeigen erschienen. Nicht mal ein einziges. Einer der Jungs sah mich an, ich nahm seinen Blick auf und lenkte ihn weiter in Richtung Handyberg, unsichtbar über dem dunklen, stillen Wald. *Fremder, der du hier eingehst, lass alle Hoffnung fahren*, hätte ich auch sagen können. Er tat mir sofort leid, der Junge. Telefone, das sind die Luftwurzeln, die weit reichen, dorthin, woher sie gekommen sind, diese Leute. Ich hatte wenigstens noch ein paar Wurzeln in der Erde dieser Gegend (auch wenn ich einiges probiert hatte, um sie auszureißen, aber Erde, oder meinetwegen auch Heimat, hat einen festen Griff).

Schau, schau, schicke Handys können sie sich leisten, sagte der Kleinbusfahrer.

Ich wollte sagen, dass das überall auf der Welt (außer bei uns im Dorf) nichts Besonderes mehr sei, doch schon begann der Typ, wie eine überdrehte Spieluhr zu leiern:

Jeder Kongoneger hat 'n Hosenträger, aber unsereiner, der hat nichts, unsereiner, der hat nichts. Jeder Kongoneger …

Ich stieß ihn mit dem Ellbogen in die Rippen, um ihn zum Schweigen zu bringen. Den Jungen lächelte ich entschuldigend an, schnell die Frage verdrängend, ob das Anlächeln jüngerer Männer ihrer Kultur durch jüngere Frauen meiner Kultur ähnlich unangebracht sei wie spontanes Umarmen. Der sah auf einmal viel jünger aus, verletzlich, verlassen, als bezöge er das bisschen an Stärke und Männlichkeit, das er noch besaß oder wiedererlangen wollte, aus der Empfangsanzeige seines Telefons. Am liebsten hätte ich ihn an die Hand genommen und auf den Handyberg geführt.

Stattdessen führten wir die Leute nach ein paar offiziellen Worten von Mutter in das Schulhaus. Es war mir nicht klar, ob sie eine Familie bildeten oder ein zufälliges Behördengemenge. Der alte Mann machte keine Anstalten, Zimmer und Betten zu verteilen; sah nicht nach *pater familias* aus. Jedenfalls verhandelten sie miteinander. Mutter versuchte ihre eigene Familienaufstellung, aber der Alte wollte sich partout nicht mit der alten Frau ins selbe Zimmer legen lassen. Die jungen Männer und Frauen und die Kinder liefen von einem Raum zum anderen, formten alle paar Sekunden neue Gruppen – ich blickte nicht durch. Mutter auch nicht, redete von einem »typischen Fluchttrauma« und probierte es weiter.

Ich ging hinaus und sah den Jungen über den Schulhof kreiseln, das Telefon wie eine Taschenlampe bald in die eine, bald in die andere Richtung haltend, auf die Burg, den Kirchturm, den Schlossberg, den Gullideckel, den Polarstern, keine Ahnung. Er trug einen dieser dunkelgrün gewachsenen Tuchmäntel, wie die Land Rover fahrenden Gutsherren in den Rosamunde-Pilcher-Filmen; wer weiß, wann und wo er den aus den Haufen gespendeter Kleider gezogen hatte.

No handy here, erklärte ich und, weil mir einfiel, dass wir die Einzigen sind, die »Handy« sagen: Telephones not work here.

Ich machte flatternde Wellenbewegungen mit der Hand: No waves, no telephone waves.

Und weil ich noch etwas Nettes in einer offensichtlich beschissenen Situation sagen wollte: Only nature and good air. It is silent. Listen how silent.

Thank you but I cannot listen to something that is not there, sagte der Junge.

Ah ja, was nicht da ist, das kann man auch nicht hören: Sehr ordentliches Englisch, dachte ich beschämt (und ärgerte mich, dass ich im Gymnasium auf Französisch gesetzt hatte, weil ich es irgendwie für »eleganter« gehalten hatte), besser als meines jedenfalls, sogar wenn ich nicht versucht hätte, wie mit einem Minderbegabten zu sprechen. Einfach eben, damit er mich verstünde. *Kein Empfang und von Dorftrotteln umzingelt,* las ich in seinem Gesicht. Genauso hatte ich mich nach meiner Rückkehr auch gefühlt.

Where *are* we?, fragte er, als könne es für diesen unwirklichen Ort keinen Namen geben.

Und ich nannte ihm nicht den Namen unseres Dorfes, wie es heute heißt, sondern seinen fernen alten, den geheimnisvollen. Als ich jünger war, hat mich der Klang dieses Namens getröstet, so wie die sich kreuzenden Kondensstreifen am Himmel, so, als sei hier doch irgendetwas anderes, mehr als bloß das stille, öde Dorf. Der Junge aber schien mich nicht zu verstehen. Oder er war gegen den

Zauber gefeit. In der Hand hielt er irgendein offizielles, gestempeltes Papier, das ich ihm sanft entwand. In Großbuchstaben schrieb ich darauf; mit der flachen Hand als Unterlage in krakeligen Runen:

TYFENELREN.

Wie ich ihm bei dieser Sache so nahe gekommen war, erkannte ich, dass der Junge gar nicht so jung war. Seine Hände waren rauh und rissig, die Fingernägel hätten eine Maniküre vertragen. Mir schien, sein Gesicht hätte ebenfalls Risse – ganz anders als die meiner (ehemaligen) Kommilitonen mit ihren rosigen Apfelbäcklein, ihren flauschigen Vollbärtlein –, und er hatte einen Blick, geübt, Dinge aus den Augenwinkeln aufzufassen. Er sah mich auch nicht an, als er sagte:

Ahmed.

Wo soll das sein, dachte ich – verwirrt und verunsichert von der ganzen schwebenden Situation –, er berührte mit der rechten Hand seine Brust da, wo das Herz sitzt, und dann kapierte ich es und sagte meinen Namen: Xenia.

Urmeer

Der Franz und ich sitzen eng nebeneinander in einem der Schuttfelder unterhalb des Eulensteins. Mit den Schuhsohlen schieben wir Sand und Steine von uns; wir gucken durch unsere gespreizten Knie, ob sich etwas findet, im Freigelegten. Es findet sich fast immer was. Hier war mal Meer – Urmeer, das Dorf, das Tal, die ganze Gegend. Ich muss nur die Augen zusammenkneifen und untertauchen. Ein riesiger grauer Hai schwimmt vorbei, guckt mich prüfend an und schnappt sich doch einen anderen Fisch. Um den Eulenstein – ein Riff, bevölkert von bunten Korallen, Schwämmen und Seeanemonen – tastet ein gigantischer Krake, erst mit einem, dann mit zwei Tentakeln und mit Saugnäpfen so groß wie Autoreifen. Er nähert sich, und die schleimigen Arme ringeln sich um meine Taille, um mich zum gierig aufgesperrten Schnabel zu reißen. – Ich öffne die Augen. Unter meinen Schuhen wuseln die Asseln, wollen aus der Sonne. Ihre Vorfahren haben es aus dem Urmeer aufs Trockene geschafft; die da unten leben auf dem Friedhof ihrer Ahnen. Hier gibt es überall Versteinerungen, deswegen kommen wir hierher. Franz kommt deswegen, ich wegen Franz.

Schau, ein Bruchstück von *Rhabdocidaris,* sagt Franz, und da, ein halber *Cardioceras alternans.*

Das eine sieht aus wie ein Nadelkissen ohne Nadeln und ist das Skelett eines Seeigels, das andere ein Ammonit, eine Art Schnecke, gewickelt wie ein Posthorn. Franz macht sich nicht die Mühe, die Stücke aufzuklauben. Da besitzt er schönere. Er war der Erste, den ich besucht habe, nachdem ich zurückgekehrt war. Franz ist in vielem besonders, nicht nur, weil er mir immer wieder gezeigt hat, dass wir hier auf dem Meeresboden umherlaufen. Unter den ungefähr gleichaltrigen Buben aus dem Dorf ist er der einzige, der nie versucht hat, mit mir etwas anzufangen. Manch eine, die ich kenne, wäre da beleidigt; ich mag ihn dennoch gerne. Mit ihm kann man reden. Aus ihm hätte was werden können, ein großer Versteinerungsforscher, aber seine Leute haben ihn nicht studieren lassen. Eine Familienmafia aus siechen Alten hat gewollt, dass er Krankenpfleger lernt. Er arbeitet im Krankenhaus des Nachbarlandkreises. Daheim darf er sich dann um die Mafia kümmern, bis der Letzte von ihnen das Zeitliche gesegnet hat. Nicht fair, aber ich wünsche mir, dass er immer im Dorf bleibt; das macht es für mich erträglicher.

Was meinst du zu den Fremden?, frage ich.

Ach, sagt er, dreitausend Kilometer unterwegs, dann zu uns.

Mit ihm kann man reden. Das heißt: Man erhält zuverlässig eine Antwort, wenigstens ein Geräusch, man wird nicht zugetextet.

Meine Mutter will ein Willkommensfest veranstalten. Reden, Girlanden, Bratwurst, Blasmusik.

Mhmm.

Ich nehme das als anerkennende Zustimmung und frage

ihn, ob er uns bei der Vorbereitung helfen kann, Biertische aufstellen und solche Dinge.

Ja, sicher, aber ist das eine gute Idee?, sagt er.

Wieso nicht?

Du weißt doch, wie die Leute sind, sagt er, für die ist einer aus dem übernächsten Dorf ein Fremder.

Da hat der Franz recht. Ein paar Monate draußen genügen, um den Stallgeruch zu verlieren. Dabei bin ich hier geboren, im Dorf, im Haus, im Ehebett. Ziemlich sicher hier gezeugt. Mehr *hier* geht kaum, und es reicht trotzdem nicht.

Neger

Eine kleine Dorfgeschichte, wie Opa sie erzählt hat. Originaltitel: *Als der Neger vom Laster fiel.*

Zeit: Kurz nach dem Krieg, oder in den letzten Tagen vor dem 8. Mai 1945, der Kapitulation. Ein kleiner Konvoi, offensichtlich verirrt, fährt ins Dorf ein, kehrt wieder um. Am Ortsausgang lauert ein riesiges Schlagloch in der nicht asphaltierten Straße, da rutscht der Neger – so nannte man die, so hat mir das der Opa erzählt – mitsamt der Trage aus dem Lkw, und niemand merkt etwas. In dem Laster liegen wohl noch mehr schwere Fälle, die haben genug mit sich zu tun; aber das sind Vermutungen.

Tatsache ist: Als der Konvoi weg war, kamen sie wieder aus den Häusern. Der Schwarze (Opa blieb trotz meiner Ermahnungen eisern beim »Neger«) lag noch immer auf der Trage festgeschnallt, steil und schräg im Graben, machte keinen Mucks. *Nur die Augen rollte er so hin und her;* das machte Eindruck auf die Dörfler. Große weiße Augäpfel in einem kohlrabenschwarzen Gesicht. So sah nicht einmal der Kaminkehrer bei uns aus, sagte Opa. Natürlich wussten alle, was zu tun war: Helfen, von Mensch zu Mensch, sogar, wenn er schwarz ist und so eine Art Feind. Auch wenn unklar war, ob der Krieg zu Ende oder nicht zu Ende war. Jedenfalls war der Soldat unbewaffnet.

Ich schäme mich ja so, sagte Opa unter Tränen, ich schäme mich unendlich.

Er wollte es loswerden und erzählte es mir; mir, einem vierzehnjährigen Mädchen. An den Anlass kann ich mich nicht mehr erinnern. Vielleicht der Jahrestag, es war Frühling. Er hatte öfter mal »einen Sentimentalen«, wie Mutter das nannte (ihr ist Sentimentales total fremd). Die Dorfbewohner – wer genau, das hatte Opa angeblich vergessen – hatten dann, nach kurzem Palaver, die Gurte der Trage gelockert und den Soldaten tiefer in den Straßengraben hinabgleiten lassen, so dass er mit dem Gesicht im Schlamm steckte. Das ging ganz schnell, sagte Opa, weißt du, die hatten Angst, sie kommen zurück.

Und wenn?, fragte ich.

Ach, weißt du, sagte Opa, er war doch ohnehin so schwer verletzt. Man konnte zwischen den Rippen direkt in ihn hineinsehen.

Und, sagte ich da, und die Empörung in mir wallte auf, hat er denn da drin anders ausgesehen als ihr?

Meinen Opa liebte ich, aber in dem Moment, da er mir das alles – ungefragt – erzählte, die widerliche Geschichte, da hasste ich ihn. Ihn und die anderen Dörfler.

Nein, sagte er, aber woher soll ich das wissen, ich weiß ja nicht einmal, wie es in *mir* drinnen aussieht. Stell dir vor, wir hätten den in ein Haus gebracht, und der wäre gestorben, und sie wären zurückgekommen und hätten gedacht, wir hätten ihn auf dem Gewissen. Die hätten uns an die Wand gestellt. Da gab es kein Recht und kein Gesetz, in diesen Tagen.

Und, sind die Soldaten wiedergekommen?, fragte ich.

Der Opa weinte und sah klein und jämmerlich aus: Nach einer Dreiviertelstunde, ein Jeep mit drei Männern, einer am Maschinengewehr, der zielte immer auf unsere Fenster. Sie sahen die Trage aus dem Graben ragen und fanden den Soldaten. Einer der Amerikaner klopfte dann an zwei oder drei Türen, er sprach Deutsch mit den Leuten. Ja, sagten die, die Trage, die haben wir gesehen, aber den Soldaten nicht. Wir haben uns nichts gedacht. So was fällt schon mal runter, die Straße hat aber auch ein paar kapitale Schlaglöcher, uns nämlich hat die Partei nichts Gutes getan, sicher nicht, sie wollten zwar unsere Straße den Berg hinauf verlängern, in ein paar scharfen Kehren hinauf auf die Ebene, und wir wären endlich nicht mehr am Ende der Sackgasse gewesen, aber das kam nie, stattdessen kam der Krieg, der hat uns nichts gebracht, nur genommen.

Und der Opa klagte voller Selbstmitleid: Irgendwann durften wir nicht einmal mehr den Rahm von der Milch abschöpfen und mussten Vollmilch in die Stadt liefern. Da sind wir, in gewisser Weise, irgendwie, in den Widerstand gegangen, sagte der Opa, und haben ein paar der Kühe auf die versteckten Waldwiesen getrieben.

Jedenfalls haben die den Toten wieder auf die Trage geschnallt und die quer über den Jeep gelegt, und ab. Die waren das gewohnt, Tote. Das haben die jeden Tag gesehen. Der Einzelne zählte damals doch nicht, sagte der Opa.

Manchmal denke ich, der Schwarze, der vom Laster fiel, war der letzte Fremde, der in unser Dorf kam. Der Letzte, der uns in gewisser Weise herausforderte, in seiner Fremdheit. So gesehen, zählen die wenigen anderen kaum; die Touristen, die Zuzügler aus den Städten, die Scherenschlei-

fer, der kleine Wanderzirkus. Wir hatten sogar für eineinhalb Jahre eine Pizzeria hier, im *Lamm,* nachdem der alte
Besitzer gestorben war. Hielt sich aber nicht. Wir Mädchen
fanden den italienischen Wirt toll. Ich war sogar schwer
verknallt in Luca.

Wir hatten also, in gewisser Weise, wenn ich an den
Schwarzen denke, etwas gutzumachen.

Fest

Die Geschichte von dem unglücklichen Soldaten fiel mir aus »gegebenem Anlass« ein, leider. Das Fest für unsere Neuankömmlinge war desaströs verlaufen, dabei (außer zwei unschönen Randereignissen) sehr friedlich. Es war einfach keiner der Dorfbewohner da gewesen. Auf dem Grill lagen reichlich Bratwürste, verschrumpelt und schwarz wie Lakritzstangen. Bier hatten wir auch noch mehr als genug, es hatte nur zwei Trinker gegeben. Am Ende schnarchte der eine, mein Onkel Hermann, volltrunken auf einer Bierbank.

Kurz nach der nominellen Eröffnung des Fests war der Geländewagen des Burgherrn am Schulhaus vorbeigeglitten, hatte kurz gestoppt. Danach lagen ein paar Bananen auf der Straße. Da wusste ich, dass mein Bruder am Steuer gewesen sein musste: eine solch schwachsinnige Aktion sah ihm gleich. Ich holte die Bananen und schnippelte sie in den Obstsalat. Franz half mir, wie immer mit Pupillenlampe in der Hemdtasche und Stethoskop um den Hals, direkt vom Dienst gekommen. Er hatte einen großen orangeroten Notfallkoffer mitgebracht. Nur für den Fall, sagte er.

Nach einer Weile ging ich vor an die Dorfstraße und schaute auf und ab. Ausgestorben. Ein Auto, beim Dorfeingang, wurde lautlos vom Maul einer Garage geschluckt.

Stille, bis auf das Glucksen des Ellernbachs in seinem Graben und das Gedudel vage orientalischer Weltmusik aus Mutters CD-Player. Die Hauptpersonen der Veranstaltung ließen sich noch nicht blicken. Mutter sagte, sie hätten ein anderes Verständnis von Zeit und so gut wie keines von Pünktlichkeit, aber auch gut, davon könnten wir noch was lernen. Dann wurde es allerdings auch ihr zu bunt, und sie lief stampfenden Schrittes ins Schulhaus. Dumpf hörten wir ihre sonst so klingende Stimme, fordernd, lockend, bittend, der nicht auszulöschende Tonfall einer Grundschullehrerin a. D.

Zwei Minuten ungefähr dauerte es, dann kam Mutter heraus – sie trieb unsere Gäste vor sich her – so, wie sie unsere Hühner aus dem Schuppen scheuchte. Abgesehen von der alten Frau waren sie komplett. Die Kinder lösten sich zuerst von dem eingeschüchterten Grüppchen und liefen zum Grill, den Franz gerade zu bestücken begann. Mutter platzierte die Erwachsenen an einem der Biertische, schön in der Mitte des Arrangements, das Franz und ich am Morgen im Schweiße unseres Angesichts aufgebaut hatten. Ahmed überblickte die vierundzwanzig übrigen Garnituren, sah mich an und hob die Augenbrauen.

Ah, maybe later, sagte ich, ist noch early. Please, buffet is here, grill there. Beer here, ah, no, not for you. We have also Limo.

Gott, war das alles peinlich. Mein Gesabbel, meine Mutter, Onkel Hermann mit verschränkten Armen hinter dem Bierfass, die Leere auf dem »Willkommensfest«. Obwohl sie es wussten. Im Dorf weiß jeder immer alles.

Mutter, ach Mutter. Sie hielt ihre Ansprache wie geplant,

begrüßte die »Neuen im Dorf«, auch im Namen der »leider verhinderten Mitbürger«, sie hoffe, die Neuen mögen sich gut einleben. Es sei gewiss schwer – aber jedem Anfang wohne ein Zauber inne, wie einer unserer berühmtesten Dichter gesagt habe. Dann zitierte sie unerschrocken:

> *Wir sollen heiter Raum um Raum durchschreiten,*
> *An keinem wie an einer Heimat hängen,*
> *Der Weltgeist will nicht fesseln uns und engen,*
> *Er will uns Stuf' um Stufe heben, weiten.*
> *Kaum sind wir heimisch einem Lebenskreise*
> *Und traulich eingewohnt, so droht Erschlaffen,*
> *Nur wer bereit zu Aufbruch ist und Reise,*
> *Mag lähmender Gewöhnung sich entraffen.*

Dank meiner Simultanübersetzung werden sie recht wenig von Mutters Zumutungen verstanden haben. Sie guckten eher zerstreut in der Gegend herum, vom Grill zum Fass zu Mutter zum Haus, in das sie wohl schleunigst wieder hineinwollten. Die beiden jungen Frauen zogen die Kopftücher enger, Ahmed und der andere junge Mann hatten die Telefone vor sich liegen, der Alte strich wieder und wieder über seinen Scheitel. Franz schnitt kurzerhand einige Ruten vom Haselstrauch und, interkulturell unsensibel, wie er nun einmal ist, reichte er den Kindern aufgespießte Schweinswürstel. Interkulturell unsensibel, wie ich nun einmal bin, setzte ich mich – nachdem ich eine große *So-macht-man-das-am-Buffet-Show* abgezogen hatte – mit einem großen Teller voller Salate direkt neben Ahmed, der sofort ein paar Zentimeter von mir wegrutschte, so weit er eben konnte, ohne dass er den anderen jungen Mann über die Kante schob. Aber er blieb höflich und holte sich Kostproben vom Buffet, die er säuberlich aufaß. Zwischendrin spielte er einmal mit den Kindern, unbeholfen, aber nett, fand ich, obwohl ich ein bisschen den Verdacht hatte, er tat es, um mir aus dem Weg zu gehen.

Später erhielten wir doch noch Besuch. Er kam kurz nach dem Beutel voller Hundescheiße, den zwei Typen auf einem Mofa im Vorbeifahren in unsere Richtung schleuderten. Der Beutel klatschte auf den Biertisch neben uns auf. Eine Naht war geplatzt. Wir alle starrten drauf, als erwarteten wir noch etwas, eine Explosion oder ein schleimiges Ungeheuer, das herauskriechen würde. Aber es stank nur; ich war mir auch nicht sicher, dass es sich um Hundeexkremente handelte. Mutter holte ein Reinigungsspray und einen Lappen, sprühte, wischte, lächelte und ging Geschoss und Lappen entsorgen. In diesem Moment traf unser künftiger und treuester Unterstützer ein. Dumme Jungen, sagte der Unterstützer (wie ich ihn nenne), das meinen die nicht so.

Der Unterstützer ist ein Mensch von besten Absichten, hat aber Schwierigkeiten, dies zu vermitteln. Mutter kann ihn nicht leiden, und ich glaube, sie hätte lieber die beiden Scheißeschleuderer zu einem ernsten Gespräch an den Biertisch gebeten, als den Unterstützer *in unserer kleinen, aber umso illustreren Runde* zu begrüßen. Was sie, stets Politikerin, mit ebendiesen Worten tat.

Unsere Unterhaltung hatte sich bis dahin zäh dahingeschleppt. Bis auf »Gut, gut« (plus Zeigefinger Richtung Tellerinhalt) und Versuche, wichtige deutsche Worte wie

Kar-tof-fel-sa-lat zu vermitteln, war nicht viel gegangen. Zwischendrin wurde es immer wieder sehr still; da hörte man nur das Gemurmel von Onkel Hermann am Fass und das Zischen der Würstel, die Franz stur und akkurat auf dem Grillrost arrangierte. Der Unterstützer, ein großer, schwerer Mann im besten Pensionistenalter, begann seinen Vortrag unmittelbar, nebenbei eine Menge Würstel verschlingend. Ich weiß nicht, ob unsere Gäste ihn deswegen so ehrfürchtig betrachteten oder weil er einfach, mit grauem Kurzhaarschnitt, weißem Hemd, dunkelblauer Krawatte, Metallrandbrille, so verdammt offiziell aussah. Ein Mann war er außerdem.

Der Unterstützer, der selbst noch nicht lange im Dorf wohnte, erzählte in einem Mischmasch von Deutsch und Englisch von seinen »Wanderjahren« kurz nach dem Krieg in die Bretagne und die Normandie. Da hatte man's vielleicht schwer als Deutscher, nicht ganz zu Unrecht, natürlich. Er tischte oberlehrerhaftes Zeug auf – *man muss sich anpassen – kleinere Brötchen backen – lieber einmal zu viel danke gesagt als … –*, aber sein andauerndes Dröhnen entspannte uns ein wenig, sogar Mutter. Alles besser als Stille am Tisch. So wie das Brummen der Rasenmäher an einem Frühlingssamstag im Dorf: Zeichen einer wenn schon nicht heilen, doch wenigstens funktionierenden Welt.

Er würde sich weiter einbringen, sagte der Unterstützer, das sei nur selbstverständlich, nun da die große Welt mit ihren Konflikten über unsere kleine hereingebrochen war. Als Erstes erbiete er sich, die Erwachsenen der Gruppe demnächst in das Diözesanmuseum der Kreisstadt zu fahren, damit sie die hiesige Kultur gleich von der Basis her kennenlernten. An dem Punkt habe ich mir erlaubt, dem Unterstützer zu sagen, dass die Leute solch ein christliches Tauchbad als Affront empfinden könnten, es sei wohl besser, für den Anfang mal in einen Vergnügungspark oder Zoo zu fahren. Es ist derselbe Gott für uns alle, teilte mir der Unterstützer kühl mit. Aber ich fühlte mich aufgestachelt und antwortete: Das war er schon zur Zeit der Kreuzzüge, und als die Türken vor Wien standen auch, hat aber die Verständigung nicht unbedingt verbessert.

Unsere Gruppe zeigte Auflösungserscheinungen. Eine der jungen Frauen brachte die Kinder ins Bett, der alte Mann folgte kurz darauf. Die andere junge Frau begann die Teller abzuräumen. Der Unterstützer hatte es gerade mit der Bildung und wie wichtig und so weiter und blablabla, dass man hier aber natürlich nicht jeden vorgelegten Zettel als Diplom oder Meisterbrief akzeptieren könne. In seinem Wichtigkeitsrausch schien der Unterstützer mehr und mehr anzuschwellen; die Jungs wurden immer kleiner. Ich habe gar nicht mitbekommen, wie sie gingen.

Ich saß danach mit Mutter an einem der Biertische und sagte nach langem Schweigen:

Und, Bilanz?

K wie Katastrophe, K wie zum Kotzen, sagte Mutter.

Dann ging sie ins Haus. Ich hörte Geklirr und lief in die Küche. Meine Mutter schmiss einen Teller nach dem anderen an die Wand und schrie dabei:

Das gibt's doch nicht! Die haben Angst vor ein paar Kindern und zwei Alten! Da bricht ihnen doch kein Zacken aus ihren Kronen! Den *Narrenkronen*!

Nach sieben oder acht Tellern hatte sie sich beruhigt und zeterte nur noch leise vor sich hin. Ich setzte mich auf eine Bank in der Nähe des Grills, weil der noch ein wenig Wärme abstrahlte. Und weil alles zum Heulen war, heulte ich ein wenig. Was ist los mit diesen Leuten?, dachte ich. Ich fühlte mich verletzt und missachtet von ihrer Ignoranz; auch stellvertretend für die Neuen und besonders für Ahmed. In dem Moment fiel mir Opas Geschichte wieder ein. Und danach musste ich erst recht heulen. Irgendwie bin ich doch auch vom Laster gefallen, bin ich ihnen allen ausgeliefert, meiner Familie, dem Dorf, dem Mann auf der Burg, meiner Heimat.

Ich ließ Mutter weiter rumoren und ging nach Hause.

Zuhause

Früher bin ich gerne ins Dorf zurückgekommen. Es hat mich nicht gestört, dass die Straße kurz hinter dem letzten Haus endet. Wenn es nicht mehr weitergeht, weiß man, dass man angekommen ist. Ich steige aus dem Bus, der Bus wendet, und auf meinen letzten Schritten höre ich ihn kaum mehr. Die Stille kehrt zurück, wir sind wieder allein. Unter uns.

Mutter, ich und gelegentlich auch mein missratener Bruder wohnen in dem Haus, vor dem die letzte der einundzwanzig Laternen steht, die es im Dorf gibt: das *Haus zur letzten Latern.* So heißt es in dem Roman *Der Golem* von Gustav Meyrink. Es liegt am Ende der Alchimistengasse im alten Prag und ist nur bei Nebel sichtbar – und nur für Sonntagskinder. Ich bin so eins. Kam ich an nebligen Spätherbsttagen von der Schule zurück, tauchte erst die Laterne und dann unser Haus aus dem Grau auf. Ein Zauberhaus. Na ja. So redet ein Teenager sich ein, etwas Besonderes zu sein. Für Montags- bis Samstagskinder, und wenn kein Nebel ist, sieht es nur wie ein großer grauer Stein aus, aber – *dahinter stürzt es jäh ab in die Tiefe, und Sie können von Glück sagen, dass Sie keinen Schritt weiter gemacht haben.*

Das Haus zur letzten Laterne liegt höher als alle anderen. Mutter stellt sich gern auf die Türschwelle und sieht hinab auf das Dorf, das sie in gewisser Weise adoptiert hat, soll heißen: sie das Dorf, nicht umgekehrt. Als sie noch richtige Bürgermeisterin war, das Dorf noch eigenständig und ich noch sehr klein, war ich manchmal eifersüchtig. Weil sie sich immer um alles gekümmert hat, weil sie sich immer eingemischt hat und dauernd unterwegs war. Später habe ich sie beschimpft: Warum wir in dem Kaff leben müssten, warum wir – nach Vaters Verschwinden – nicht auch weggezogen waren, Mutter stammte schließlich nicht aus der Gegend, und als Lehrerin hätte sie doch überall arbeiten können. Vielleicht, denke ich heute, hat sie sich in der Stadt, in der sie studiert hat, ebenso verloren gefühlt wie ich. Aber sie hat es sich gut eingerichtet hier. Früher hatte sie die Dorfschule für sich, und als die geschlossen wurde, nahm sie das ganze Dorf unter ihre Fittiche. Sie hat jetzt überhaupt keine offizielle Funktion mehr, aber das ist ihr egal. Die Leute kommen zu ihr wie früher, sie interveniert bei Ämtern, hilft beim Ausfüllen von Formularen und übersetzt Behördendeutsch in eine Sprache, die die Leute hier verstehen. Sie fühlt sich zuständig, wenn sie abends auf der Schwelle steht und ihren Blick über die Häuser im Tal schweifen lässt; manchmal denke ich, sie sagt jedem still gute Nacht; und dabei macht sie keinen Unterschied zwischen den Ureinwohnern und den Neuen.

Hinter dem Haus ist der Wald, die Stille, die Höhe, die Tiefe, die Höhle, alles und nichts. Hier endet die Welt, so wie wir sie kennen. Wo die eine endet, fängt eine andere an. Fremdheit ist ein Ding, eine Jacke, die man an- oder ablegt, beim Wechsel zwischen den Welten, ein seltsames

Kleidungsstück, manchmal schützt es gegen die Kälte, manchmal nicht, mal macht es unsichtbar, und manchmal zieht es alle Blicke an.

Luft

Frühlingsmorgen auf dem Land, wo die Welt bekanntlich noch in Ordnung ist. Eine junge Frau in einem weißen Kleid rollt auf einem lila Fahrrad eine Straße hinab. Die Haare wehen im Fahrtwind und leuchten golden in der tiefstehenden Morgensonne. Aus dem Korb, der an der Lenkstange befestigt ist, ragen drei Baguettes, mindestens so goldgelb wie die fliegenden Haare. Als die junge Frau schwungvoll auf den Hof des alten Schulhauses einbiegt, klingelt sie übermütig.

Wie in der Werbung. Die junge Frau, also ich, hat auch ein Paket Butter dabei, selbstgemachte Marmelade, aber die Baguettes kommen aus der Tiefkühltruhe. Mutter hat sie aufgebacken und mich mit allem losgeschickt. Es ist übrigens der Morgen nach dem Fest, die Biertische stehen noch, der Grill riecht nach erkaltetem Fett. Onkel Hermann ist nicht mehr da, Gott sei Dank, eine schnarchende Bierleiche, das fehlte noch.

Die junge Frau holt ein rotweißkariertes Tischtuch aus dem Korb und streicht es über einem Biertisch glatt. Das Sägemesser blitzt im Sonnenlicht auf. Sie öffnet die Schnappverschlüsse der altmodischen Marmeladegläser, die von Hand beschriftete Etiketten tragen. Ein paar Holzbrettchen noch, die Butterschale an ein schattiges Plätzchen gerückt – jetzt lächelt sie zufrieden und einladend, als ein junger Mann aus dem Schulhaus tritt, näher schlendert, einen Finger in die Erdbeermarmelade steckt und abschleckt. Schmeckt, man sieht's. Dann deutet er auf die Baguettes und sagt: White flour, much gluten. Er legt die Hand auf den Bauch: Sorry, gives me belly-ache.

Das Licht ist auf einmal nicht mehr so golden. Ich denke: Ach, *die* auch schon.

In meinem beschränkten Horizont gehört Weißmehlunverträglichkeit in die hippen Viertel der großen Städte, dahin, wo die Veganerläden sind. Als ich an der Uni war, gab es kaum eine Kommilitonin, die ohne Ess-Macke auskam. In der Mensa zeigten sie entgeistert auf mein Tablett: Das *isst* du? Sie dachten wohl, weil ich vom Land komme, hab ich den Magen eines Schweins.

Ich schaue Ahmed an, der schaut mal wieder auf sein Telefon. *Das hängt nicht vom Wetter ab, mein orientalischer Freund.* Aber schön, wenn du kein Weißbrot isst, fällt das Frühstück flach. Dann können wir auch gehen.

Er wird mich dafür lieben.

Okay, come with me, sage ich, let's go.

Die anderen werden das Frühstück schon finden.

Zwei Dorfstraßen sind nicht zu vermeiden. Ich sehe niemanden, aber man sieht uns. Gardinen schwanken hinter Fensterscheiben. Und später wird man im Dorf erzählen, er habe mich in den Wald gezerrt. Die Polizei hat trotzdem keiner gerufen. Ahmed fragt, wohin wir gehen.

Up, sage ich, to telephone waves.

Wir erreichen den Waldrand. Im Gehen binde ich meine Haare zusammen, Ahmed ist hinter mir, Telefon in der

Hand wie einen Kompass. Vielleicht zeichnet er den Weg mit einer App auf. Man kann sich hier leicht verlaufen.

Im Waldschatten ist es kühl und feucht, und ein weißes, leichtes Frühlingskleid eine schlechte Idee. Espadrilles auch, aber egal. Ich gehe rasch bergan. Mein Begleiter ist wohl nicht in Form, ich hör ihn keuchen. Ab und zu schnellt ihm ein Ast entgegen, den ich weggebogen habe. Das scheint er nicht zu kennen – Stadtkind, denke ich, etwas mitleidig. Oder wo guckt der hin? Auf die Äste müsste er achten, dann könnte er sie abfangen, bevor sie ihm ins Gesicht klatschen. Ich hör ihn etwas murmeln, in seiner Sprache, es klingt genervt. Einmal muss ich mich orientieren; schon eine Weile her, dass ich den Weg gegangen bin. Ahmed ist für die Pause dankbar, steht da, Arme in die Hüften gestemmt. Vielleicht hat er Seitenstechen.

Muss ich jetzt Angst haben? Mit einem fremden Mann von weiß Gott woher im Wald, unpassend gekleidet, keine Hilfe weit und breit?

Aber ich glaube, dass ich die Situation unter Kontrolle habe. Sieh dir doch das ausgepumpte Bürschlein an: Dem entwische ich allemal. Außerdem will der dringend telefonieren, wie dumm wäre er doch, wenn er mir etwas antäte, bevor wir oben sind. *Hmm.* Immer ein bisschen dumm, auf die Abwesenheit von Dummheit zu bauen. Dumm und die finsteren Triebe, das funktioniert immer.

Gehen wir weiter, sage ich, noch bevor er ausgeruht ist.

Oben wird der Wald lichter, der Weg flacher. Dann stehen wir in der Sonne und gleich darauf am höchsten Punkt der Kuppe. Die sieht aus wie die Tonsur eines Mönchs: ringsum Wald und Busch, obenherum kahl. Ein paar Felsbrocken ragen aus dem grasigen Boden. Unverstellte Dreihundertsechziggradrundumsicht. Im Osten die Hochebene, im Norden, nah, die Burg des mächtigen Mannes, im Süden bewaldete Hügel – auf einem davon der Funkmast, der für den Entzückensschrei meines Begleiters verantwortlich ist. Er sieht ihn nicht, sieht gar nichts, nur die vier oder fünf Strichlein auf dem Display und wie die Liste von aufgestauten Nachrichten länger und länger wird. Er ist wieder in der Welt, während ich das Gefühl habe, sie zurückgelassen zu haben. Vom Dorf: nichts zu sehen. Hier oben ist es immer luftig, dort unten, im Kessel, steht sie, die Luft.

Die nächste Dreiviertelstunde telefoniert er. Vorher war er vom Laufen außer Atem, jetzt vom Reden. Zwischendurch sagt er mir, mit wem er gerade telefoniert hat: brother, cousin, friend in Hamburg … Ansonsten bin ich unsichtbar. Vermutlich könnte ich nackt auf der Kuppe herumtanzen; er würde es vielleicht zur Kenntnis nehmen, aber weiter telefonieren. Ich verziehe mich in den Windschatten des Felsens, auf dem er sitzt. Ein paarmal höre ich »Tyfenelren« und versuche (vergeblich) zu erahnen, in welchem Zusammenhang er es sagt. Seine Sprache hat eine rauhe Melodie, da reibt sich viel; ich bin nicht sicher, ob sie mir gefällt. Nach einer Weile legt er das Telefon hin und schaltet den Lautsprecher ein. Die Stimmen wechseln, Kinder, Frauen, Männer. Große Aufregung, und auch Ahmed springt auf dem Felsen umher, Hände in der Luft. Dann arbeitet er die Nachrichten ab, SMS, WhatsApp. Bei ihm zu Hause, wenn sie Netz haben, googeln sie bestimmt schon »Tyfenelren«. Aber sie werden uns nicht finden. Wir sind nirgendwo, wir sind überall.

Vielleicht mache ich das doch noch, das mit dem Imbiss. Das Angebot werde ich dann erweitern müssen: Falafel, Hummus, Couscous … Über uns zeichnen die Flieger wieder Kreuzchen in den Himmel – stimmt, mit der richtigen Karte kann man uns finden. Aber niemand außer mir kennt diese Schatzkarte, obwohl sie jeder besitzt, der Augen hat. Was nicht versteckt ist, wird auch nicht gesucht.

Ich liege im Gras und kann es kaum glauben: Vor acht, neun Wochen habe ich noch im Seminar gesessen; ahnungslos, in jeder Hinsicht. Vor mir nur die große graue Zukunft. Keine Ahnung, wie und wo, jedenfalls nicht auf dem Dorf. Und gewiss ohne Kind. Zu Beginn meines zweiten Semesters analysierten wir eine alte Novelle, die ich schon auf dem Gymnasium lesen musste, die mich nicht schlafen ließ und, wenn doch, mir böse Träume brachte. Es geht darin um Gut gegen Böse, Frömmigkeit gegen Sünde. Liederliches Leben, Wollust, Ausschweifung, Hochmut: *Pfui!* Gottesfürchtiges Leben: *Like!* Im Seminar mussten wir uns dazu noch durch Sekundärliteratur fressen; eine reine Qual: *Die Polygenese des Bösen in einer dualistischen Welt. Arten der Mensch-Tier-Verwandlung: Der Teufel. Selbstopfer und Taufe. Fremdverwandlung der Fremden.*

Schon bald meuterten wir gegen unseren Seminarleiter, einen sympathischen, mittelalten Dozenten: wie er uns mit dieser aus der Zeit gefallenen Lektüre die wertvolle, knappe Zeit stehlen könne, wir hätten schließlich keine sechzehn Semester bis zum Abschluss, wie die Bummelstudenten früher. Und in den USA hätten seelisch traumatisierte Studenten, wenn sie so etwas wie *Die schwarze Spinne* lesen müssten, sofort die Uni verklagt. Er schob es auf den Professor, der die Leseliste zusammengestellt hatte, nahm die Lektüre dennoch aus dem Programm und fügte etwas trotzig hinzu, früher oder später würden wir erkennen, wie aktuell das Werk in seinem Kern sei. Warten wir es ab, dachte ich damals sehr entspannt.

Aber wie ich da saß, in der Nähe des eifrig tippenden und wischenden Ahmed, erinnerte ich mich an eine Stelle in der Novelle. Da sinniert ein alter Bauer, *wie das wohl zuging, dass aus dem fernen Morgenlande, wo das Menschengeschlecht entstanden sein soll, Menschen bis hierher kamen und diesen Winkel in diesem engen Graben fanden,* und er fragt sich, *was die, welche bis hierher verschlagen oder verdrängt wurden, alles ausgestanden haben, und wer sie gewesen sein mögen.*

Man könnte sie einfach fragen, was sie alles ausgestanden haben und wer oder was sie verdrängt hat, denke ich, die aus dem *fernen Morgenlande* wohnen zurzeit bei uns im Schulhaus. Und wer sie sind, das kann man einfach feststellen, indem man sie dort besucht. Aber das macht einige im Abendland nervös, und sie wollen es lieber nicht wissen. Sind möglicherweise doch keine Wilden, keine Vergewaltiger und Schmarotzer. Vielleicht war der von uns aus dem Seminar gemobbte Text doch nicht ganz ohne, vielleicht hätten wir ihn doch bis zum bitteren Ende analysieren sollen. – Vorbei, vorbei: Ich glaube nicht, dass ich jemals wieder an die Uni gehe.

Ahmed ist fertig. Er steht auf dem Felsen, dreht sich auf der Stelle, schaut ins Land und sieht dabei einigermaßen zufrieden aus. Ich erkläre ihm, was zu sehen ist. Green, so green, so beautiful, sagt er zwei- oder dreimal. Seltsamerweise macht mich das stolz; als ob *ich* es auf diese Landschaft regnen ließe, als ob *ich* für diese fette, reiche Erde gesorgt hätte; und obwohl mir das alles normalerweise ziemlich gleichgültig ist. Stolz hat nicht unbedingt mit eigener Leistung zu tun: Das macht es so gefährlich. Aber bevor ich da oben abhebe, fällt mir das missglückte Fest vom Vorabend wieder ein: Dort unten wird das Spiel entschieden.

Auf dem Rückweg, schon einige hundert Meter im Wald, sind wir auf einmal von einem Dutzend Männer in Tarnanzügen umringt. Einige von ihnen haben grünbraune Streifen im Gesicht, manche belaubte Zweige an ihren Mützen. Bis auf einen tragen sie alle hölzerne Gewehrattrappen vor sich her. Und dieser eine macht drei lange Schritte auf mich zu. Eine Pistolentasche baumelt am Gürtel; hoffentlich ist da bloß ein Schokoriegel drin oder ein Schnapsfläschchen. Er tippt mit dem Zeigefinger an den Mützenschirm und sagt:

Patrouillenführer Müller, keine Angst, junge Frau.

Klar heißt du Müller, und die anderen auch, denke ich. Soll ich jetzt lachen? Die gehören zu den Truppen des Burgherrn, die üben für den dritten Weltkrieg. Und wenn der um ist und sie noch leben, trainieren sie für den vierten, die werden ja nicht erwachsen. Zwischendrin ist ihnen jedes Scharmützel recht. Mir werden sie kein Härchen krümmen, mir nicht. Sonst schickt der Burgherr sie ins Straflager, das er bestimmt irgendwo unterhält. Aber ich spüre den Atem Ahmeds im Nacken, und der geht schnell. Er ist ganz nah hinter mir. Muss nicht ein Mann sich vor die Frau stellen?

Aber wir sind umzingelt, und diese Müllers, die sind mein Problem, nicht Ahmeds. In diesem Wald muss ich auf ihn aufpassen, nicht andersrum.

Hat der ... hat er Sie belästigt, schönes Fräulein?, fragt Patrouillenmüller hoffnungsvoll.

Angst habe ich keine, aber wohl fühle ich mich auch nicht. Ich überlege noch, wie offensiv ich sein soll und kann – Lust hätte ich – *bin weder Fräulein, weder schön, kann ungeleitet nach Hause gehen* –, da flüstert Ahmed nah an meinem Ohr, und dennoch kann ich ihn kaum verstehen: Who are the guys?

Der hat Angst, und wie. Daheim fliegt alles um ihn herum in die Luft, und hier, im stillen hohen Deutschen Wald trifft er schon wieder auf Kerle in Uniform mit bestenfalls unklaren Absichten. Vielleicht hat er gar nicht erkannt, dass es Holzgewehre sind, obwohl die Müllers den Kreis jetzt ein wenig enger ziehen. Dass sie uns feindselig betrachten, ist noch eine Untertreibung.

Get us out of here, keucht Ahmed.

Er hat Schweißtropfen auf der Stirn. Ist der Panik nahe. Nur nicht losrennen, wer weiß, welche Reflexe das bei den Müllers auslöst. Die Gewehre sind hölzern, die Fäuste echt.

Nein, der hat mich keineswegs belästigt, sage ich, der gehört zu mir, alles in Ordnung.

Ich strecke die rechte Hand tastend nach hinten aus. Im Nu schlüpft die seine in die meine. Patrouillenmüller runzelt die Stirn, und einer seiner Grenadiere, oder wie das heißen mag, lässt einen leisen Pfiff aus. Was mag er denken, hinter dieser Stirn, falls das Denken ist – dass die blonde Deutsche Rassenschande mit diesem Semiten treibt? Ist es nicht seine Pflicht, gar Ehre, den Dunkelhäutigen von mir abzusondern und ihm eine Tracht Prügel zu verpassen, damit er lernt, wohin er gehört und was sich gehört? Der Erste der Müllers lehnt sein Holzgewehr an den nächsten Baum, ein Zweiter folgt dem Beispiel. Jetzt bekomme ich doch die Panik. Und einen Brechreiz. Ich schreie.

Rührt ihn nicht an! Haut ab! Ich kenn euren Chef! Mein Bruder –

Ihr Herr Bruder wird nicht erfreut sein, hiervon zu hören, unterbricht der Patrouillenmüller, aber bitte, Fräulein, wir wollten nur helfen.

Ist mir scheißegal, ob der erfreut ist oder nicht, sage ich, eine Spur leiser, ich brauche keine Hilfe und von euch schon gar nicht.

Der Trupp verschwindet zwischen den Büschen. Einer zischt: Du Schlampe!

Ruhe!, herrscht der Patrouillenmüller seine Leute an.

Dann sind sie weg. Ahmed bricht zusammen, aber meine Hand lässt er nicht los. Wir sitzen nebeneinander im Laub des letzten Jahres. Ahmed, scheint mir, ist nah davor zu weinen. Das wird er sich nicht trauen, vor mir, oder?

What is it, sage ich, they are gone, all is okay now. Wir waren oben, du hast telefoniert, ist doch alles gut.

Und eine Sekunde später möchte ich mir selbst eine Ohrfeige verpassen: Wie kann ich nur so dumm sein. Diesen Weg wird er niemals alleine gehen, jetzt, wo er die Müllers gesehen hat, und die ihn. Wenn ich nicht dabei bin, jagen sie ihn wie einen Hasen durch den Wald. Er braucht mich, stelle ich mit einer gewissen Befriedigung fest. Er schaut mich jetzt misstrauisch an, spürt, dass es eine Verbindung zwischen mir und diesen Kerlen gibt, dass ich irgendein Zauberwort gesagt habe, damit sie sich in Luft auflösen.

Eine Viertelstunde später sind wir unten bei der Schule. Ahmed murmelt etwas und verschwindet in der Tür. Ich gucke über den Tisch: Das Brot ist weg, die Marmeladegläser blitzblank ausgeputzt. Das wird Mutter freuen.

Josef

Mein kleiner Bruder ist nicht der Typ, dem ich beschützend den Arm um die Schulter legen möchte. Leider, denn so einen kleinen Bruder hätte ich mir gewünscht. Er ist auf die schiefe Bahn geraten; schon seitdem er aus der Gebärmutter gerutscht ist; seitdem rutscht er auf der schiefen Bahn. Wenn ich ihn nicht so verachten würde, täte er mir leid. Ich muss lange nachdenken, um etwas zu finden, das ihm gelungen ist. Sein Leben zu ruinieren: Das hat er hinbekommen. Sonst wenig. Und den Führerschein hat er. Aber nicht auf das erste Mal.

Ich glaube nicht, dass er an all dem schuld ist; schuldlos ist er aber auch nicht. Er greift nach jedem Strohhalm, den man ihm hinhält. So ist er zur rechten Hand unseres Burgherrn geworden. Möchte irgendjemand so einen als rechte Hand haben? Aber der Burgherr ist schlau: Genau deswegen hat er sich einen als rechte Hand ausgesucht, der nichts kann – vor allem nicht selber denken. Er tut in etwa das, was man ihm aufgetragen hat, und glaubt dann wirklich, er sei selbst draufgekommen, und rennt mit stolzgeschwellter Brust herum. Aber niemals würde er seinen Auftraggeber verraten.

Ich rede nicht mehr mit Josef, seit ich ihn auf einer »Mahnwache« in der Stadt gesehen habe. Da stand er mit ein paar anderen Typen, die genauso messerscharf gescheitelte Frisuren trugen wie er, lächerliche Kniebundhosen, karierte Hemden ... wie eine Wandergruppe in einem Heimatfilm der fünfziger Jahre. Aber Wandern liegt ihm fern, marschieren will er, am liebsten wohl, wenn einer dazu *eins-zwei-eins-zwei!* schreit. Er sah mich damals ebenfalls, ich kam aus der Vorlesung und wollte nach Hause, zwei Mitstudentinnen meiner Lerngruppe begleiteten mich, und er brüllte:

Schwesterherz, lieb' Schwesterherz, du gehörst zu uns, komm heim zu uns, in den Schoß des Volkes.

Zu sagen: Ich kenn den Kerl nicht, führt leider nicht weit; denn so wie es der Teufel beim Kombinieren der Gene eingerichtet hat, sehen wir einander sehr ähnlich. Meine beiden Kommilitoninnen schauten mich vorwurfsvoll an. Sie waren von der Sorte wohlbebrüteter und wohlbehüteter Vorstadtgören, die schon mit zwölf Projekte für Obdachlose in Neu-Delhi organisieren und ihre piepsenden Stimmen stets für die gerechte Sache erheben. Grölende Brüder, denen das Völkische am Herzen liegt, haben sie nicht. Jetzt distanzier dich doch mal, sagte die eine glatt und pikiert zu mir, als hätte sie ein Anrecht darauf. Distanzieren? – wenn er allein gewesen wäre, ich hätte ihm eine reingehauen. Ich bin die Ältere, das ist mein Recht. So aber ging ich schnell weiter, die piepsende Empörung im Schlepp.

Wer weiß, ob er anders geworden wäre, wenn mein Vater nicht aus unserem Leben verschwunden wäre, als ich neun und Josef acht war. Eins weiß ich aber sicher: Ohne den Herrn von der Burg wäre er nicht das, was er ist. Ich habe ihn verloren gegeben. Meine Mutter – unsere – hofft noch.

Sie will ihn zurückhaben, aber sie weiß nicht, wie sie es anstellen soll. Ihm ins Gewissen zu reden bringt nichts; dann hängt er sich nur stärker an seinen erwählten Meister, der zu seinem Ersatzvater geworden ist. Josef ist stur. Und der Burgherr sagt: Er ist über achtzehn, man kann ihm nichts vorschreiben, es steht ihm frei zu gehen. Tut er aber nicht. Da müsste schon ein Wunder geschehen.

Josef wohnt die meiste Zeit in der Burg, obwohl er bei uns noch ein Bett stehen hat. Mutter wechselt jede Woche die Bettwäsche, gebraucht oder nicht. Oft fährt Josef den Geländewagen des Burgherrn über den geheimen Weg, und es gelingt Mutter manchmal, ein paar Worte mit ihm zu wechseln, wenn sie das Scheunentor öffnet. Ich verweigere mich: Soll er doch quengeln und aussteigen. Oder einen elektrischen Torantrieb einbauen.

Dass ich dem Burgherrn das Tor öffne, ist eine andere Sache. Am frühen Abend des Tages, an dem ich Ahmed auf den Handyberg führte, ließ der Burgherr wieder einmal die Scheibe herab. Fast erwartete ich, es fiele eine Tafel Schokolade heraus; so bin ich konditioniert. Ich wollte eigentlich gleich weiter, ins Wirtshaus, wo ich Dienst hatte. Aber er winkte mich zu sich.

Das ist ein netter Junge, sagte er.

Wer?, fragte ich, dabei wusste ich, wen er meinte. Er wartete und sah mich an.

Ja schon, sagte ich, wir wollten zum Telefonieren, er kannte den Weg nicht.

Schwierig. Man weiß auch nie, wem man im Wald begegnet.

Ja …, sagte ich, das war nicht schön.

Der Müller ist ein wenig übermotiviert, sagte der Burgherr, möchtest du, dass ich ihn zurückpfeife? Freies Geleit für deine neuen Freunde?

Ich zögerte. Erstens, weil ich kein kleines braves Mädchen mehr bin und jeder Handel mit dem Burgherrn etwas kostet (selbst wenn er nichts verlangt), zumindest an Selbstachtung. Zweitens … weil mir die Folgen nicht klar waren. Oder besser: ob mir die Folgen angenehm wären. Ich hatte es sehr schön gefunden, mit Ahmed auf den Handyberg zu steigen. Und dann seine Hand in meiner. Selbst unter den Umständen.

Wir wollen doch, dass diese Leute von unserem schönen Tal nur das Beste in ihre Heimat berichten, oder?, sagte er.

Ich nickte, Blick nach unten. *Braves Mädchen.*

Dachte ich es mir, sagte der Burgherr und schob eine kleine Tafel Schokolade über die Scheibenkante. Ich öffnete das Scheunentor, ließ ihn passieren, schloss das Tor. Dann kickte ich die Schokolade in die Brennnesseln. Ich musste Ahmed ja nicht sagen, dass die Luft im Wald von jetzt an rein wäre, da die Müllers Kontaktverbot hatten. *Böses Mädchen.*

Gerüchte

Nichts los. Schummrig in der Art, die manche für gemütlich halten. In den Mauern steckt noch die Kälte des Winters. Warm wird es, wenn die Leute kommen. Und die werden kommen. Georg, der Wirt, steht hinter dem Tresen und poliert Gläser. Nicht übermäßig genau; er weiß schon, warum es in seinem Haus keine Glühbirne mit mehr als vierzig Watt gibt. Musik läuft leise, irgendein Hitradio, ein abgetretener Musikteppich und ein erbärmlich witzelnder Moderator. Wie die braune Soße, die in der Küche blubbert; die passt auch zu allem und schmeckt nach Salz und nichts. Der Wirt betrachtet die junge Frau in dem weißen Sommerkleid, die zur Tür hereinweht, einen Schwall warme Luft und Sonnenstrahlen mitbringt, kneift die Augen zu und wirft etwas in ihre Richtung.

Ich fange den Fetzen auf: Es ist die hässliche Kittelschürze, die alle weiblichen Mitarbeiter hier tragen müssen. So wie Georg mich jetzt anschaut, so im Gegenlicht, bedauert er die Sitte. Ächzend zieht der alte Türschließer die Tür ins Schloss – damit ist der magische Moment ohnehin vorbei.

Den Georg kenne ich, seit ich laufen kann. Anders als der Franz hat er mich angebaggert, seit er baggern kann: seit dem Sandkasten. Aber es ist nie etwas gewesen; außer bei einer Faschingsparty, bei der der Georg sich einen Kuss erschlichen hat, indem er mit meinem damaligen Freund die Kostümierung tauschte. Schlechte Bowle, schlechte Beleuchtung, schlechter Kuss.

Du bleibst heute besser im Hintergrund, sagt Georg.

Er kümmert sich wieder um die Gläser. Warum?, will ich fragen, obwohl ich den Grund kenne, aber ich lasse es und ziehe mir im Vorratsraum den Kittel über. Georgs Mutter weist mir Hilfsarbeiten zu. Petersilie hacken, solche Dinge. Immer öfter höre ich einen Glockenschlag. Jeder, der eintrifft, haut auf die Glocke, die in einem Eiche-rustikal-Gestell überm Stammtisch baumelt. Was ich außerdem immer öfter höre, beim Petersiliehacken, beim Pommesfrittieren, ist mein Name. Sie sprechen ihn aus wie den einer fernen Galaxie, *Andromeda* oder *Wolf-Lundmark-Melotte*.

Wenn ich aus dem Küchenfenster schaue, lese ich: *Großer Schweißausweis.* Das steht unter einem vertrauten Firmennamen auf der Seite eines Kastenwagens, der einem Handwerker im Dorf gehört und schon lange in der Gegend herumfährt. Als wir pubertierende Kinder waren und unsere Schweißdrüsen an Füßen, Handflächen und unter den Achseln zu arbeiten begannen, war der *Große Schweißausweis* der Renner. Wir beschnüffelten einander und sagten anerkennend oder angeekelt: *Großer Schweißausweis. Ganz großer Schweißausweis.* Seitdem weiß ich ungefähr, was es heißt, jemanden nicht riechen zu können. Ahmed kann ich übrigens gut riechen.

Es ist ein Zertifikat, dieser Ausweis. Der Mann ist Schweißer, ein Meisterschweißer oder Schweißermeister, was weiß ich, und einer der Lauteren am Stammtisch. Wenn die meine Tochter wäre, höre ich zwei- oder dreimal. Mit

67

unterschiedlichen Betonungen: Wenn *die* meine Tochter wäre. Wenn die *meine* Tochter wäre. Eine ekelhafte Vorstellung, für mich mehr als für ihn, der ein fetter und nicht nur beim Schweißen schwitzender Typ ist. *Wunsch:* Hinausrennen, am besten mit meinem Hackmesser in der Hand, und den Kerl anschreien: Ja, und *was* dann? *Wirklichkeit:* Ich hacke die Petersilie zu Brei. Später sehe ich sie wieder, auf den Zähnen unserer Gäste.

Es ist ein Samstagabend, da isst der Dörfler auch mal auswärts. Die Fleischkrapfen rollen aus der Küche. Zweimal hole ich aus der Vorratskammer Nachschub und schichte die tiefgekühlten Klumpen zum Auftauen in die Mikrowelle. Die Fleischkrapfen rollen in endloser Reihe. Die, die mehr Fleischkrapfen essen, können mehr Bier trinken und dadurch hemmungsloser schreien (jedenfalls lallen sie weniger). Und dann sind da noch die Ruhigen, die Fähnchen, die einfach mal sehen wollen, woher und wie stark der Wind in Zukunft blasen wird.

Von der Küche, bei all dem Brutzeln und Spülen, bekomme ich nicht alles mit, aber man ist schon längst darüber aufgeklärt, was der Schweißer als mein Vater mir verpassen würde – nämlich

ein paar hinter die Ohren,

vier Wochen Hausarrest, besser noch so lange, bis *die* wieder weg wären,

eine Belehrung über angemessene Kleidung im Umgang mit *denen,* samt Belehrung über diese Art von Männern, diese jungen Araberhengste.

Und man hat sich über den gelungenen Boykott des Willkommensfestes gefreut, man hat dem Unterstützer bereits die Luft aus dem Vorderreifen gelassen – erste Warnung! –, man schimpft meine Mutter jetzt unter allgemeinem Gejohle die »Migrantenmutti« – da trete ich zum ersten Mal in die Gaststube, vier Teller Fleischkrapfen mit Soße und Kartoffelsalat fachgerecht balancierend. Alle glotzen mich an und sind enttäuscht, mich im Kittel zu sehen und nicht in dem durchsichtigen Negligé, das ich trug, als der schwarze Wilde mich in den Wald zerrte. Und das verführerische Blondhaar steckt unter der *Baretthaube* BETTINA aus Polypropylen-Vlies – *luftdurchlässig, sehr kleidsam, feste Qualität* –, die ich zu Beginn meines Küchendienstes aus der an der Wand angebrachten Haubenspenderbox gezogen und pflichtgemäß aufgesetzt habe: Ich bin die leibhaftige Antiklimax meiner eigenen Legende. Fehlte nur noch ein dicker Bauch. Dann würden sie ausflippen.

Wer kriegt die Fleischkrapfen?, frage ich in die Stille.

Sosehr mich vorher die Wut gepackt hatte, so sehr genieße ich diese Stille. Ich habe die Kontrolle, jedenfalls bilde ich mir das ein. Alle haben sie eine Meinung, aber die ist nicht halb so stark wie das Verlangen nach diesen Fleischkrapfen, selbst wenn sie von der Migrantenmuttitochter serviert werden. Der Schweißer hebt den Arm. Ich setze einen Teller vor ihm ab, er murmelt, ohne mich anzusehen: Nix für ungut, Xenia, du weißt doch, wie es ist.

Mahlzeit!, sage ich viermal. Er ist nicht schön, aber ich mag den Ausdruck. Er deckt einen ganzen Bedeutungsraum ab: von *lass es dir schmecken* bis *erstick dran*. Wer Lippen lesen kann, weiß, wie ich es meine.

Danach ist irgendwie die Luft raus. Keiner bestellt mehr

Fleischkrapfen. Georgs Mutter dreht das Gas unter der braunen Soße ab. Es blubbert nicht mehr; nicht im Topf, nicht in der Gaststube. Die Fähnchen ziehen ab, noch unentschieden; nur die Stammtischbesatzung harrt ein wenig länger aus, vorwiegend schweigend, seufzend, grummelnd. Georg poliert wieder Gläser. Franz, nach seinem Spätdienst, kommt mich besuchen.

Hab schon gehört, sagt er.

Was?

Dass du mit dem …

Ahmed.

… Ahmed zum Telefonieren gegangen bist.

Was ist denn schon dabei?

Nix.

Franz und sein verdammtes Stethoskop. Er stöpselt es in die Ohren und fängt an, sich abzuhören. Halsschlagader links, Halsschlagader rechts. Schläfen. Herz. Lunge. Einatmen, ausatmen. *Nix* heißt: Skandal. Die Einzelheiten sind aus Franz aber nicht herauszubekommen. Er steckt das Stethoskop in die Brusttasche.

Wie ist die Stimmung?, frage ich.

Er hebt die Schultern: Könnte kippen.

In welche Richtung, sagt er nicht. Aber der Mann mit dem Stethoskop könnte mein Frühwarnsystem sein. Der Franz ist am Puls des Dorfes, der weiß, wer röchelt und wem die Ader schwillt. Man mag ihn. Dem sieht man sogar nach, wenn er sich mit mir abgibt und zum Willkommensfest für die Wildfremden geht.

Wir sind doch eine Gemeinschaft, sage ich, weißt du noch, wie vor drei Jahren der Bach überging?

Mhmm.

Unser Rinnsal, in dem man normalerweise kaum die Füße baden kann, war zu einem dickflüssigen Strom aus Schlamm, Steinen und Treibholz aufgeschwollen, der wie ein führerloser Bulldozer im Dorf wütete. Die, die oben wohnen, halfen denen, die unten wohnen. In der Nacht, um zu retten, was zu retten war, und danach beim Entrümpeln oder mit trockenen Sachen, mit Decken, mit Essen. Und so eifrig man auch arbeitete, man schaute genau, wer da war und wer sich drückte.

Und jetzt? Wir wohnen oben, die unten, oder?, sage ich.

Mich, sagt Franz, musst du nicht missionieren, erklär das besser dem Großen Schweißausweis.

Dann warten wir, bis der letzte Stammtischler das Lokal verlassen hat. Es dauert.

Soll ich dich nach Hause begleiten?, fragt Franz.

Nicht nötig, sage ich.

So viel Vertrauen habe ich gerade noch in uns. Da draußen lauert keiner, um mich zu vermöbeln. Oder sonst was. Als ich unter die letzte Laterne trete, erlischt sie. Elf Uhr. Ich lege meinen Kopf in den Nacken und schaue in den Himmel.

Milchstraße

In der Stadt gibt es viele Lichter; unendlich viel mehr als die paar Laternen im Dorf. Aber das Flimmern der Sterne ersäuft in der Lichtflut der Großstadt. Bei uns ist es umgekehrt. Unsere trüben Laternen erlöschen früh, weil man Strom sparen will, und danach kommen noch ein paar Sterne heraus. Um die Zeit ist niemand mehr auf der Straße, mit Ausnahme vielleicht des Burgherrn, der seinen Geländewagen geräuschlos und mit ausgeschalteten Scheinwerfern zu uns lenkt.

Meistens kann ich die Milchstraße sehen. Sie heißt so, weil die Göttin Hera, Zeus' Gattin, bei einer Gelegenheit, deren Einzelheiten ich vergessen habe, mit ihrer Muttermilch herumgespritzt hat, bis an die Sterne weit.

Das heißt doch wohl: Die Milchstraße ist ein Symbol verschwendeter (oder großzügig verteilter) Mütterlichkeit. Wenn sich dieser fahle Schleier über den Himmel legt, dann denke ich an diesen Überschuss an Mütterlichkeit und was das bedeuten mag. Dann, wenn ich ein Bedürfnis nach großen Gedanken habe, weil ich mich selbst klein und unbedeutend fühle. Das kommt vor. Seit meiner Rückkehr aus der Stadt öfter. »Größer« wollen doch alle gerne; und es gibt so viele Möglichkeiten. So wie ich mir meine eher kleinen Brüste mit Silikon aufbessern lassen könnte. *Könnte –*

würde ich nie tun. Da wäre ich wohl die Erste im Dorf. *Kommt ohne Diplom aus der Stadt, dafür mit dicken Dingern.* Aber über die großen Autos, die die Männer hier vor den Garagen stehen haben, diesen Doppel- und Dreifachgaragen mit den elektrischen Toren, darüber redet keiner – das ist ja total in Ordnung, so eine symbolische Schwanzverlängerung. Was Großes, immer muss es etwas Großes sein. Unsere Freiwillige Feuerwehr hat Leitern, mit denen könnten sie das Dach eines zehnstöckigen Hauses auf Augenhöhe löschen. Sinnlos, aber länger als die der Nachbarfeuerwehr.

Der Burgherr hat ebenfalls Großes anzubieten; Gedanken von Größe. Oder eher: Träume von Größe, die kosten weniger Mühe. Deswegen folgen sie ihm, mein Bruder, die Müllers. Auch, weil er immer weiß, wo das Kleine ist, das vom Großen nach den Gesetzen einer eisernen Natur kleingehalten werden muss. Die einen tragen die Stiefel, und die anderen bekommen die Sohlen zu sehen.

Das sind gewiss nicht die großen Gedanken, die ich meine, wenn ich mir die mütterliche Milchstraße anschaue. Eher so etwas: *Über uns der bestirnte Himmel und in uns das moralische Gesetz.* Ist von Immanuel Kant, von einem kleinen, buckligen Männlein, das nichts von der Welt gesehen hat, immer in seinem klitzekleinen Königsberg geblieben ist. Einer von diesen schönen Sätzen, die ich irgendwie nie aus dem Sinn kriege. Vielleicht verstehe ich ihn falsch, aber mir gibt der Spruch ein tröstliches Gefühl der Geborgenheit im Ganzen – dieses schöne Gespann von *über mir, in mir.* Wie weit ich damit komme: keine Ahnung. Der bestirnte Himmel wölbt sich über uns allen, aber nicht alle sehen ihn, und wie es mit dem moralischen Gesetz »in uns« steht – vermutlich nicht so toll. Sonst hätte der Burgherr keine Gefolgsleute, und die Dörfler kämen in Scharen zum Willkommensfest.

Das ist vielleicht naiv. Ich will gut sein, aber nicht so blindwütig wie meine Mutter. Vielleicht wird mir sogar der Burgherr helfen müssen, aus alter Verbundenheit unter Bücherfreunden – selbst wenn es seinen Preis kostet.

Fortgehen

Lesen hat mir immer Spaß gemacht, das Studium der Literatur weniger. Aber das merkte ich zu spät. Auf einmal musste ich das, was mir immer warm und vertraut in der Hand lag, mit Zangen und Pinzetten anfassen – und das Papier wurde starr und spröde, die Worte darauf bockig und verstockt. Damit hatte ich nicht gerechnet, und leider war ich auch nicht besonders gut informiert. Wer flieht, will erst mal weg, einfach weg; das Wohin ist eine andere Sache. Das gibt sich, dachte ich im ersten Semester, und ein wenig sogar noch im zweiten.

Ich wurde eskortiert, bei meinem Umzug in die große Stadt. Mutter und Onkel Hermann fuhren mit, am Steuer seines Geländewagens saß der Burgherr und neben ihm mein Bruder. Dem hatte der Burgherr einen Ausflug in die Hauptstadt der Bewegung versprochen. Wir laden die kleine Studiosa in spe in ihrer Kommune ab, und dann zeig ich dir die Stätten von Bedeutung, sagte er. Ihn kniff er dabei in die Backe, und mir zwinkerte er über den Rückspiegel zu. Er kann ein sympathischer Mensch sein. Scherz, Satire und Ironie sind ihm nicht fremd. Er ist nur schwer zu fassen.

Lieber wäre ich alleine mit Bus und Zug gefahren, obwohl ich mich der beiden abgeranzten Koffer schämte. Ich hatte gehofft, ohne Aufsehen einziehen zu können, und gebeten, mich einfach vor der Tür des Wohnheims rauszulassen, aber meine Eskorte bestand auf einer genauen Inspektion der Örtlichkeiten. Onkel Hermann musste pinkeln – ignorierte das *Nur-im-Sitzen*-Kärtchen, das ich fast als erste Amtshandlung aufgestellt hatte – und versaute zur Einweihung das kleine Bad meines kleinen Apartments mit Kochnische und Balkon, auf den gerade mal ein Mineralwasserkasten passte. Mein Bruder versuchte einen Aufkleber vom Türstock zu kratzen, nicht den angebissenen Apfel, sondern den roten Stern, Hinterlassenschaft eines früheren Bewohners. Der Burgherr stand auf dem Balkon, beide Hände aufs Geländer gestützt, und blickte auf die Stadt. Viel sah man nicht.

Mutter legte den Arm um mich und sagte zum tausendsten Mal, wie stolz sie sei. Und was ich bis dahin nie gehört, aber stets erwartet hatte, jetzt sagte sie es, zu heftigem Kopfnicken Onkel Hermanns: Mach uns keine Schande. – Jetzt aber ab mit euch, dachte ich, ich habe an meinen eigenen Sorgen und Ängsten genug zu tragen; die Erwartungen und Ansprüche meiner Mutter und eines ganzen Dorfes brauchte ich nicht noch dazu.

Und lass dir bloß nichts anhängen, sagte Onkel Hermann – ausgerechnet er, der mich immer die zwei Sekunden zu lang anschaut, die zwei Sekunden, in denen ein Blick zum Starren wird, Aufmerksamkeit zu Belästigung.

Du alter Sack, dachte ich, ich bin nicht die Unschuld vom Land, die solche Ratschläge braucht, erst recht nicht von einem, der nicht einmal in die Kloschüssel trifft. Ich sah Mutter an, aber sie nahm mich nicht in Schutz, lud weiter unausgesprochene Erwartungen auf mir ab; vielleicht zählten Onkel Hermanns Bedenken dazu. Ganz sicher sogar.

Unsere Kleine kriegt das schon alles geregelt, sagte der Burgherr, als er vom Balkon hereinkam, die ist schnell, schlau und schön, was soll da schiefgehen?

Er zog ein Mobiltelefon aus der Tasche und hielt es mir hin: Hier kannst du so was gebrauchen.

Ich war irritiert – nicht wegen des Telefons, das steckte ich einfach ein und sagte danke –, sondern wegen schnell, schlau und schön, das war wie in diesen Intelligenztests: *Welcher der drei folgenden Begriffe passt nicht in die Reihe?*

Ich wollte sie alle nur noch loswerden. Mein Bruder stand siegreich grinsend vor mir – ich lief an die Tür, und natürlich: Der Idiot hatte den roten Stern durch einen schwarzen Adler auf schwarz-weißroten Streifen ersetzt. Kann man wohl verstehen, dass ich die Fassung verlor: Raus, raus jetzt, lasst mich jetzt allein, das ist nun meine Sache, vielen herzlichen Dank fürs Herbringen, aber jetzt habe ich zu tun, muss mich anmelden und meine Nachbarn kennenlernen, schaut euch die Stadt an, und dann gute Heimreise, grüßt mir alle – diese Dinge sagte ich, während ich die Koffer auf dem Bett ausleerte – und die könnt ihr gleich wieder mitnehmen, dafür habe ich keinen Platz hier.

Platz wäre schon gewesen, unterm Bett, aber die Koffer wären mir wie Spione aus der Heimat und meiner überwundenen Vergangenheit vorgekommen.

Der Burgherr schob meine Mutter, meinen Bruder und den Onkel, der seine Augen kaum von der aufs Bett gekippten Unterwäsche wegbekam, sanft aus dem Apartment, zupfte im Vorbeigehen sogar noch den Reichsadler vom

Türstock und klebte ihn dem Bruder zwischen die Schulterblätter aufs Hemd.

Er griff an die Klinke, und im letzten Moment, bevor die Tür ins Schloss fiel, hörte ich Mutter sagen: Wenigstens können wir sie erreichen.

Schnell, schlau, schön – aber von allem nicht genug. Sonst wäre ich ja nicht wieder im Dorf gelandet.

Opa

Ich bin in Opas früherer Wohnung bei uns im Haus und betrachte den Heiligenschrein. Frische Blumen stehen vor dem Foto meiner Urgroßmutter. Ihr Rosenkranz ist über die obere linke Ecke des silbernen Rahmens drapiert. Alles wie immer. Ab und zu muss einer nach dem Rechten sehen, und ich mache das gern. Ich habe mich früher oft hierher zurückgezogen, wenn mich Josef oder Mutter nervten.

Opa, so nett er war, pflegte ein bedenkliches Hobby. Er hielt sich für eine Art Wissenschaftler, dabei hatte er nie studiert. Sein Wissen bezog er aus einigen stockfleckigen Büchern, die von seinem Vater stammten. Der war groß, blond, schlank und blauäugig – Opa klein, dick, bestenfalls dunkelblond, und er hatte braune Augen. Sowie eine ziemlich dunkle Haut, was er jedoch immer auf die Arbeit im Freien schob.

Wie kann das sein, fragte er mich, wenn es auf das Thema kam, und das passierte oft. Er sprach ungeniert von der »Rassenfrage«, so wie er heiteren Sinnes »Neger« sagte.

Uropa war vielleicht gar nicht dein Papa – hätte ich gerne geantwortet, aber ich traute mich nie. Opa hätte das auch nicht geglaubt, denn abgesehen von Äußerlichkeiten hielt er sich für das Abbild seines hochverehrten Herrn Vaters, charakterlich gesehen. Außerdem sagte er: *Meine Mutter war eine Heilige.* Welche sich bekanntlich nicht anderen, Unberechtigten hingeben. Ich habe die Uroma nicht kennengelernt – genauso wenig wie der Opa, denn sie ist bei seiner Geburt gestorben. Der Uropa baute dann den Heiligenschrein in der guten Stube, unter dem Kruzifix.

Weißt du, sagte Opa gern, es ist wichtig zu wissen, woher man kommt.

Ich finde es wichtiger zu wissen, wohin man geht, sagte ich wegen des Widerspruchs, aus Prinzip sozusagen, und guckte auf das Bild meiner Uroma.

Von wegen »Arbeit im Freien«: Opas dunkler Teint stammt von ihr. Meiner auch. Falls das Foto nicht total falsch belichtet ist (aber auf dem Tuch, das sie um die Schultern geschlungen hat, sind alle Muster und Schleifen und Troddeln gut zu erkennen), sieht sie aus wie eine – Zigeunerin. Süditalienerin. Griechin. Türkin. Diese Richtung.

Woher kam denn die Uroma?, habe ich ihn oft gefragt. Wie konnte er sagen, es sei wichtig zu wissen, woher man komme, um dann genau diese Information nicht herauszurücken?

Weiß nicht genau, sagte der Opa immer zögernd und herumdrucksend, aber aus der Gegend.

Das ließ ich ihm nicht durchgehen: Komm schon, Opa, sie sieht nicht aus wie eine von hier.

Die Sache ist bei uns seit je geheimnisumwittert. Mein Urgroßvater war Zimmermann. Es gibt ein Foto, da posiert er mit entblößtem Oberkörper, balanciert einen riesigen Holzbalken auf der Schulter, als wäre es ein Spazierstock, und grinst. Blonde Haarlocke in der Stirn. Mein Bruder liebt dieses Foto. Wichsvorlage für Deutschnationale wie dich, habe ich ein paarmal zu Josef gesagt. Worauf er jedes Mal ausgerastet ist und versucht hat, mich zu verprügeln.

Als Geselle ist der Uropa auf die Walz gegangen, ohne einen Pfennig in der Tasche, nur mit seinem Werkzeug im Bündel, und hat sich hier und da verdingt. Opa besaß das Tagebuch dieser Reise durch Europa, aber er ließ mich nie hineinschauen. Nach seinem Tod haben wir es nicht gefunden. Vielleicht sollte ich *das* nicht lesen:

Irgendwo in der Pannonischen Tiefebene, 14. September 1928.
Seit Tagen schon helfe ich bei diesem fahrenden Volk aus; ich erwidere ihre Freundlichkeit, mich ein Stück Wegs aufsitzen zu lassen, auf meine Weise, indem ich die Wägen und rollenden Hütten repariere. Die wenigen Meilen, die ich mitfuhr, sind natürlich längst abgegolten, doch etwas hält mich hier.

22. September
Ich freute mich zu früh – als fleißigen Handwerker hat man mich gerne hier, aber einer der Ihren wird ein Fremder niemals werden. Die sehnsüchtigen Blicke in Richtung meiner Süßen sind nicht unbemerkt geblieben. Nun ist viel Stirnrunzeln und finsteres Gebaren, wo zuvor heiteres Spiel und Scherzen herrschte. Noch ist die Gastfreundschaft nicht aufgekündigt, aber wenn ich ginge, niemand würde mich aufhalten. – Im Morgengrauen wollen wir ohnehin fort, ihr Bündel ist nicht größer als meins.

Kann sein, dass die Phantasie mit mir durchgeht. Vielleicht war es doch eher so:

Temeschburg, 2. Oktober 1929
Sie wird meine Frau! Sobald ich meinen Meisterbrief habe, kehre ich zurück und hole sie! Mit ihrem Vater bin ich nun endlich einig. Er hat hier genug Mäuler zu stopfen, und eine, die hinkt und der ein hängendes Lid den linken Augapfel verschattet, ist nur um teures Geld und Mitgift zu verheiraten, zumalen sie drei bildschöne Schwestern hat. Welche mich aber nicht reizen! Nur diese eine will ich, und ich erhalte sie um den Arbeitspreis eines Dachstuhls und eines mittelgroßen Heuschobers. Es wird mich nicht reuen: Eine fleißige Person mit Witz und Verstand, kein Püppchen, eine Donauschwäbin von kräftiger Gestalt wird mein sein, wenn ich sie nur endlich heimbringe, unter unseren Schlossfelsen.

Aber was blieb mir übrig, wenn Opa mir die Fakten so standhaft verweigerte. Bleibt die Frage: Was ist denn mit ihrem Auge los? – Ach, Kind, was soll sein, vielleicht hat der Fotograf im falschen Moment auf den Auslöser gedrückt, als sie geblinzelt hat.

Mutter kommt herein, sieht mich am Schrein stehen und rollt die Augen. Zu all dem hat sie nichts beizutragen, dies ist die Sippe meines Vaters. Den Stammbaum ihrer, Mutters, Linie kenne ich bis ins soundsovielte Glied. Dank Ariernachweis, da waren sie pingelig. Säuberlich in alter deutscher Schrift ausgefüllte Kästchen, verschämte Strichlein dort, wo man eine Blöße zugeben musste, wiederholte und neue Namen, und viele ✳, †, ∞. Oder besser: ✳, ∞, †, dann hat das seine christliche Ordnung. Und nach dem ∞ noch einige ✳, die später dann ∞, einige ✳ zeugen und schließlich †. Das † unter anderem wegen: Abzehrung, Altersschwäche, Kindbettfieber, Gehirnentzündung, Schlagfluss, Gicht, Gallensteinoperation. Ein Leberleiden hier und da – nur nicht zu viel davon, man könnte sonst auf erblichen Alkoholismus schließen.

Wo haben Uropa und Uroma geheiratet, und wann genau?, frage ich den Schrein, als wäre er ein Orakel. Ich weiß nicht, zum wievielten Mal. Nützt nichts. Er sagt mir auch nicht, warum ich mich zu südländischen Menschen hingezogen fühle. Weil ich auch so eine bin? Bin ich eine?

Bleib

Die Behördenpost lief durch unsere Hände. Wir, Mutter und ich, hatten den Schlüssel zum Briefkasten am Schulhaus. Wir hätten die Briefe gleich öffnen können, denn unsere Gäste gaben sie uns ohnehin sofort zu lesen und zu deuten, aber wir taten es nicht. Nur einen machte ich auf, in einer Mischung von schlechtem Gewissen und schrecklicher Neugier. Ich dachte nicht darüber nach, wie ich ihm den geöffneten Umschlag später erklären würde.

Sehr geehrter Herr ...,
hiermit ergeht Aufforderung an Sie, sich am ... in die Aufnahmeeinrichtung in ... zu begeben. Bitte benutzen Sie den beigefügten Fahrausweis der Deutschen Bahn. Beachten Sie, dass dieser Fahrausweis nur an diesem Tag und nur für die darauf angegebenen Züge gültig ist.
Wir machen Sie darauf aufmerksam, dass Sie, sofern Sie dieser Aufforderung nicht nachkommen, Ihren Anspruch auf finanzielle Unterstützung verlieren. Auch der Ausgang Ihres Anerkennungsverfahrens würde dadurch ungünstig beeinflusst.
Gegen diesen Bescheid ist kein Einspruch möglich.
Mit freundlichen Grüßen

Als ich diesen Brief las, saß ich hinter unserer Scheune auf einem Stapel alter Dachziegel, und ich dachte: *O nein*, nicht Ahmed, und nicht in diese Stadt. Er hatte sie schon zwei- oder dreimal erwähnt. Es gab dort eine größere Kolonie von Leuten aus seiner Heimatstadt, oder Familie. Natürlich wollte er dorthin, kann man ja verstehen.

Aber daraus würde nichts werden. Ich steckte den Brief in den Umschlag, schob den Umschlag zwischen die Dachziegel; da lag er trocken und sicher. An die zuständige Stelle schrieb ich, der fragliche Mann habe sich aus dem Staub gemacht, aktueller Aufenthalt unbekannt. So etwas kam vor. Viele waren auf eigene Rechnung unterwegs, vom Radarschirm der Behörden verschwunden. Die Unterschrift meiner Mutter kriegt jeder hin, und die alten offiziellen Briefbögen liegen in ihrer Schreibtischschublade, der Stempel daneben.

Was soll ich sagen? Es gab eben nichts, das mich davon abgehalten hätte. Ich wollte ihn behalten, fast um jeden Preis. Für mich, und für diese andere Person. Mutter – schön und gut; aber ich weiß, wie es ist, ohne Vater aufzuwachsen. Es war so eine Idee, ein Impuls. Kein Entschluss fürs Leben. Ich wollte einfach mehr Möglichkeiten.

Heim

Fünf Tage nach dem Fest rollt eine Baukolonne durch das Dorf – zwei Personentransporter, mehrere unbeschriftete Kastenwagen, vier Kleinlaster mit Material, darunter Betonmischmaschinen und Gerüstteile, drei Tieflader, die je zwei Wohncontainer tragen, folgen. Staub wirbelt auf: Zuerst denke ich, das Wäldchen hinter dem Bergwerksgelände brennt. Ich stehe vor unserem Haus und beobachte alles durch Opas gutes Fernglas. Leute versammeln sich an der Dorfstraße, laufen auf und ab, gestikulieren. Zwei, drei Minuten hastet ein Lieferwagen hupend hinterher, wie um den Anschluss nicht zu verlieren. Auf dem Anhänger hat er vier Toilettenhäuschen – die einzigen Objekte dieser Invasion mit erkennbaren Hoheitszeichen. Ein Firmenname und ein Slogan: *Ihr Geschäft ist unser täglich Brot.*

Mutter hört mich lachen und kommt heraus.

Was ist so lustig in diesem Scheißdorf?

Seit dem Willkommensfest versucht sie, die Fassung zu bewahren. Oder wiederzufinden. Ihre Laune könnte deutlich besser sein. Zu mir ist sie nett, auch zu den Bewohnern des Schulhauses. Zum »Dorf« nicht, wiewohl sie jedem Einzelnen verbindlich wie immer begegnet. Ich erzähle ihr, was ich gesehen habe – Mutter schneidet mir das Wort ab, mit einem scharfkantigen Fakt:

Die bauen die Knappenhäuser um.

Wozu?

Wird sich herausstellen.

Ich glaube, sie weiß längst, was da läuft, sonst wäre sie nicht so ruhig. Als ich das letzte Mal bei den Knappenhäusern gewesen bin – Jahre her –, schon da waren sie ziemlich heruntergekommen, das Beste noch die schiefergedeckten Dächer. Es muss einmal ein großes Business gewesen sein, Schiefer für Dächer und Fassaden und Tafeln. Im Heimatkundeunterricht erzählten sie von über hundert Arbeitern, zur Blütezeit, die meisten aus dem Osten zugewandert. Unsere Leute gehen ungern tiefer unter die Erde, als die Kartoffeln liegen.

Im Wirtshaus brummt es. Georg wirft mir mit dem Kittel einen bösen Blick zu, denn ich bin spät dran. Schon fliegen die Gerüchte durch die Stube; wie draußen die ersten Fledermäuse, Kreaturen der Dämmerung. Ich habe Dienst am Tresen, der Wirt serviert. Kundenpflege, raunt er, als er ein Tablett voller Biergläser abholt. Ich bin dankbar, dass er mich aus der Schusslinie hält. Außerdem schäme ich mich in diesem Kittel; hinter der Zapfanlage bin ich einigermaßen sicher vor Blicken.

Und ich mag es, an diesen Hebeln zu ziehen. Von links nach rechts: Helles, Dunkles, Limonade, Mineralwasser. Anfangs kommen Beschwerden – nicht so viel Schaum, Fräulein, das ist ein Bierglas und keine Badewanne –, ich bin zu hektisch, aus der Übung. Aber nach ein, zwei Dutzend Gläsern hab ich es wieder zuverlässig drauf. Der linke Hahn bleibt auf, ich ziehe nur noch die Gläser durch, bis das Gewicht in meiner Hand stimmt, und ich denke an Ahmed und die anderen Abstinenzler im Schulhaus und stelle mir vor, was sie wohl denken würden, wenn sie uns hier sehen könnten. Wir hätten wichtige Dinge zu besprechen, wir als Dorfgemeinschaft, in diesem inoffiziellen Parlament, aber Glas um Glas kommt die Dämmerung auf uns herab, mehr und mehr Fledermäuse schwärmen aus.

Einer will gehört haben, dass die Mine wieder in Betrieb genommen wird, aber diesmal soll – hört, hört! – Gold geschürft werden. Einer weiß (»aus sicherer Quelle«): Die Stollen und Schächte werden zu Heilstollen, unser Dorf zum Kurort. Unsinn, sagt der Schweißermeister, der Berg ist leer, und alles, was man jetzt gesehen habe, das seien nur die Vorbereitungen zum großen Straßenbauprojekt. Damit erntet er einen Moment Stille, und ich verfehle einen Eichstrich, weil ich weiß, was er meint: die Hangstraße, an unserem Haus vorbei, hinauf auf die Ebene.

Das hat der Hitler uns schon versprochen, grölt der Schweißermeister –

Was hat euch der Hitler versprochen?, fragt der Burgherr, und kreischend stieben all die Fledermäuse davon. Bier rinnt mir über die Finger. Ein Wirtshausbesuch des Burgherrn ist so selten wie eine Sonnenfinsternis über dem Dorf. Volksnah ist er nicht. Irgendwie wird es auch kühl in der Stube. Aber vielleicht bilde ich mir das ein, und es ist nur die Abendluft, die hereinzieht. Der Schweißermeister, der Herr der Flammen und der Funken: ein ausgeblasenes Kerzlein.

Der Burgherr behält seinen grünen Hut auf. Die rote Feder wippt sachte. Er steht auf der Schwelle, Klinke in der

Hand. Gekleidet wie stets, in Jägergrün. Tadellose Bügelfalte in der Kniebundhose.

Wozu der Lärm?, fragt er.

Bitte, sagt Georg und weist auf einen Stuhl am Wirtstisch: Bitte sehr, setzen Sie sich doch.

Der Burgherr und unser Unterstützer sind die einzigen Leute im Dorf, die von allen gesiezt werden, jener vor lauter Hochachtung, dieser aus Verachtung. Der Burgherr hat sich keinen Schritt bewegt. Fast flehentlich klingt es, als Georg ihn zum dritten Mal einlädt: Bitte hier, gern an unserem Tisch.

Jetzt nickt der Burgherr verbindlich und lässt sich auf dem angebotenen Stuhl nieder, den er umgehend näher an den Kachelofen rückt. Als ich ihm ein Bier serviere – Georg hat es ungeduldig per Fingerschnippen bestellt, denn er sitzt schon bei seinem illustren Gast –, höre ich den Burgherrn etwas murmeln, das klingt wie: *Du musst es dreimal sagen.*

Der Spruch ist für mich bestimmt, aber Georg bezieht es auf das Bier: Entschuldigen Sie, aber sie ist noch nicht eingearbeitet.

Ach, sagt der Burgherr und sieht mich von seitlich unten an, so dass ich nicht erkennen kann, ob er grinst oder es ernst meint, da hast du ein hoffnungsvolles Talent angestellt, keine Sorge.

Er hebt das Glas an die gespitzten Lippen, ich sehe den Adamsapfel auf und nieder gehen; doch seltsam – die Grenze zwischen Schaum und Flüssigkeit bleibt exakt dort, wo ich sie eingerichtet habe: am Eichstrich. Er streicht mit dem Zeigefinger über den Mund, stößt dezent, aber behaglich auf. Dann wendet er sich dem Publikum zu, das die vergangenen Minuten flüsternd auf diesen Moment gewartet hat. Herrgott, eine Audienz beim Burgherrn leibhaftig, herabgestiegen von seiner Festung in diese Niederungen.

Ihr fragt euch, was am alten Schieferbergwerk vorgeht.

Der Marionettenspieler zupft an den Fäden: Alle nicken, ganz und gar synchron. Ich stehe wieder an der Zapfanlage. Limonade tropft ein wenig, ich schiebe einen Schwamm unter. Tropfen für Tropfen saugt der Schwamm auf.

Also gut: Das Gelände gehört mir schon seit langem. Die Knappenhäuser sind von guter Substanz. In Kürze werden meine Arbeiter sie so weit hergerichtet haben, dass neue Bewohner einziehen können.

Wieder nicken sie. Aber verstanden heißt nicht einverstanden. Man rutscht auf den Stühlen herum, sucht Augenkontakt zum Nachbarn; der wird doch wohl das Gleiche denken wie man selbst: neue Bewohner?

Der Burgherr richtet sich an Georg: Würde es dir etwas ausmachen, den Ofen anzuheizen?

Georg gestikuliert in Richtung seiner Mutter, welche sofort geschäftig wird.

Das, sagt der Burgherr, bedeutet, dass wir schon bald an die hundertzwanzig Menschen hier in unserem Dorf begrüßen dürfen. Vielleicht mehr. Weitgereiste Neuzugänge, Morgenland meets Abendland, sozusagen.

Pause. Ruhe. Bis einer sagt: Na dann, gute Nacht.

Jetzt ist es auch dem Letzten klar: Hier handelt es sich nicht um ein Einheimischenmodell. Was die Leute genauso wenig wie ich verstehen, ist, warum ausgerechnet dieser Mann sich als Herbergsvater der Mühseligen und Beladenen aufspielt. Das ist die Rolle meiner Mutter; und wie weit ist sie damit gekommen, mit gerade mal einem knappen Dutzend Menschen? Der Burgherr, der ist doch der heimliche und unheimliche Kommandant seiner Wehrsportgruppen, der Mann, der im Burghof die schwarzweißrote Reichskriegsflagge wehen lässt, sagen die Leute. Mit Ausländern – wie soll man sagen – hat er es nicht so. Der Fremde ist in der Fremde am besten aufgehoben, sagt Josef. Und das ist bestimmt nicht auf seinem eigenen Mist gewachsen.

Seit Minuten habe ich nichts mehr gezapft, nur einmal den Limonadeschwamm ausgedrückt. Meine Hand klebt; ich tauche sie ins Spülbecken. Schön kühl. Der Tresen ist meine Bastion, die Zapfanlage meine Zitadelle. Dahinter fühle ich mich sicher. In der Gaststube braut sich etwas zusammen. Das Volk murrt. Der Schweißermeister traut sich endlich. Sein Stuhl fällt krachend, er reckt die Faust gegen den Burgherrn – nicht direkt, nur in die Richtung. Hinter ihm, dem Sturmkatapult der neuen Bewegung, erheben sich zwei, drei Männer langsam. Der Burgherr fühlt an den Ofen, aber es braucht seine Zeit, bis so ein Kachelofen warm wird, obwohl Georgs Mutter hinten wie ein Lokomotivheizer bei Volldampffahrt nachlegt. Sonst verzieht er keine Miene.

Das können Sie nicht machen, ruft der Schweißermeister, das – das sind ja fast so viele wie wir.

Damit fliegt der Stöpsel aus der Flasche, die Versammlung schäumt auf:

Ohne uns zu fragen, Unverschämtheit! – Die wollen wir nicht! – Da trau ich mich ja nicht mehr auf die Straße! – Alles Schmarotzer! – Die im Schulhaus sind schon zu viel. –

Keine Neger im Dorf! Und keine Mohammedaner! – Wir sind das Dorf! – Dann müssen wir unsere Mädchen einsperren! – Und die Hühner! – Fahrräder auch. – Die schmeißen den Müll überallhin, weiß man ja. – Machen wir eine Abstimmung! – Wer dafür? Wer dagegen?

Keine Hand rauf, alle Hände rauf. Jetzt sehen sie ihn wieder erwartungsvoll an. So läuft das doch mit der Demokratie. Alle Macht geht vom Volke aus, oder so. Der Schweißermeister nährt schon wieder ein kleines Flämmchen und trotzt dem kühlen Blick des Burgherrn:

Also, daraus wird nichts, wir haben uns dagegen entschieden.

Ihr, sagt er, ihr habt hier gar nichts zu entscheiden. Aber euer Undank enttäuscht mich tief.

Mit dem spitzen Nagel seines Zeigefingers sticht er hierhin und dorthin.

Du reparierst mein Auto. Und du, wer zieht die Zäune um meine Anwesen? Wer wäscht und bügelt die Uniformen meiner Männer? – du und du dort, eure ganze Familie. Meine Heizung wartest du. Wenn es etwas zu mauern gibt, rufe ich dich, ja, du dort am Fenster. Du schneidest meine Haare, du mähst meine Wiesen, und das Heu lass ich dir für deine Pferde. Du schlägst das Holz in meinem Wald. In deinem Kleinbus fahren meine Männer zur Fortbildung. Wir trinken dein Bier, Georg. Und in deiner Küche könntest du das Essen für die Neuen kochen.

Ach so?, sagt Georg.

Da wird die Mama neue Rezepte lernen müssen, denke ich, und: Mit ein paar Sätzen hat er die Leute auseinanderdividiert. Teile und herrsche. Die Profiteure gucken auf den

Boden oder ins leere Glas, die bisher Übergangenen schauen missgelaunt oder erwartungsvoll den Burgherrn an, und ich denke an die Schokoriegel, die er für mich hat fallen lassen.

Ihr vergesst schnell, ihr Leute, sagt er. Wer hat euch geholfen, als die Leute vom Balkan kommen sollten?

Das überrascht mich. Davon habe ich noch nicht gehört. Von Jugoslawien, dass es in Serbien und Kroatien und so weiter zerfiel, das schon. Allerdings war ich da noch nicht auf der Welt.

Ja, eben, fängt der Schweißermeister an, da ging es doch auch.

Er macht eine ausholende Bewegung mit beiden Händen, die ich nicht recht deuten kann. Der Burgherr lehnt mit dem Rücken am Kachelofen und lächelt in die Runde.

Auch für dich, du Schweißer, werden wir eine Beschäftigung finden. Wir haben uns immer geeinigt. Zu meinen Bedingungen und zu eurem Nutzen. Aber die Zeiten ändern sich. Jenseits eurer Hecken gibt es etwas zu entdecken. Wie lange habt ihr euch über euer Abgehängtsein beklagt, über schlechten Fernsehempfang, mieses Internet, dass eure schicken Handys so nutzlos sind, dass die Straße hier endet – nun kommt die Welt zu euch, und ihr schmollt wie Kinder, die ihr Spielzeug teilen sollen.

Das Murren nimmt zu, doch es hat einen resignierten Unterton. Man darf sich nicht alles bieten lassen, schon wahr, aber mit dem großen Mann will man es sich auch nicht verscherzen. Verdammte Zwickmühle, das.

Freibier!, schreit der Burgherr plötzlich und reißt die Arme hoch, was ihr wollt, soviel ihr wollt! Freibier! Alles auf mich!

Die rote Feder auf seinem Hut zuckt wie eine Peitsche und trifft den Schweißermeister, der noch etwas rufen will, er holt schon Luft, dann weicht er den nach vorne Drängenden, die an meine Zitadelle branden. Jetzt könnte ich mehr als zwei Hände gebrauchen, ich lasse die Gläser fliegen, die Hähne bleiben offen. Freibier ist Freibier, und danach sieht man weiter. Georg zischt: Besser schnell als genau. Im Augenwinkel sehe ich, wie der Burgherr den Weg geht, den er gekommen ist, wie er auf der Schwelle innehält. Er winkt. Mir. Ich hoffe, dass keiner das gesehen hat.

Als ich an dem Abend nach Hause gehe, spät, sehr spät, ist der Mond auf die Erde gefallen – nicht einer, viele. Mattweiß leuchtende Ballons, die über der Baustelle am Schieferbergwerk schweben. Das monotone Jaulen der Betonmischmaschine ist zu hören, gelegentlich Stimmen. Ich stinke nach Bier, obwohl ich nicht einen Schluck getrunken habe. Georg schon.

Während ich die Schänke putzte und er die Stühle hochstellte, hatte er über den lockenden Auftrag phantasiert und mich gefragt, was *diese Leute* wohl äßen. Keine Ahnung, aber wenn du einmal in der Stadt gelebt hast, glauben sie dir (fast) alles, solange du es nur ernst genug vorträgst.

Blasen

Die auf meinem Flur im Wohnheim studierten fast alle technische oder naturwissenschaftliche Fächer; die meisten waren Anfänger wie ich, ängstlich und strebsam. In der Hierarchie stand ich mit meinem Studiengang weit unten. Betriebswirtschaftler, Ingenieure, Informatiker, angehende Juristen sahen mich mitleidig an, wenn ich sagte: Germanistik, aber nicht Lehramt.

Besonders meine männlichen Mitbewohner fanden so etwas lustig: kindlich-runde, restaknegeplagte Kreaturen, die auch mal flennend den Flur entlangschlichen, wenn sie eine Prüfung vermasselt hatten. *Dann* guckten sie mich beschämt, aber flehentlich an, als ob ich, als Frau, sie zu trösten hätte, während sie von ihren Kumpels bloß blöde Sprüche zu hören bekamen. Aber ich machte die Tür hinter mir zu; von innen. Mein altes Problem: Ich glaubte, die Kontrolle zu haben, und erlaubte mir ein herablassendes Mitgefühl für die mit Hebelgesetzen, pH-Werten, Bilanz- und Paragraphenstudium Geschlagenen. Ich dagegen konnte jederzeit ein Buch aufschlagen, und dann ging ich ... *durch die Welten, ich stieg in die Sonnen und flog mit den Milchstraßen durch die Wüsten des Himmels.*

Im Hörsaal und im Seminar blieben wir Frauen weitgehend unter uns. Ich hatte vage gehofft, hier ein paar Freundinnen zu finden. Doch die Studentinnen, die in der Stadt groß geworden sind, interessieren sich nicht für uns von außerhalb. Die gehen nach der letzten Veranstaltung nach Hause, zu ihren Familien und den Freunden, die sie noch aus der Grundschule kennen. Warum sollen sie sich eine wie mich ans Bein binden, eine mit seltsamer Dialektfärbung im Hochdeutschen, bei der man irgendwann eine Einladung nach Oberunterhintervorderheimhausen befürchten müsste, wo es komisches Zeug zu essen gäbe, von unbeholfenen Verwandten aufgetischt, für die ich mich fremdschämen müsste.

Also hielt ich mich an die Auswärtigen; und die Auswärtigen hielten sich an mich. Wir bildeten eine Blase, die anderen bildeten eine andere. Sehr stabile Blasen, die nicht platzten, wenn sie kollidierten, bloß weit voneinander zurückprallten. Meine neu erworbene Blase zerfiel auch bald in zwei Gruppen: die Urbanen und die Provinziellen. Dafür, dass sich in den Metropolen so viele Hochglanzmagazine dem Landleben widmen, ist die Geringschätzung des authentisch Landlebenden ziemlich ausgeprägt.

O mein Gott, sagte die eine der beiden Kommilitoninnen, als ich meine Herkunft preisgab. Kurz nach Semesterstart hatten die zwei mich netterweise in ein schickes Café in Uni-Nähe mitgenommen. Studentenkneipen hatte ich mir anders vorgestellt: schäbiger, dennoch einladend, alte Filmplakate, halbwegs intelligente Sprüche an der Klowand, verschrammte Holztische, darauf Weinflaschen, gepanzert in Kaskaden erstarrten Kerzenwachses. Hier war alles viel zu teuer, das Publikum gefiel mir auch nicht. Auf dem Menü stand eine Menge mir unvertrautes Zeug, das ich lieber erst gesehen hätte, bevor ich es bestellte. Die beiden musterten mich über den Rand der Speisekarten. Ich entschied mich für einen *insalata caprese*.

Was früher der Toast Hawaii war, ist heute eben Tomate-Mozzarella, nicht?, sagte die eine zur anderen.

Vielleicht meinten sie es noch nicht einmal böse, vielleicht versuchten sie, ironisch zu sein; das war modern, anerkannt und cool; führte meistens bloß zu Missverständnissen. Wir wurden keine Freundinnen. Ich fand überhaupt keine Freundin in diesem Semester. Eine, die sich anschickte, anhänglich zu werden, brüskierte ich erfolgreich durch offensives Ignorieren. Sie war eine wie ich, vom Dorf, und eine Leidensgemeinschaft das Allerletzte, was ich wollte. Dafür fand ich einen Job und einen Freund. Übrigens war er ein eindeutig südländischer Typ.

Erde

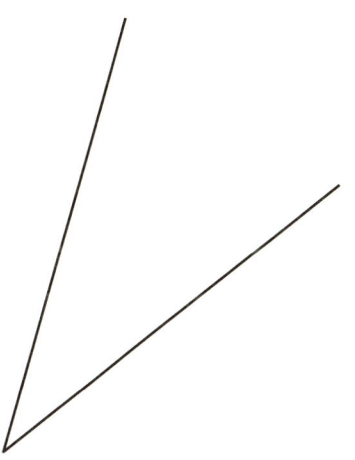

Fütterung

Georg begann schon am Tag nach dem Auftritt des Burgherrn zu liefern. Er war früh zum Discounter vier Dörfer weiter gefahren und hatte Brötchen beutelweise eingekauft, dazu Wurst, Scheibenkäse und Essiggurken.

Jetzt hatte er es eilig, denn die belegten Brötchen würden zur Brotzeitpause auf der Baustelle erwartet, und er brauche mich. Dringend, sagte er am Telefon. Als ich eintraf, sah ich, warum: Georgs Mutter stand mit verschränkten Armen in der Küche; außer Atem nach einem längeren und lauten Vortrag, von dem ich nur noch die letzten Worte mitbekam: Nur über meine Leiche ...

Ja, Mama, ist gut. Du wiederholst dich. – Kannst du bitte die Gurken schneiden?, sagte Georg.

Es gab eine elektrische Schneidemaschine, aber die blockierte seine Mutter. Er säbelte mit einem langen Messer an der Wurst herum, fluchend, weil die Scheiben viel zu dick gerieten, und ich mühte mich an den Gurken ab. Zwischendrin verarbeitete er die Vorhaltungen seiner Mutter:

Auf das Dorf kann ich mich nicht mehr verlassen. Die trinken lieber zu Hause, vor dem Fernseher, Dosenbier aus dem Supermarkt. – Die Vereine feiern die Feste ohne den Wirt, da liefere ich vielleicht noch ein, zwei Fass, das war's. – Wann haben wir zuletzt den Saal vermieten können, für eine

Hochzeit oder Taufe? Alles nicht mehr schick genug. Demnächst vielleicht orientalische Folkloreabende? Vielleicht will jemand Bauchtanz lernen? – (Seine Mutter schnaubte verächtlich.) – Die Kegelbahn ist kaputt, für die fünf Kegelopas lohnt sich die Reparatur auch nicht. – Da wär ich doch dämlich, wenn ich das Angebot vom Big Boss ausschlagen würde. – Also erst die Bauarbeiter, dann die … die anderen. Bei der Essensversorgung zählt ja wohl die Nähe. – Die wollen das jetzt jeden Tag so dick belegt, jammerte Georg, wie soll sich das tragen?

Eine Viertelstunde später war ich auf dem Weg zum Schieferbergwerk, je zwei mächtig aufgeblähte Plastiktüten links und rechts an der Lenkstange, ich schlingerte wie eine Betrunkene. Zur Lieferung hatte ich mich nicht lange überreden lassen; war auch ein wenig neugierig, was ich auf der Baustelle zu sehen bekäme.

Was die auf der Baustelle zu sehen bekamen, führte zu einem Johlen und Pfeifen. Die Tüten warf ich bei dem Container ab, vor dem schon ein Turm Bier- und Wasserkisten stand, um dann möglichst schnell abzudrehen – Brötchenbombing. Wäre fast gestürzt. Das sind so die Momente, in denen ich mir denke, eine Vollverschleierung hätte auch Vorteile – rein praktisch, einfach, um diesen Blödmännern den Spaß zu verderben, wenn ich ihnen schon keine Handschellen anlegen und Knebel in die ungewaschenen Mäuler stopfen kann. Ich fuhr schnell, aber nicht panisch davon. Als ich ihre Stimmen nicht mehr hörte, hielt ich an, stieg ab, ließ das Fahrrad umfallen und musste mich übergeben. Vermutlich nicht wegen der Arbeiter; aber es kam mir so vor …

Abends hatte ich Dienst im Wirtshaus. Es schien alles wie immer, der übliche mäßige Besuch (vor allem im Vergleich zum Vorabend), bis ich etwas besser hinhörte. Die Männer redeten über Fußball – nur über Fußball und andere alltägliche Sachen. Kein Wort zu den Plänen des Burgherrn. Georg hingegen redete – flüsterte – so gut wie nur darüber. Bezeichnete sich schief grinsend als Hoflieferant. Alles in trockenen Tüchern. Er habe schon eine Anzeige aufgegeben: Küchenhelfer gesucht. Ob ich jemanden wisse. Und ich solle ihm eine Liste der von mir erwähnten Rezepte machen. Vorher müsse man ja noch üben. Mutter komme so langsam auf seine Seite. Ja, wenn es ums Geld gehe …

Dann stellte der Schweißermeister sein Bierglas mit einem Knall neben dem Bierdeckel ab, damit es auch jeder hörte. Wischte mit dem Handrücken über den Mund, sagte: Das war das letzte Bier, das ich bei dir getrunken habe, Georg.

Er legte einen Schein auf den Tisch und ging; die anderen trotteten nach einer Schrecksekunde (in der sie ihre Gläser leerten – dem Wirt wird nichts geschenkt) ihrem Leitochsen hinterher.

Georg sah sich den Auszug ungläubig und starr an. Als der Letzte weg war, schrie er: Haut doch ab!

Scheiß Dönerbude, brüllte draußen einer.

So beginnen bei uns Revolten.

Rehbraun

Am nächsten Morgen sah ich meine Mutter mit der *Haarfarbentafel von Dr. Bruno K. Schultz* im Haus herumlaufen: Für den neuen Laminatboden im Nähzimmer, eher ein dunkles oder ein helles Holz?, fragte sie.

Diese Imitationen von Haarsträhnen, Plättchen von vielleicht zwei auf fünf Zentimeter, sehen tatsächlich ein wenig nach Holzmaserung aus. Ich tippte auf irgendein Muster im mittleren Bereich und nahm ihr die Karte und den Schuber mit den anderen Tafeln ab: Du weißt doch, dass Opa das nicht mochte, wenn man mit seinen Bestimmungstafeln spielt.

Da mussten wir beide lachen. Ich bringe sie wieder dorthin, wohin sie gehören, sagte ich.

Opas Tafeln waren ein tolles Spielzeug. So haben wir Mädchen die Dinger früher benutzt. An uns, den Puppen, an den Katzen und den Hunden. Bis der Alte fuchsteufelswild wurde und uns die Tafeln abnahm. Wo er sie auch versteckte, ich fand sie doch wieder. Irgendwas von Ariern hatte ich bei Opa aufgeschnappt, und ich glaubte, dass Blond und Blauäugig unbedingt dazugehörte, zum Arischen. Meine Barbie und ihr Barbiegemahl Ken sahen so aus, also nannte ich sie Ariane und Aribert.

Diese *Rassenkundlichen Bestimmungstafeln,* das sind

drei Klappkarten, je eine für Haar-, Haut- und Augenfarbe. Auf der Augentafel glotzten einen zwanzig gemalte Augäpfel an, nummeriert von *1a (hellblau mit Stich ins Rötliche)* bis *16 (schwarzbraun).* Bei Letzterem konnte man kaum mehr die Pupille erkennen, so dunkel war die Iris. Diese Position blieb lange unerreicht, bis meine Freundin Carola mit einem Kaninchen vom Augentyp 16 ankam. Meine Barbie – Ariane – erreichte eine *1c (hellblau)* bei der Augenfarbe und eine *1 (hellblond)* für die Haarfarbe; je nachdem auch eine *3 (goldblond),* das aber nur bei Glühlampenbeleuchtung. Aribert schaffte bloß eine *4 (hell-aschblond)* für seine Haartracht aus cremig geformtem Plastik.

Wir lasen diese Tafeln wie Notenskalen; eine 1 war das Beste und Wertvollste. Es passte ja auch zu dem, was wir in unserer Umgebung sahen und hörten. Die Jungs hatten ihre Motorrad-/Auto-/Flugzeug-Quartetts und versuchten, einander mit PS, Gewicht und Höchstgeschwindigkeit und was weiß was ich zu übertrumpfen. Wir Mädchen arbeiteten subtiler, fand ich, nicht nur mit schnöden physikalischen Dimensionen, sondern in den Sphären des Schönen und Begehrenswerten. So oder so, bei uns allen blieb etwas hängen. Männer stehen immer noch auf viel PS, und wir färben bevorzugt blond.

Die Skala der Hautfarben – jedenfalls in der sicher bedenklichen Weltanschauung von *Dr. Bruno K. Schultz (Berlin 1935),* dem Herausgeber dieser Tafeln – wies dreißig Abstufungen auf. Nach dem Winter, wenn wir blass wie Hefeteig waren, drückten wir einander die gelochten Farbmuster auf den Bauch, innen an die Oberschenkel, auf die Oberarme. Die Stufen 1 bis 5, *weißlich* bis *gelblich,* hielten wir für passabel, auch wenn sie irgendwie nie genau stimmten (vielleicht hatten sich die Farbmuster mit der Zeit verändert). Vor dem finsteren Dunkelbraun der Stufen 29 und 30 schauderten wir – auf so einen Wert kam nicht mal Susis Barbie-Brad. Im Sommer überprüften wir unsere Zuwächse an Bräune und kamen auf gute zweistellige Werte, aber das war ja keine Hautfarbe, sondern ein vorübergehender Zustand: Mode, kein Schicksal.

Anders als ich es Mutter versprochen hatte, legte ich die Tafeln nicht in Opas Schreibtischschublade zurück. Ich nahm sie mit auf mein Zimmer. Lange nicht mehr in der Hand gehabt. Vorne außen stand aufgedruckt: *Die Augenfarbtafel ist auch in Kassette mit 20 Glasaugen zum Preise von 90,– Reichsmark lieferbar.* Früher hätten wir damit bedenkenlos Murmeln gespielt, jetzt lief es mir ein bisschen kalt den Rücken hinunter, wenn ich mir die Kollektion vorstellte. Und zu welchen Zwecken man sie früher benutzt hatte. Ich drehte den Schuber eine halbe Minute in den Händen, dann zog ich die Augentafel heraus.

10 oder doch eher 12? *Braungrün* oder *rehbraun?* Ahmeds Augen. Eher 12.

Spaltung

Am alten Schieferbergwerk herrscht nur zwischen zwei und sechs Uhr morgens Ruhe. Falls nicht die Arbeiter vor den Containern sitzen und saufen. Ich höre sie bis hier oben grölen. Mein Bruder hat Mutter erzählt, dass der Burgherr für jeden Tag früher, den alles fertig wird, eine hohe Prämie zahlt. Mein Bruder hat auch erzählt, dass er dort eine Art Ober-Hausmeister sein soll. Mir wird übel, wenn ich es mir vorstelle: Wird er mit gewichsten Reitstiefeln durch das – Lager spazieren? Im blauen Kittel, Wasserhahndichtungen auswechselnd, sicher nicht. Er hatte ja nur gelernt, den Schatten zu spielen, und seine Sonne wird kaum ständig neben ihm herlaufen.

Bei Georg habe ich noch drei- oder viermal ausgeholfen, aber ausliefern muss er die belegten Brötchen selber. Er versteht das. Sind wilde Hunde, die Arbeiter, alle aus dem Osten, sagt er, denen will ich dich nicht vorwerfen.

Was bemüht er sich, mich zweideutig anzugrinsen, wenn es doch eindeutig ist? Aber egal. Georg ist trotz allem einer von den Netteren. Die nicht so Netten stehen jetzt zum Schweißermeister. Der hat den »Großen Schweißausweis« auf seinem Lieferwagen seit ein paar Tagen mit einem selbstgemalten Plakat überklebt: *Wir sagen Nein zum Asylantenheim!!! Der Wiederstand schweisst uns zusammen!!!*

Das Lachen wird mir noch vergehen, fürchte ich. Franz erzählt, die Zusammengeschweißten träfen sich abends über der Werkstatt des Landmaschinenmechanikers. Mutter ist beunruhigt. Sie hat große Ohren, aber sie hört zu wenig, sagt sie. Wenn die Leute tratschen – ist nicht immer gut. Wenn die Leute nicht tratschen – ist immer schlecht.

Im Wirtshaus geht es ruhig zu, sehr ruhig. Gestern Abend habe ich neun Biere gezapft, fünf davon für Georg. Je mehr er trank, desto öfter sagte er: Die kommen schon wieder. Eigentlich müsste er mich nach Hause schicken, aber behält mich wohl vorsorglich, fürs künftige »Cateringgeschäft«, von dem er andauernd erzählt.

Ich sitze vor dem Schulhaus in der Sonne und versuche Ahmed ein paar deutsche Worte beizubringen. Aber er ziert sich, will lieber Englisch sprechen. Die Betonmischmaschinen leiern ohne Pause; man hört es besonders gut, wenn der Wind von der Höhe herabstreicht und das Geräusch wie Spinnfäden über das Dorf ausbreitet. Ein Lastwagen fährt vorbei, hat Fenster und Zementsäcke geladen. Ahmed fragt mich, ob ich ihn noch mal auf den Handyberg begleite, wegen wichtiger Telefongespräche. Später, sage ich, später.

Die Kinder spielen mit meinen alten Puppen, dem Roller, Josefs Bagger und Plastikautos (die er nicht freiwillig gespendet hat; die habe ich einfach hergebracht). Gerade kommen der Unterstützer, der Alte und die beiden jungen Frauen aus der Stadt zurück – Einkaufstour. Sie haben große Tüten mit wenig drin und kichern beim Auspacken. Mutter ist auch da. Sie sieht eifersüchtig auf den Unterstützer: Der besitzt ein Auto, sie nicht. Aber ohne ihn wären wir aufgeschmissen. Im Dorf gibt es ja nicht einmal einen Tante-Emma-Laden. Der Franz schaut gelegentlich vorbei; mit seinem Stethoskop macht er gehörig Eindruck. Eines der Kinder hustet, er hat es abgehört und am nächsten Tag eine Klinikpackung Hustensaft mitgebracht. Aber sonst ist es ruhig. Verdächtig ruhig.

Und etwas weiter, die Straße hinunter, binden sie ihre Blumenkästen mit Draht fest und schmieren die Schlösser, damit sie zuverlässig einschnappen. Ihren Kindern prägen sie ein: Haltet die Türen und Tore geschlossen. Wenn euch einer anspricht, dreht euch um und geht nach Hause. Die Witwe von nebenan schiebt mühevoll den Rasenmäher übers Grundstück. Soll sie doch an den Zaun kommen, dem Ahmed zwei Zehner geben, damit er den Rasen mäht. Das macht der sofort. Ist zwar kein Mercedes wie der des Unterstützers, den er sich genau angesehen hat, sondern ein rechtschaffener deutscher Rasenmäher, immerhin etwas. Ich glaube, er mag Motoren und Maschinen. Außerdem langweilt er sich furchtbar. Aber fünf Euro wären ihr noch zu viel, und der Schatten einer ein Meter fünfundfünfzig großen, niedergebückten alten Frau noch viel zu lang, als dass sie drüberspringen könnte oder wollte.

Denk ich mir. Vielleicht zu Unrecht. Vielleicht bereiten sie sich nur gewissenhaft vor, damit die erste Begegnung für beide Seiten optimal und herzlich verläuft. Vielleicht kam unser Willkommensfest einfach zu früh für sie. Wie oft hat ein Missverständnis zu Anfang große Freundschaften vereitelt. Du hast keine zweite Chance auf einen ersten Eindruck, oder? Sie schämen sich vielleicht ihrer fehlenden oder mangelhaften Fremdsprachenkenntnisse. Na und? Die anderen können auch nur ihre eigene Sprache gut.

Der Unterstützer hat ein *Bildwörterbuch Arabisch-Deutsch* aufgetan. Damit wäre es fast zur Katastrophe gekommen, wenn ich nicht so schnell reagiert hätte. Die ersten Kapitel decken in realistischer Bebilderung die Themen der weiblichen und männlichen Anatomie ab. Dies aufgeblättert, Zufall oder nicht, nähert sich der Unterstützer freudig den jungen Frauen, und selbst wenn er nicht über Samenleiter, Eierstöcke und Menstruationsbeschwerden sprechen wollte – welch Letzteres im arabischen Schriftbild übrigens direkt poetisch aussieht – wie auch immer – ich seh's über seine Schulter – starte durch – reiße ihm das Buch aus der Hand. Nach Empörung – was erlauben Sie sich, junge Dame? – sieht er es ein, und wir versiegeln den anstößigen Part mit einer Tesafilm-Banderole.

Danach wird es ein großer Renner bei unseren Gästen. Irgendwann werden sie auch zur menschlichen Anatomie durchstoßen, *inshallah,* und sehen: Wir sind alle gleich, unter der Haut – nicht wahr, lieber Opa? Manchmal blättern sie in dem Buch wie wir Kinder früher im *Quelle*-Katalog, im Gefühl einer unbestimmten Verheißung. Ahmed und ich tun es gern gemeinsam; er tippt auf die Bilder, ich sage das deutsche, er das arabische Wort.

Ich habe dann eine großartige Idee: Wir fotografieren ein Dutzend Seiten aus dem Buch, vergrößern sie auf Plakatformat und tackern sie überall im Dorf an die Mauern und Wände. Die einfachen Dinge: *Guten Tag, Auf Wiedersehen, Bitte, Danke, Ja, Nein, Ich heiße, Wie heißen Sie, Schönes Wetter heute, ….* Wenn die Unseren sehen, dass sogar diese anderen, diese Fremden, Wörter haben für: *Putzlappen, Kochlöffel, Kopfschmerztablette, Butter, Mehl und Eier, Zündhölzer, Unterhose, Geschirrtuch, Feuerlöscher, Glühbirne, Verzweiflung, Angst und Trauer, Nagel, Axt und Hammer, Haus, Bett, Kopfkissen* – da muss doch der Groschen fallen, müssen die Herzen sich öffnen und die Türen auffliegen.

Doch Mutter bremst mich. Keine Provokationen zum jetzigen Zeitpunkt, sagt sie.

Das ist eine Einladung zur Information, sage ich.

Genau das ist die allergrößte Provokation für die, die nicht hören wollen, sagt Mutter, da halten sie sich Augen und Ohren zu, das fürchten sie wie einen Einlauf.

Ah, und was dann?, frage ich.

Man muss ihnen Angst machen, sagt sie finster.

O Mutter.

Fliehlinge

Wir sind dann noch einmal hinauf auf den Handyberg. Im Moment, in dem wir die kahle Kuppe erreichen, geht die Sonne unter, und ich bin gerührt, so schön ist es. Aus uns zwei gerade noch goldbronzen glänzenden Geschöpfen macht der Sonnenuntergang allerdings zwei fahle Figuren im Graublau der Dämmerung. Und eines der Gesichter bescheint schon wieder das Licht des Handydisplays. Ein seltsames Gefühl überkommt mich, verdrängt die Rührung. Muss wohl so sein: Ich bin eifersüchtig auf die flache, rechteckige Tafel, über die seine Finger streichen. Wie dumm, wie echt: Ein Gefühl ist ein Gefühl ist ein Gefühl.

Diesmal hat uns niemand belästigt. Obwohl ich zweimal ein verdächtiges Knacken gehört habe und mit der Taschenlampe (unter den Bäumen war es schon sehr düster) ziemlich theatralisch ins Gebüsch geleuchtet habe: Ein Augenpaar leuchtete zurück – vielleicht ein Fuchs, jedenfalls keiner der grünberockten Müllers. Ahmed hat hörbar die Luft zwischen den Zähnen eingesaugt, so sehr ist er erschrocken. Nach meiner Hand hat er nicht gesucht; trotzdem hat mich seine Furcht getröstet: In diesem wunderlichen Wald der Schrecken braucht er mich nach wie vor. Aber sobald sein Telefon im Netz ist, bin ich abgemeldet.

Auf dem Weg hinauf hat er fast die ganze Zeit geredet, immer zwei, drei Schritte hinter mir gehend. Ich bin diesmal auch *vernünftig* gekleidet, und ich trage einen *zweckmäßigen* Schuh sowie das Haar *praktisch,* nämlich hochgesteckt und unter einer leichten Mütze, denn es ist kühl. Mutter wäre stolz, mich derart *situationsangepasst* zu sehen: Das sind vier ihrer Lieblingswörter, und das letzte ist ihr gleichbedeutend mit »Lebensklugheit«. Trotzdem wünschte ich, er würde sich seine Geschichte bis oben aufsparen; ich mag es nicht, von hinten angeredet zu werden. Wenn ich das Gesicht nicht sehen kann, fehlt mir die Hälfte der Information.

Ahmed erzählt, zwischendrin immer wieder tief Luft holend, dass er der Kundschafter ist, dass alle Verwandten für ihn Geld gesammelt haben, damit er die Passage bezahlen konnte, dass er drei Monate unterwegs war; aber er bleibt allgemein und unbestimmt, meine Zwischenfragen ignoriert er; ich höre, dass sein Vater tot ist, aber nicht, warum, ich sage, dass mein Vater auch tot ist (übertrieben – er ist nur sehr, sehr fort), aber das interessiert ihn nicht weiter, er sagt, dass Familie alles und ohne Familie alles nichts ist; er zählt seine Brüder, Schwestern und Cousins auf, sagt die Namen, die ich mir nicht merken kann; fragt mich, ob ich Geschwister habe, und ich behaupte: nein, worauf er mich etwas mitleidig ansieht (den Josef bringe ich erst ins Spiel, wenn ich unbedingt muss). Er sagt, dass er studiert hat, irgendeine Art von *engineering,* dass sie (*wer?* – Achselzucken) ihn von der Universität geworfen haben; dass er das Studium irgendwann fortsetzen will, aber erst einmal Geld verdienen muss. Money Money Money. Fucking money. Sagt er. Dreht an einem Lenkrad: Mercedes, Audi,

Ferrari. Ich, praktisch-zweckmäßig-vernünftig, frage: Have you a driver license?

Und oben, auf der Glatze des Handybergs, geht gerade die Sonne unter. Aber was sind schon goldene Sonnenstrahlen gegen Handystrahlen. Soll ich ihm erzählen, dass im Dorf Menschen wohnen, *gerade weil* es da keine Handystrahlen gibt? Besser nicht. Soll ich ihm erzählen, wie man sich über die korrekte Bezeichnung für einen wie ihn streitet? Ist er: ein Flüchtling, ein Geflohener, ein Geflüchteter, ein Fliehender, ein Flüchtender, ein Migrant, ein Auswanderer, ein Zuwanderer, ein Abwanderer, ein Wanderer, ein Reisender, ein illegal Einreisender, ein Geduldeter? (Und das sind nur die eher freundlichen Ausdrücke.) Hat er sich hierher geflüchtet, oder ist er von dort geflohen?

Interessiert ihn, dass in unserer Sprache ein fliehendes Pferd etwas total anderes als eine fliehende Stirn ist? Kaum. Oder dass man *sich flüchten* kann (in eine andere Welt beispielsweise), jedoch nicht *sich fliehen*, wohl aber *etwas fliehen* kann (die Angst, den Krieg, die Langeweile)? Er ist geflüchtet, und der Hund hat sich gefloht. O Mann. Ich liebe diese meine Sprache, so wie ich sie spreche und wie ich sie in Tausenden Büchern gelesen habe, aber vermitteln kann ich ihm das nicht. Traurig.

Manche Leute wollen nicht mehr »Flüchtling« sagen. Wegen Eindringling, Wüstling, Lehrling. Es sei so abwertend, dieses -*ling*. Ich aber sage: Pfifferling, Säugling, Schmetterling, Liebling, Darling, plingpling, klingeling.

Lieber gute Taten als gute Worte, das sagt meine Mutter, und Reden hilft uns nicht, und Reden übers Reden noch viel weniger.

Der da neben mir sitzt und telefoniert und textet ist einfach ein junger Mann. Außer für den Behördengebrauch und die Boulevardblätter braucht er kein Etikett. Ich mag ihn, und ich glaube, er mag mich. Ich möchte ihm gern helfen. Und das werde ich auch. Situationsangepasst natürlich.

Freund

Ich war froh, als das erste Semester zu Ende ging. Nach dem Wirbel am Anfang – nach »Ersti-Welcome«, »Ersti-Frühstück«, »Ersti-Wochenende« samt Schnitzeljagd durchs Univiertel und Party, mit Ersti-Knutschen, Stippvisiten beim Germanistenstammtisch und beim Spieleabend, einigen Besuchen bei der BAFÖG-Stelle, weil mit meinen Unterlagen etwas nicht stimmte und mir nach ein paar Wochen Hin und Her das Geld auszugehen drohte – nach so einem Start also – was?

Langeweile aus Überforderung, die ich mir nicht eingestehen wollte. Mediävistik und Linguistik strengten mich an. So spröde, so öde. Das verordnete Lesen strengte mich an. Früher, mit den Büchern aus der Bibliothek des Grünen, war es wie Spazierengehen, im Studium wurde es zum Gepäckmarsch, mit all dem, was es zu bedenken und zu beachten gab. Immer musste ich wachsam sein, was hinter der nächsten Ecke lauerte. Und mit jedem zurückgelegten Stück Wegs grübeln, ob ich etwas übersehen hatte, das die anderen mühelos aufgespürt hatten, wodurch sie kluge Fragen im Seminar stellen und smarte Statements abgeben konnten. Ich bekam den Mund nicht auf aus Angst, mich zu blamieren.

Wegen der Probleme um mein BAFÖG sah ich mich früh

nach einem Job um. Da ich mit wenig Schlaf auskomme (und »vor Mitternacht« muss es auch nicht sein), suchte ich mir etwas in der Gastronomie. Kellnern oder hinter der Bar stehen, davon hatte ich eine romantische Vorstellung. Mittendrin, aber auf Distanz. Ich fand ein Lokal nicht weit vom Wohnheim. Ein nettes mittelaltes Paar führte die Geschäfte, ein slowenischer Koch namens Uroš stand in der Küche, und nachdem er die Gasflammen abgedreht hatte, spielte er manchmal auf der Klarinette für die späten Gäste. Die Probewoche überstand ich ohne nennenswerten Geschirrverschleiß, und es machte mir Spaß, mit diesen – so angenehm normalen – Leuten zu arbeiten. Die meisten unserer Gäste kamen von der nahen Technischen Universität, schätzten deftige Küche und große Portionen. Sie guckten mich ausgiebig verstohlen an, benahmen sich im Großen und Ganzen jedoch anständig. Ich wurde nie angemacht, aber nachsichtig korrigiert, wenn ich mich beim Addieren vertat. Rechnen konnten die, reden weniger. Brave Jungs, die sicher irgendwann mal gute Ingenieure und der Menschheit mit segensreichen Erfindungen zu Diensten sein würden. Das mit meinem Job erzählte ich nicht groß herum; meine Kommilitoninnen hätte ich nicht unbedingt bedienen wollen, egal, wie unwahrscheinlich es war, dass sie in diesen Laden finden würden.

Ein Seminar, in das ich damals ging, hieß: *Konstruktion von Geschlecht, Macht und Fremdheit durch Verhüllung oder Enthüllung des nackten Individuums.* Jede wollte daran teilnehmen, wegen des modernen Ansatzes und weil es von einer jungen Professorin geleitet wurde, die wir alle toll fanden. Ich hatte Glück, einen Platz zu bekommen – weniger mit dem Thema, das mir für meine Seminararbeit zufiel: *Der Schneider in der Burka – ein Gedankenexperiment auf der Grundlage von Kellers* Kleider machen Leute.

Ich solle mir vorstellen, regte Frau Professorin an, der Schneider habe eine Art Burka geschneidert, die nicht abgeholt wurde, sei deswegen pleitegegangen und habe sich das Ding dann übergezogen und sei damit herumspaziert. – Hätte ich damals gewusst, was ich heute weiß, ich hätte nicht so wild spekulieren müssen, in meinem ersten akademischen Zehnseiter. Die natürliche Reaktion auf dem Dorf wäre eine spontane Steinigung gewesen oder irgendein anderer Gewaltakt.

Ich bekam nur eine Drei, weil, neben anderem Gemäkel, ich nicht überzeugend dargestellt hätte, warum der Schneider für die Dörfler »nur eine Chiffre« gewesen sei. Was ich ungerecht fand, da ein Mensch ohne Gesicht (oder mit einem unbekannten) und mit einem fremden Dialekt (oder Sprache) für die anderen eben nicht »entzifferbar« ist. Die Professorin hatte mich nicht verstanden, aber das war doch nicht meine Schuld, oder?

Deswegen war ich wütend, als ich abends in die Kneipe kam. Uroš, der immer gut zuhören konnte, rührte gerade einen riesigen Topf »Serbisches Reisfleisch« zusammen (dabei hat niemand ein Patent auf Reis, Brühe und Fleisch, schon gar nicht die Serben, sagte Uroš), so stand es auf der Karte (weil es die Banausen ja nicht anders kennen, sagte Uroš). Als wir endlich damit durch waren und ich meine wesentlich bedeutendere Klage anstimmen wollte, da sah ich jemanden in der Ecke eine von unseren Servierschürzen umbinden.

Chef ist krank, fällt für eine Weile aus, sagte Uroš, sag hallo zu –

Manolis, mit einem N, sagte der Junge und streckte mir eine schlanke Hand hin.

Macht das irgendeinen Unterschied in der Aussprache?, sagte ich, denn ein bisschen wütend war ich noch.

Nö, nur falls du mir mal schreiben willst, sagte er.

Kaum, sagte ich, bist du schon eingewiesen?

Und dann war viel los, Freitagabend. Ich habe ihm gleich nach der Schicht getextet. Seine Nummer stand auf dem Zettelblock beim Telefon. *Habe vergessen, mich vorzustellen. Ich heiße Xenia mit einem X :).* – Den doofen Smiley immerhin habe ich noch gelöscht, bevor ich auf Senden drückte.

Wir arbeiteten in der Kneipe gut zusammen und verstanden uns auch so und woanders gut. Manolis war ein deutscher Grieche in dritter Generation, aber der Erste in seiner Familie, der studierte. Er war lustig, zuverlässig, sah gut aus. Er hatte den lokalen Dialekt drauf, aber auch Griechisch. Ich mochte es gleich, wie er das X in meinem Namen aussprach – zart angehaucht, so weich. Das genügte für den Anfang. Ich hatte ja keine Erfahrung. In diesem Semester, meinem ersten, kamen dann noch ein paar »Ersti«-Gelegenheiten dazu.

Xenia

Das mit meinem Namen erklärt sich so: Mutter und Vater konnten sich nicht einigen. Mutter schrieb alle Buchstaben des deutschen Alphabets (ohne Umlaute) auf Zettel und warf alle Zettel in einen Topf. Spielregeln: Beim ersten Ziehen stünde der Anfangsbuchstabe meines Namens fest. Beim zweiten Ziehen der letzte Buchstabe. Wenn sie ein B und ein T gezogen hätten, wäre zum Beispiel BerT in Frage gekommen oder, bei gewisser Dehnung der Regeln, BeaTe oder BrigiTte.

Sie zogen ein X und sparten sich den zweiten Zettel: Xaver, Xylander, Xanthippe und Xenia. Ich habe nicht unter meinem Namen gelitten, doch genossen habe ich ihn auch nicht. Er ist besonders. Ich wäre lieber ohne solche Äußerlichkeiten besonders. So dass es nur merkte, wer mir ganz nahekäme. In etwa so: Oh, *Xenia!* Zu diesem besonderen Namen auch eine *ganz ungewöhnliche* Persönlichkeit! In Wirklichkeit war ich auf dem Dorf oft nur die mit dem Freak-Namen und konnte froh sein, wenn die Kinder »Ixi« zu mir sagten. An der Uni lief Xenia allein ganz geschmeidig, aber im Gespann mit meinem Familiennamen begann es zu lahmen; fort die Eleganz, stattdessen ein starker Hauch von »Désirée Betzenbichler«.

Dass ein Name etwas bedeutet – diesen Gedanken lehne

ich ab. Du, Anna, erklärte der gütige Pfarrer meiner Schulbanknachbarin, du bist »die Anmutige« (von wegen, die größte Petze, die wir hatten), und du, Claudia, »die Hinkende« (spätere Kreismeisterin im Hürdenlauf), und du, Petra, die »Felsin« (ein weiblicher Felsbrocken? – sie brauchte lange, bis sie sich davon erholte). Das ist alles Unsinn, um kleine Kinder zu verwirren. Dein Name ist dein Etikett, das dein ganzes Leben auf deiner Haut klebt, damit man dich von den anderen unterscheiden – aber auch fassen kann. Du kannst es überkleben und einen Künstler- oder Ordensnamen in deinen Ausweis eintragen lassen, einen Spitznamen wählen oder verpasst bekommen. Kannst daran rubbeln, aber die klebrige Stelle bleibt immer fühlbar. – Zuletzt, natürlich, wandte sich der Pfarrer mir zu, die fromm gefalteten Hände vor der Brust: Und du, Xenia, dein Name stammt aus dem Griechischen, du bist »die Gastfreundliche«, aber auch »die Fremde«.

Wie das zusammenpasst, weiß ich nicht. Unsinn, wie gesagt. What's in a name?, ist doch eher die Frage. Das, was wir »Rose« nennen, duftet als »Gurke« genauso gut.

Erde

Ich hatte mit Ahmed auf den Handyberg gehen wollen. Aber schon im ersten Drittel des Weges sahen wir einen Trupp des Burgherrn zwischen den Bäumen herumspringen. Das überraschte mich. Wollte er die nicht zurückpfeifen? Vielleicht hatte er ihnen nur eingeschärft, sich von uns fernzuhalten. Wie auch immer: Meinem Begleiter flößten die Gestalten wieder einen gehörigen Schrecken ein. Aber ich, ich konnte ihn trösten.

Ich kenne einen wirklich sicheren Ort, sagte ich, lass uns dorthin gehen.

Und das stimmt. Um die Jungfernhöhle zeigen sich diese Typen nicht, weil sie dafür eine ziemlich tiefe Schlucht hinunter- und wieder hinaufsteigen müssten, wenn sie von der Burg kommen. Das ist ihnen wohl zu mühsam; an der Höhle hat sie noch keiner gesehen. Der Nachteil: Telefonieren kann man dort nicht. Aber vielleicht war das sogar von Vorteil – für mich.

Okay, sagt Ahmed, schon nicht mehr so blass, gehen wir.

Auch wenn ich behauptet habe, das Dorf befinde sich am Ende der Welt, und niemand beachte uns: Einmal ist es in aller Munde gewesen. Bis nach Argentinien haben wir es geschafft, und in Zeitungen auf der ganzen Welt. Das *Time Magazine* aus New York hat uns eine Seite und ein Foto von Georgs Großvater mit einem langen Menschenknochen in der Hand gewidmet: *Klage um 40 Jungfrauen,* der Titel. Da machte sich einer, wohl ein abgeklärter Neuwelt-Mensch, ein Mann aus Manhattan, lustig über dumpfe Dörfler in Ur-Old-Europe und über den leitenden Ausgräber der archäologischen Expedition zur Jungfernhöhle, einen gewissen Professor Kunkel, der gesagt haben soll, die Schädel und Knochen seien von ausnehmend delikater Fasson gewesen – man müsse deshalb annehmen, die jungen Mädchen und Frauen seien außerordentlich hübsch gewesen, selbst aus »heutiger Sicht«: Es war Anfang der fünfziger Jahre. Oder wie immer man sich das vorstellen soll. Im Lokalblatt hat der Professor später dementiert, über die Schönheit der Knochen und deren Jungfräulichkeit spekuliert zu haben. Wahrscheinlich aber war er (wie all die anderen) gebauchpinselt von der globalen Aufmerksamkeit. Und ein bisschen was wird in der Übersetzung verlorengegangen oder dazugekommen sein.

Seitdem kennt man das Felsloch im Hofbauernholz, in dem die überwiegend weiblichen Knochen und allerhand anderes Zeug aus der Steinzeit gefunden wurden, weltweit als »Jungfernhöhle«. Als die ersten Reporter anreisten, tischte ihnen Georgs Großvater, damals ein dorfbekanntes »Original«, der dort oben eigentlich einem Goldschatz hinterher war, oder sonst wer die Legende von den drei kopflosen Jungfern auf, die einmal im Jahr, im Oktober, in einer schwarzen Kutsche aus dem Hofbauernholz gerauscht kämen, ein wenig herumkarriolten und wieder dorthin verschwänden, wo sie hergekommen waren. (1873 zuletzt bezeugt vom alten Wirt in Hergenreuth, so wahr ihm Gott helfe.)

Bei uns kursiert ein anderer Name. Obwohl mein Opa sagte, die Höhle habe früher gar keinen besonderen Namen gehabt. Er wollte nicht damit rausrücken, schamhaft, wie er war: *Jungferlesloch*. Jungfernhöhle ist schon die gereinigte, aufpolierte Version für »die da draußen«, die Welt. Für uns Dörfler ist es eben ein enges, schmales Loch im Leib der Erde. Besonders, als es noch nicht von all den hiesigen Schatzsuchern und auswärtigen Archäologen »befahren« wurde.

Geschichtsschreibung ist männlich dominiert. Da habe ich im Seminar (noch mal) gelernt, was mir mit vierzehn spätestens klar war. Damals verloren unsere Expeditionen – ins Hofbauernholz, auf den Schlossberg, zur Jungfernhöhle – die kindliche Unschuld. Und es war kein abgelegener Spielplatz mehr, sondern nur noch – möglichst abgelegen. Die Buben erzählten mit wichtiger Miene die Geschichte der drei kopflosen Jungfern, die in der Höhle umgebracht worden seien, weil sie einem hohen Herrn »nicht zu Willen« hätten sein wollen.

Bevor du mir den Kopf abschneidest, schneid ich dir was anderes ab, hat die Leni gesagt, noch bevor es mir einfiel. Schade, dass sie mich da um die Sekunde geschlagen hat, normalerweise war ich schneller. Zumindest von der Leni weiß ich, dass sie weder etwas abgeschnitten hat, noch dass ihr etwas abgeschnitten wurde, dort am Jungferlesloch. Aber ihrem Herrn ist sie nach wie vor zu Willen, wie jeder bestätigen kann, wenn die Leni samstags die Alufelgen seines tollen Autos poliert. Ich habe das einmal mit angesehen, und irgendwie war danach unsere Freundschaft kaputt. Nein – dann schon lieber Kopf ab und einmal im Jahr mit den beiden anderen Jungfern, den kopflosen Pferden und dem kopflosen Kutscher durchs Hofbauernholz jagen.

Lange nicht mehr dort gewesen. Man passiert ein hohes Felsentor und betritt eine sanft ansteigende Fläche, fünfzig Meter zwischen links und rechts, wo der Hang jeweils steil abfällt. Buchen wachsen hier, deren schlanke graue Stämme ich so gerne berühre. An trockenen Tagen wie diesen knistert das gefallene Laub unter den Sohlen; hier kann niemand ungehört heranschleichen. Die Bäume stehen in lichter Dichte, im Umfang ihrer Kronen berühren sie einander, am Boden halten sie respektvollen Abstand (im Wurzelstockwerk mag es anders aussehen, da tobt vielleicht ein stiller Kampf). Es ist ein beständiges Flüstern in der Luft, irgendetwas haben sich die Blätter dort, weit oben, wohl zu sagen. Oder uns. Ich kann nichts dafür, aber ich finde diesen Platz ergreifend. Ich drehe mich um, will Ahmed auf das Geflüster hinweisen, obwohl ich gar nicht weiß, wie ich dieses Gefühl (noch dazu auf Englisch) ausdrücken könnte, aber natürlich spielt der schon wieder mit dem Telefon.

Um ein Foto zu machen. Von mir. Er dirigiert mich mit der Hand herum, wohin, wohin, ich weiß nicht, wohin. Was will er? Soll ich den Baum umarmen? Würde ich tun und keck am Stamm vorbeigucken. Oder mich anlehnen. Oder im Laub sitzen und Blätter aufwühlen. Ich fange an zu posen und bremse mich gleich wieder. Nicht übertreiben: *Kontrolle* behalten, *situationsangepasst* handeln. Mitten in mein Gezappel sagt er Stopp!, und ich höre ein Klicken. Das *kann* nichts geworden sein.

Show me, sage ich.

No, sagt er und hält das Telefon hinter dem Rücken.

Ich angle danach; schwierig, wenn man Berührungen vermeiden will. Pfff, mache ich, weil ich es nicht erwische, und gehe Richtung Höhle. Das sind nur hundert Meter oder so. Klick, klick, klick. Ich kann es nicht leiden, wenn man mich von hinten fotografiert. Ich höre *Klick!* und denke einen Bildausschnitt, in dem unweigerlich mein Hintern zentral ist. Und das ist keineswegs ein Problem, das ich mit meinem Hintern hätte, überhaupt nicht. Stop it!, sage ich.

Klick!

Stop it!

Klick!

Jetzt stehen wir vor dem Höhlenmaul. Ich bin sauwütend. Was denkt sich der Kerl? Verdammte Machos, diese Typen. Und so was von kindisch. Geben einer Frau nicht die Hand, aber machen Fotos, um sie den Kumpels zu schicken: Schaut her, die Blonde habe ich schon, bald kommt auch der Mercedes dazu. Oder für andere, ekelhafte Zwecke. Ich schreie ihn fast an: Show me the photos, or –

What?, fragt er.

– und ich zeige auf das schwarz gähnende Loch. Diese Höhle sieht so aus, wie ich mir den kariösen Backenzahn eines uralten Pferdes vorstelle; es ist eine karstige Felsknolle, die unvermittelt ein paar Meter aus dem Waldboden aufsteigt, darin die ovale Öffnung. Da werde ich ihn hineinstoßen, den perversen Schuft, zu den Knochen der vierzig Jungfrauen. Soll er dort verrotten, unter Frauen.

Oh, please not, sagt Ahmed und reicht mir das Telefon.

Ein ganz gedehntes *puhhh-lease*. Meine Wangen und Ohren werden heiß vor Scham. Ich wische vor und zurück über das Display; da ist nichts Unanständiges. Buchen, das grüne Blätterdach, hier und da mit einer Strähne meiner Haare im Bildwinkel. Und bei dem ersten Foto, das er gemacht hat, da bin ich fast selbst bezaubert – heilige Eitelkeit! – von meinem eigenen Lächeln, und wie ein sanft laubgefilterter Sonnenstrahl mein Gesicht modelliert. Hübsch, sehr hübsch. Würde jeder sagen.

Do you want me to delete it?, fragt Ahmed.

No, nein, sage ich verlegen. Er erklärt, etwas umständlich, es gebe Brüder im Glauben, die genau das von ihm, unter Berufung auf den Propheten, verlangen würden: sofort löschen. Oder besser erst gar keine Fotos machen, weder von Menschen noch von Tieren. Schwere Sünde, bei Strafe verboten. Behaupten dieselben Brüder, die gar kein Problem damit haben, Videos ihrer grausamen Heldentaten im Internet zu verbreiten.

I want to keep it, sagt er, if it's okay for you.

Ich würde gerne fragen: Warum?, aber das würde der Sache eine Bedeutung geben, die … ich in diesem Moment nicht bereden will. Deswegen sage ich nur so leichthin, ja, ja, sicher, kein Problem. Ist ja alles ganz harmlos. Ich bin froh, dass er weder die Meinung des Propheten so wichtig nimmt noch die Ansichten derer, die den Propheten nach ihrem Belieben auslegen. Da höre ich genau hin.

Und dann stehen wir da, warten auf ein neues Gesprächsthema, das sich nicht einstellt, stehen vor der Höhle, starren in das Loch und schweigen. Ich überlege, ob ich ihm etwas von der Höhle erzählen soll; ich kenne ihre Geschichte ganz gut, weil ich einmal eine Schularbeit darüber geschrieben habe. Die Sonne wandert herum, und auf einmal sehen wir unsere Schattenrisse unten an der Höhlenwand aufgemalt. Mann und Frau, ganz eindeutig, breite Schulter da, breites Becken dort. Und einen Moment ist mir, als ob da zwischen uns noch ein dritter Schatten stünde, auf kurzen Beinchen.

Wir schauen uns an und grinsen. Er weiß das nicht, aber ich: So wie er und ich, so haben hier, genau auf dem Fleck, auf dem wir stehen, schon vor 5000 Jahren Menschen gestanden und grübelnd in den Schlund gestarrt. Und dann ist die Sonne herumgekommen, und dann haben sie ihre Schatten gesehen. Was ich nicht weiß, ist, ob die damals auch schon Händchen gehalten haben. Bin nicht einmal sicher, dass wir beide Händchen gehalten haben – aber es sieht sehr danach aus. Nach Problemen sieht es auch aus.

Still

Wir kamen von der Jungfernhöhle herunter ins Dorf, und etwas war anders – erstens wir beide, zumindest ich. Ich fühlte mich wie ein Kind, dem man einen Blick auf das ersehnte Geburtstagsgeschenk gegönnt hatte, um es gleich darauf wegzusperren. Er hatte auf dem Weg kaum ein Wort gesagt. Zweitens – war es still. Die Betonmischer liefen nicht mehr. Auf der Bank vor dem Schulhaus sitzend sahen wir Grüppchen von Dörflern Richtung Schieferbergwerk vorbeiziehen. Manche schauten zu uns herüber, und ich bildete mir ein: missbilligend. Dabei hätten zwischen uns beide drei Kisten Bier gepasst; er saß am einen, ich am anderen Ende der Bank.

Ich wollte gerade zu Ahmed sagen: Let's go, weil ich keine Lust mehr hatte, schweigend herumzusitzen, da begann er zu reden, schnell, hastig und ohne mich anzusehen.

Was ich verstand, war: Ich kann nicht hierbleiben.

Ich sagte: Aber du musst. Wenn sie dich hierher zugewiesen haben, dann musst du bleiben, du kannst nicht nach Belieben durchs Land reisen, sonst bekommst du Ärger ohne Ende.

Aber was soll ich denn hier?, sagte er, woanders habe ich Verwandte, da wäre ich in einer großen Stadt. Der ganze weite lange Weg, wozu? Auf dem Mittelmeer wäre ich beinahe ertrunken. In diesem Dorf sterbe ich vor Langeweile. Ich bin nutzlos. Die Leute mögen mich nicht. Keiner außer dir. Und deiner Mutter.

Das dauert eben, bis die Behörden alles bearbeitet haben, sagte ich und wunderte mich, wie spießig ich klang, es sind so viele Menschen gekommen, das hat alles seine Ordnung, es geht langsam, aber es geht weiter seinen Gang, bis es ein gutes Ende nimmt. Ich mein, ihr kommt doch auch wegen dieser Ordnung?

Seltsame Gedanken durchflitzten mich in diesem Moment. Als wären wir alle Teile eines großen Puzzles, er, ich, das Dorf, meine Mutter, der Burgherr; als würde sich, wenn man nur lange genug auf die Puzzleteilchen gestarrt und allerlei probiert hat, alles zu einem harmonischen Bild fügen. Dann fürchtete ich, dass das Bild wohl irgendwie zustande käme, ein Teilchen in meiner direkten Nachbarschaft aber fehlen würde – immerhin hatte er gemerkt, dass ich ihn mochte. Mach lieber was draus, dachte ich, anstatt abzuhauen.

Lass uns mal die Baustelle anschauen, sagte ich aufgekratzt und wollte ihn von der Bank ziehen. Meine ausgestreckte Hand nahm er nicht, aber er kam mit, etwas lustlos. Die Leute standen vor den Knappenhäusern herum, gingen auf und ab, spähten durch die Fenster, glotzten Ahmed und mich an, tuschelten, wühlten ein bisschen im Baumüll – bis einer von den Neugierigen eine der provisorischen Sperrholztüren aufbekommen hatte und in die Runde schrie: Schauen wir uns mal die goldenen Wasserhähne für die Herrschaften aus dem Morgenland an!

Nach ein paar Anstandsminuten gingen auch wir hinein. Den Informationsvorsprung konnte ich den anderen nicht lassen; im Fabrizieren von Gerüchten und Lügen würden sie mich ohnehin ausstechen. Mit dem Gold war es nicht weit her. Das sah nach billiger Baumarktware aus. Auf den Waschbecken – es gab zwei Waschräume, jeweils an den Enden des langgestreckten einstöckigen Hauses – pappten Preisschilder: Waschtisch *Camargue Arles,* sanitärweiß: Euro 39,90. Die Waschtischarmatur *Porto,* Chrom, glänzend: Euro 29,00. Das Wand-WC *Siena:* Euro 29,90.

Wasserklosetts!, plärrte einer vom anderen Ende des Gangs, die Kameltreiber wissen doch gar nicht, wie das funktioniert! Plumpsklo ist schon zu viel Luxus! Sollen die doch in den Wald gehen!

(Das waren die Momente, in denen ich es ganz und gar nicht bedauerte, dass Ahmed unsere Sprache weder verstand noch sprach. Das waren die Momente, in denen Fremdheit sogar noch ein bisschen Schutz gewährte.) Die Fenster waren neu, aus Plastik, um die Rahmen quoll an vielen Stellen ein erstarrter, scharf ausdünstender Schaum. Keine Jalousien, Fensterläden oder Vorhangstangen. In jedem der Zimmer, Putzschäden grob ausgebessert, hastig geweißelt, baumelte eine blanke Glühbirne von der Decke. Der Sohn des Landmaschinenmechanikers drehte eine heraus und steckte sie ein. Dass ich ihm dabei zusah, störte ihn nicht. Der Boden war noch blanker Beton, Rollen von Parkettimitat aus Plastik lehnten aufrecht in den Ecken. Hier gab es noch einiges zu tun. Jemand musste die am Eingang gestapelten Stockbetten aufbauen, jemand das Wasser in den Waschräumen anschließen, den Boden verlegen, die Deckenlampen montieren, den Bauschutt wegfahren, die

Endreinigung machen, eine Satellitenschüssel anbringen, Wäscheleinen spannen ...

I can work here, sagte Ahmed, I can do it, not all, but some.

Wir waren jetzt wieder draußen, auf dem Platz zwischen den U-förmig angelegten Häusern. Mittendrin parkte der Geländewagen, und auf dessen rechtem Kotflügel saß mein Bruder. Mit dem Absatz seines Schnürstiefels schlug er den Vorderreifen an wie eine dumpfe Trommel. Er machte keine Anstalten, die Leute aus dem Haus zu vertreiben. Nur wenn einer anfinge zu randalieren, würde er losschießen wie ein Bullterrier und den Besitz seines Chefs verteidigen. Dem war es recht so. Die Leute sollten sich umschauen, sehen, dass es was zu holen gab, bei ihm. Wahrscheinlich saß er sogar in dem Auto hinter den abgedunkelten Scheiben und notierte die Namen der Krämerseelen, die in den nächsten Tagen auf irgendwelchen Wegen zu ihm geschlichen kämen.

Mein Bruder machte mich und Ahmed unter den Leuten aus und stampfte auf uns zu. Zu seinem allergrößten Bedauern ist er immer noch ein Stück kleiner als ich, aber meinem Begleiter konnte er fast auf gleicher Höhe in die Augen schauen. Er baute sich vor ihm auf, redete mich von der Seite an, nachdem er ihn ausgiebig und verächtlich gemustert hatte:

Du ziehst ein bisschen zu oft mit dem Kerl herum.

Meine Sache, sagte ich. Ahmed stand still und stabil, die Arme locker an der Seite.

Die Leute reden, und deshalb ist es auch meine Sache. Außerdem bist du meine Schwester, sagte Josef.

Entdeckst du neuerdings den Beschützer in dir?, fragte ich, das ist toll, weil *die* Leute – ich deutete auf die Häuser hin – können sicher Beschützer gebrauchen, wenn sie eingezogen sind.

Was ich zu beschützen habe, ist mein Volk und meine Familie, sagte er in einem Ton, den er für würdevoll und entschlossen hielt, das K in Volk, wie wenn einer die Hacken knallen lässt. Die Dörfler hielten zwar Distanz, hatten aber ihre Gespräche merklich vermindert. Bitte, wenn ihr schon lauscht – dann hört euch auch das an:

Mann, Josef, ich hab deine Sprüche so was von satt. Mein einziger Trost ist, dass du nur die Hälfte von dem verstehst, was du so vor dich hin laberst. Aber wenn ich dich bei irgendwas anderem als Blöddaherreden erwische, gelten wieder die alten Kinderzimmerregeln, das sag ich dir.

Da zuckte er ein bisschen zusammen. Das freute mich. Der Josef, mein kleiner Bruder. Selbst wenn er der nächste größte Führer aller Zeiten werden sollte (egal, wie unwahrscheinlich das ist): Ich bin die große Schwester. Ich bestimme, wann im Kinderzimmer das Licht ausgemacht wird. Und wann an. Schön, der Josef hat sich jetzt einen anderen Spielplatz ausgesucht: Aber wenn die große Schwester kommt, gelten die Kinderzimmerregeln.

Die Dörfler redeten jetzt gar nichts mehr. In mir kribbelte wieder dieses Gefühl, die Kontrolle zu haben, wenn es das wirklich war. Lange konnte ich es nicht genießen.

Du Ausländerfotze, schrie Josef, fickt ihr schon?

Ich schlug ihm ins Gesicht. Nicht mit der Mädchenfaust; so schnell und hart, dass es mir weh tat. Ihm hoffentlich noch viel mehr.

What did he say?, fragte Ahmed, what did he say?

Er war einen halben Schritt zurückgetreten, behielt Josef im Auge. Vielleicht ahnte er, was Josef gesagt hatte, und wollte eine Bestätigung, bevor er seine oder meine Ehre verteidigte. Bloß nicht. Dass das hier außer Kontrolle geraten könnte, merkte sogar ich. Josef blutete aus der Nase. Er blutet leicht aus der Nase, schon immer. Wenn er sich bei Mutter über mich beschweren musste, brachte das natürlich ein paar Mitleidspunkte. Hier, auf dem Platz, vor Publikum, konnte er nur verlieren.

Das zahl ich dir heim, sagte er durch die Finger der Hand, mit der er den Blutfluss zu hemmen versuchte, euch zahl ich's heim.

Die andere Hand, zur Faust geballt, hob er in meine Richtung. Was immer er nun tun wollte, schimpfen, sich beklagen oder zuschlagen – ich war auf alles gefasst –, er wurde gestoppt. Jemand im Geländewagen drückte auf die Hupe, kurz und sachlich.

Ab zu Herrchen, sagte ich.

Ich dachte, er würde platzen vor Wut. Aber er legte nur drei Protestsekunden mit Drohblick ein, um mir zu zeigen: Auf *dein* Kommando gehe ich bestimmt nicht, drehte sich dann um und marschierte energisch auf das Auto zu. Kieselsteinchen spritzten. Er knallte die Fahrertür zu. Fuhr dann aber ganz gesittet, mit Rücksicht auf die Herumstehenden, vom Gelände und versäumte es nicht, am Tor den Blinker zu setzen. Der Einfluss des Burgherrn auf meinen Bruder – auf mich – auf uns alle hier – ist ein böses Wunder, so oder so.

What is going on?, fragte Ahmed.

Nichts, sagte ich, das war nur mein kleiner Bruder.

Du hast einen Bruder?

Nicht wirklich, sagte ich.

Dann ging ich. Es war mir egal, ob irgendeiner nachkommen würde, Ahmed oder die anderen. Ich war hier fertig. Einfach nur fertig. Mir war nicht gut, aber ich riss mich zusammen. Genug Spektakel für heute. Dachten die anderen wohl auch – so führte ich die tuschelnde und murmelnde Prozession zurück ins Dorf.

Helfer

Ich stecke gerade die Baretthaube BETTINA fest – heute Küchendienst – und frage zurück: Was?

Hab ich's dir nicht gesagt? Sie kommen wieder. Nicht die Freunde vom Schweißer. Aber die anderen.

Ich linse durchs Bullauge der Schwingtür in die Gaststube. Ah ja. Mehr als die Tage zuvor, deutlich mehr. Ein paar von denen, die ich auf der Baustelle gesehen habe. Der Sohn des Landmaschinenmechanikers. Der will sich dem Burgherrn sicher als Elektriker, Spezialgebiet Glühbirnen, andienen. Georg ist bester Laune. An den Bauarbeitern hat er gut verdient, nicht nur mit belegten Brötchen. Die haben auch seine alte Gulaschkanone geliebt.

Ich musste ganz schön investieren, sagt er: Ein Warmhalteschrank, eine Fritteuse, zwei neue Kühlschränke, ein Multibräter, ein Haufen Kleinzeugs, hundertfünfzig Garnituren Thermogeschirr. Kommt die Woche noch. Den alten Herd lasse ich bei der Gelegenheit auch austauschen.

Wie bezahlst du das alles?, frage ich.

Kleiner Kredit vom großen Boss zu … günstigen Konditionen, einer von der Sparkasse, nicht ganz so günstig.

Und wenn sie nicht kommen?

Bin ich pleite. Aber glaubst du, der Burgherr würde sich dermaßen reinhängen, wenn die Sache nicht schon längst in trockenen Tüchern wäre? Schau, sagt er, das ist der Zettel.

Er zeigt mir ein Papier, auf dem jemand – in Tinte offenbar – vier Spalten angelegt hat:

Name: er / sie macht: bis: ich zahle dafür (max):

Ich lese die Namen einiger Dorfbewohner und der Tätigkeiten, die der Burgherr – niemand sonst kann der Urheber dieses Dokumentes sein – ihnen zugedacht hat. Ach nein – auch der Sohn des Landmaschinenmechanikers soll einen Job bekommen: *Montage von Deckenlampen in Fluren und Zimmern.* Der Lohn scheint mir fürstlich, schließlich ist das Lampenmontage und keine Gehirnchirurgie. Georg sagt:

Meine Kommission, zehn Prozent, geht davon noch ab. Wo keine Namen stehen, da habe ich freie Hand. Er vertraut mir und ich ihm.

Durchs Bullauge sehe ich, wie Georg zum Verhandeln mit einer älteren und einer jungen Frau ins Nebenzimmer geht. Ich glaube, die sollen putzen. Da die Fleischkrapfen noch ein paar Minuten in der Mikrowelle kreiseln müssen, stelle ich mich an den Tresen. Niemals bin ich in diesen Hallen süßer angelächelt worden als an diesem Abend. Wenn das nicht an der schicken Haube liegt, ist es wohl meiner Nähe zu Georg zu verdanken. Dass ich es neuerdings mit dem Kameltreiber treibe, spielt im Moment keine Rolle. Obwohl das bestimmt schon jeder denkt.

Die sind halt anders, sagt der Fahrenschon vom Stammtisch her.

Nicht wie wir, sagt der Hallsteiner.

Wie denn?, sage ich.

Halt anders.

Sind wir doch auch, sage ich.

Was jetzt?

Anders halt, sage ich.

Die, die noch auf Jobs hoffen, halten die Klappe und nicken verwirrt mal der einen, mal der meinen Position zu.

Aber bitte, *wir* sind doch nicht *anders,* sagt der Fahrenschon, das sind schon die anderen, die anders sind.

Wir sind wir, und die sind die, das mischt sich nicht, erklärt der Hallsteiner, die Leute haben eine andere Hemmschwelle. Liest man überall.

Man hatte ja auch kaum Vorwarnzeit, sich einzustellen, sagt der Fahrenschon.

Und dann kommst du – ich darf doch du sagen – und deine Mutter, eine gute Frau, sie hat viel für unser Dorf getan, und ihr wollt, dass wir nett sind zu denen. Wie ist man denn nett zu denen, man kennt doch gar nicht die Gebräuche.

Wir leben gut, die leben schlecht, das will ich schon zugeben, sagt der Fahrenschon. Die wollen was ab vom Kuchen, aber dafür muss man arbeiten, hart arbeiten.

Das ist ihre Sache nicht, sagt der Hallsteiner, die sind anders als wir. Ist auch eine Temperament- und Temperaturfrage. Wie die Echse, die in der Kälte erstarrt. Dann können sie nicht, selbst wenn sie wollten.

Sie drosseln die Aktivität in Kälte, das ist erwiesen. Nein, nein, die sind nicht wie wir, sagt der Fahrenschon, da beißt die Maus keinen Faden ab. Tut mir leid, mein Mädchen.

Würde sie ja mal auf ein Bier einladen, geht leider nicht, trinken sie ja nicht.

Du auch eins? Bring uns noch zwei, Mädchen.

Ich bringe ihnen zwei. Verglichen mit dem, was ich tags zuvor auf der Baustelle gehört habe, ist der Beitrag der beiden Alten zivilisiert und messerscharf argumentiert. Im Grunde genauso herzlos, aber hübscher verpackt.

Georg kommt mit den Frauen zurück – sie sehen zufrieden aus – und löst mich an der Schänke ab. Den Abend über geht er noch ein paarmal ins Nebenzimmer. Die Alten, die Hoffenden, die Unbeteiligten, köcheln wie die braune Soße zu den Fleischkrapfen bis zur Sperrstunde auf kleiner Flamme gemütlich weiter; ab und zu steigt eine Blase auf und platzt mit einem zufriedenen Seufzer. Aber irgendwie habe ich das Gefühl, dass unten der Satz langsam, aber sicher anbrennt; da kann ich rühren, soviel ich will.

Spinne

Franz spricht mich als Erster darauf an. Sag, habt ihr auch so viele Spinnen in und ums Haus? Nein, sage ich, mir ist nichts aufgefallen.

Natürlich gibt es »viele« Spinnen bei uns. Es gibt »viel« von allem, was krabbelt, auf sechs, acht oder tausend Beinchen. Das gehört dazu, wenn man inmitten von Wiesen und Wäldern wohnt. Würden wir bei jeder Spinne aufkreischen, würde sich das anhören, als gäbe eine angesagte Boygroup ein Konzert im Tal. In unserer Scheune sitzen riesige, fette Kreuzspinnen in Netzen so groß wie Kutschräder. Da möchte ich nicht hineingeraten, aber sonst, kein Thema.

Hab ich jetzt von einigen Leuten gehört, sagt der Franz, der bekanntlich im Dorf herumkommt.

Wir haben uns in letzter Zeit wenig gesehen. Ist wahrscheinlich Zufall. Wir haben uns selten verabredet, wir laufen uns über den Weg; hat bisher immer gut funktioniert. Diesmal treffe ich ihn spätabends. Ich bin auf dem Weg nach Hause, aber nicht auf dem direkten. Die Laternen sind schon aus, Finsternis deckt mein ruchloses Tun: Ich reiße die Plakate ab, die der Schweißermeister und seine Gruppe aufgehängt haben. Nur eines lasse ich hängen, korrigiere den geforderten »Wiederstand« mit dem Eddingstift und schreibe: *Lernt erst mal Deutsch!* Aber mit einem

Hauch von schlechtem Gewissen, denn meine Korrektur entspringt einem gewissen Bildungsdünkel. Orthographie ist für die Teilnahme am gesellschaftlichen Diskurs nicht zwingend erforderlich, und Moral hat mit Rechtschreibung nichts zu tun. Dennoch: Den Kerl bloßstellen, das tut mir gut. Als ich gerade einen Reißnagel mit den Fingernägeln herausziehe, fühle ich etwas im Nacken.

Wuhuu, ich bin die Spinne, sagt jemand mit verstellter Stimme.

Wenn er nicht so einiges bei mir guthätte, der Franz, ich hätte jeder Person, die mich nachts anschleicht und mir kalte Metallgegenstände – wie das unvermeidliche Stethoskop – in den Nacken presst, die Augen ausgekratzt. Und wenn ich nicht vor Schreck fast ohnmächtig geworden wäre. Spiderman Franz stottert eine Entschuldigung und erzählt mir das von den Spinnen. Dann kapiert er, was ich an diesem Ort zu später Stunde mache.

Ist das klug?, fragt er, ist es nicht besser, wenn das … die Bedenken irgendwo rauskönnen?

Die sollen bleiben, wo sie herkommen, genau wie deine blöden Spinnen, sage ich, macht nur böses Blut.

So unrecht haben die doch nicht, im Grunde, sagt Franz.

– *Mein* Franz! Mir bleibt da fast die Luft weg. Schlägt er sich etwa auf die Seite der »besorgten« Dorfbewohner?

Ach, und warum sollte das so sein?, frage ich. Klingt spröde, schnippisch, pikiert.

Wir sind 340, und wie viele sollen kommen? 120, 150?

Na und? Ich war allein in der Stadt, eine gegen eins Komma fünf Millionen.

Kann man doch nicht vergleichen, das ist dieselbe Kultur, dieselbe Sprache.

Hast du eine Ahnung, sage ich, das ist ein anderer Planet.

Bist du deswegen wieder hier? Und warum fremdelst du jetzt so mit uns?

Ich will nicht mit ihm streiten, ich will auch seine Fragen nicht beantworten. Warum ich wieder hier bin, ist meine Sache ganz allein. Ich brauche den Franz, aber ich hätte nie gedacht, dass er vielleicht nicht meiner Meinung sein könnte. Oder etwas gegen meine Aktion haben könnte.

So was steigert nur die Wut des Schweißers und seiner Anhänger, sagt er, und das sind gar nicht wenige.

Und so steigert es *meine Wut,* sage ich in einem letzten Anlauf zur Rechtfertigung meines Tuns.

Ich geb's auf, gute Nacht, sagt der Franz im Fortgehen, und entschuldige, war wirklich ein blöder Scherz.

Zwischen Daumen und Zeigefinger halte ich noch den Reißnagel. Das Plakat, schlaff und ohne Halt in der linken oberen Ecke, wölbt sich über mir. Na schön, mein lieber Franz, denke ich, mache ich es eben wieder fest, aber nur für dich, und nur dieses eine. Und als ich hinlange, sehe ich die Spinne, die auf der leise wippenden Ecke sitzt und mich böse anglotzt.

Bäh!, schreie ich, springe einen Schritt zurück. Das Vieh ist ganz schön massiv, dunkelbraun oder schwarz, hat mindestens sechs Augen vorne, die in der Mitte doppelt so groß sind wie die anderen. Erinnert mich an die Autos, die sie hier gerne fahren, mit ihren Scheinwerferbatterien vor dem Kühlergrill: nur viel unfreundlicher noch ist dieser Anblick. Und – etwas tut weh – hat sie mich gebissen? – kann aber nicht sein, sie sitzt und glotzt sechsfach – ich habe mir den Reißnagel in den Daumen gedrückt – ziemlich tief.

So unterbleibt die gute Tat; wegen einer blöden kleinen Spinne.

Feuer

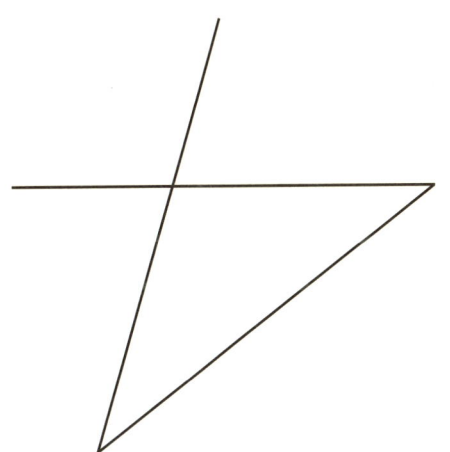

Handel

Ich lausche nicht. Wenn zwei reden, ohne sich viel darum zu kümmern, ob man ihnen zuhören kann – dann ist das nicht Lauschen. Danach habe ich mich ohnehin gefragt, ob ich nicht geträumt hatte.

Ich hatte den Wagen des Burgherrn vorfahren sehen; vom Fenster der Küche, in der ich mit meiner Mutter nach dem Abendessen zusammensaß. Es regnete in feinen Schnüren, und die Wolkengrenze lag gefühlt keine zwei Meter oberhalb des Dachfirsts. Gewohnheitsmäßig sprang ich auf, um das Scheunentor zu öffnen, aber meine Mutter zog mich am Ärmel zurück. Lass, ich mach das, sagte sie, und du, geh auf dein Zimmer.

Klarer kann man es nicht sagen, oder? Wir Erwachsenen haben etwas zu besprechen, ohne dich. Ich simulierte braves Kind, ging in mein Zimmer. Ich hörte die Autotür, die Haustür, die Küchentür. Ein paar Minuten später – soll ich, soll ich nicht? – war ich wieder unten, in den Schatten der großen Truhe gekauert, die im Flur neben der Küchentür steht.

Sie sprechen leise, und der Regen hat sich zu einem sanften, einschläfernden Trommeln gesteigert. Manches verstehe ich nicht. Und ich bin zu spät auf meinen Horchposten geschlichen, habe den Anfang verpasst.

Es ist dir schon klar, dass ich für diesen Dienst etwas von euch verlangen muss, sagt er, denn du stehst mir hier für das ganze Dorf.

Natürlich. Was willst du dafür haben?

Hier entsteht eine Pause. Warum? Der Burgherr weiß doch sicher, was er will. Oder erinnere ich mich an diese Pause wegen dem, was dann kam? Wer würde so was glauben? Man müsste mich für verrückt halten. Er sagt nämlich:

Ich begehre nicht viel, nicht mehr als ein ungetauftes Kind.

Mutter schweigt daraufhin lange. Und ich bleibe an dem *ich begehre* hängen. Das klingt nach Es-war-einmal-Märchen. Nach *Heute back ich, morgen brau ich, übermorgen hol ich der Königin ihr Kind!* Mutter stößt einen leisen Schrei aus, nein, eher ein Heulen, in das so viel Angst wie Wut geflochten ist und das so dünn ausrinnt, dass ich ihre Ohnmacht spüren kann.

Nimm für dieses Mal etwas anderes, sagt sie.

Es fällt mir leicht, mir das Gesicht des Burgherrn vorzustellen: die gekräuselten Lippen, die Lachfalten, die den Strahlenkranz um seine oft so lichtlosen Augen bilden, die hüpfenden Augenbrauen. Das kann er doch nicht ernst meinen. Das kann sie doch nicht ernst nehmen. Er sagt:

Das ist der Lohn, den ich gewohnt bin. Wer fragt nach einem Kind, das keiner kennt? So jung gibt man sie am liebsten weg, hat man doch noch keine Freude an ihnen gehabt und noch keine Mühe. Je früher ich eins auf meine Weise erziehen kann, umso weiter bringe ich es. Das Taufen brauche ich nicht und will ich nicht.

Und wie leicht es mir nun fällt, das Gesicht der Mutter

vor mir zu sehen. Sie hat sich gefasst, während der letzten Worte des Burgherrn. Sie nimmt ihn, wie sie alle nimmt: Man redet eine Weile miteinander, gibt sich recht einsichtig, nickt hier und lächelt da, während man die eigenen Gedanken sammelt und ordnet – und am Ende den anderen doch übertölpelt. Da wäre der Mann von der Burg doch der Einzige, der nicht zu betrügen wäre! Der leise spöttische Ton in ihrer Stimme missfällt mir, und ich möchte rufen und sie warnen; was natürlich nicht geht.

Soweit sie wisse, sei im Dorf keine Frau guter Hoffnung, sagt meine Mutter ruhig und altmodisch, und das Kleine von der Riederbäuerin sei unlängst getauft worden. Auf diesen Lohn, wenn er darauf bestehe, müsse der Burgherr wohl verzichten – die Sache allerdings könne nicht aufgeschoben werden. Nun?

Ich will das Kind ja nicht im Voraus, sagt er lachend, sobald man mir verspricht, das erste zu liefern, ungetauft, welches geboren wird, bin ich schon zufrieden.

Da lacht auch meine Mutter, es ist dieses Lachen, mit dem man Dinge fortschafft, die nicht wiederkommen sollen, und sie sagt:

Na schön, von mir aus, Hand drauf!

Aber der Burgherr sagt: Solchen Handel schließe ich anders ab.

Ach ja – nein – heißt – meinetwegen –

Ich sehe es, ich sehe es: Der Burgherr beugt sich vor und drückt meiner Mutter einen Kuss auf die Backe. Dann kauere ich mich tief in den Schatten der Kommode, weil die Tür aufgeht und ein Lichtkeil plötzlich in den finsteren Flur fährt. Er verlässt das Haus, ich seh ihn nicht, er weht hinaus, ich höre nur den Motor. Wer hat das Tor geöffnet, war es mein Bruder? Kann sein. Ich schleiche an die Küchentür und luge durch den Spalt. Meine Mutter steht am Becken und reibt – mit der rauhen Fläche des Spülschwamms – über ihre rechte Wange. Sie schrubbt so heftig, dass es weh tun muss. Die Wange ist rot. Sie dreht sich langsam um. Ich laufe davon.

Ich laufe den Schlossberg hinauf, durch das Felsentor in die Halle der Buchen. Es ist dunkel, der Regen nach wie vor sanft und beharrlich. Im Nacken spüre ich seine aufgelegte kühle Hand. Ich kenne meinen Weg so gut, wie ich die Windungen und Rundungen meiner Ohrmuschel kenne. Im aufgeweichten Laub laufe ich lautlos. Als ich das Höhlenmaul erreiche, lasse ich mich vorsichtig hinab. Ein erschrecktes Tier springt an mir vorbei ins Freie, ich fühle einen nassen Pelz am Arm. Da sitz ich dann, trocken und warm; von draußen höre ich den Regen wie das Tappen nervöser Finger auf einem Tamburin. Da sitze ich also, Xenia, aus der Stadt ins Dorf geflohen, auf dem Schlossberg, im Jungferlesloch, und seit – wie viel eigentlich? – Monaten schwanger.

Willkommen

Mein erster Sommer in der Stadt. Ich verbrachte die Vormittage in der Unibibliothek, die Nachmittage lesend im Park, abends und nachts arbeitete ich in der Kneipe. Danach gingen wir zu mir oder zu Manolis, meistens zu ihm, denn er wohnte allein. Ich war nicht übermäßig verliebt. Jedenfalls fühlte es sich nicht so an. Eher so: Diese Sache mit Manolis komplettierte die Vorstellung, die ich vom freien Studentenleben hatte. Ein Freund gehörte dazu, und die Freiheit zu tun, was mir gefiel. Es gefiel mir auch. Alles in allem. Aber wir gerieten zu schnell in eine Routine, die ihm behagte und mir weniger.

Gegen Ende des Sommers war am Hauptbahnhof eine Menge los. Menschen standen hinter Absperrgittern und applaudierten ankommenden Reisenden, die das Spektakel stumm bestaunten. Die meisten hatten Ringe unter glasigen Augen. Manche trugen Kinder auf den Armen. Manche machten das V-Zeichen, andere stolperten müde vor sich hin. Ich sah es im Fernseher, der andauernd im Aufenthaltsraum des Wohnheims lief, meistens ohne Publikum, außer bei Fußball und sonntagabends zum Tatort.

Nachdem ich fünf Minuten zugeschaut hatte, setzte ich mich auf mein Fahrrad und fuhr zum Bahnhof. Sie hatten einen ganzen Flügel des Bauwerks für die Ankömmlinge abgesperrt (ist das ein gutes oder ein schlechtes -*ling*-Wort?). Auf dem Vorplatz, wo sonst Autos parkten, begann man, Container und Zäune aufzustellen. Ich sprach eine Frau an, die eine leuchtend gelbe Weste trug: Ob ich mitmachen könne, irgendwas, irgendwie, ab sofort.

Sie schenkte mir den gütigen Blick, der vom Helfen kommt, verwies mich an einen Herrn in orangefarbener Weste – die mit den kugelsicheren Westen hielten sich abseits, aber sie guckten freundlich; der Staat lächelte. Er war auch sehr lässig drauf, trug Sonnenbrille und Gel im modisch kurzfrisierten Haar und seine Waffen als mattschwarzes Accessoire. Manchmal holte er sich ein erschöpftes Kleinkind auf den Arm, und die Medienleute mit ihren gleißenden und blitzenden Apparaten schossen wie ein Schwarm Barrakudas hin, nur hin, zur Szene, als stünde eine Himmelfahrt des guten Mannes mit dem Kind unmittelbar bevor.

Ich wollte auch so ein Kind tragen, obwohl es wahrscheinlich, nach all den Reisestrapazen, gar nicht gut roch. Ich wollte *helfen*. So stark hatte ich das Gefühl noch nie verspürt; die Gelegenheit schien zu perfekt, um sie auszulassen. Es war ein gutes, ein reines, ein reinigendes Gefühl, und ich strahlte es aus, ganz bestimmt. Zeit hatte ich auch, und Manolis war auf Familienurlaub in Kreta. Der in der orangefarbenen Weste musterte mich. Viel Zeit nahm er sich nicht für die Gewissensprüfung, fragte wenig. Mir kam er bekannt vor, von der Uni. Vielleicht kannte er mich auch. Er flippte die Zettel auf seinem Klemmbrett vor und zurück. Da hab ich was, sagte er.

Ich wurde zum Sortieren der massenhaft angelieferten

Stoffkreaturen und Puppen geschickt: die Abgeliebten, die mit den kahlen Stellen, den ausgerissenen Ohren, Fühlern, Schwänzen, Beinen, die mit den Nutellaflecken, die Einäugigen – wurden aussortiert.

Da sind zwar immer wieder ein paar sehr nette dabei, sagte die junge Frau, die mich einwies, wir wollen aber unseren Kleinen ein dem Neuanfang angepasstes, ein von Vorerlebnissen ungeprägtes Kuscheltier zur optimalen emotionalen Aneignung anbieten.

Unter anderen Umständen hätte ich gesagt, das ist denen doch wohl scheißegal, ob dem Zebra ein Ohr fehlt, wenn es sonst süß ist. Aber ein Erstsemester hat eben noch Respekt vor einem Viertsemester. Was sie studierte, musste ich nicht fragen. Sie wies mich sanft zurecht, als ich ein paar nette, wenn nicht sogar süße Hunde und Schweine in die Kiste der Auserwählten warf: Die würden von den Ankömmlingen in der großen Mehrzahl als *unrein* betrachtet. Sie habe sogar ein wenig herumgegooglet, ob es überhaupt angebracht sei, figürliche Darstellungen zu verteilen, denn es gebe in dieser Religion ein Bilderverbot, ein Abbildungsverbot. Die Barbiepuppen mit ihren aufreizenden Formen kämen daher (und nicht nur deswegen) sofort weg. (Ich fühlte einen Stich, als ich in die Tonne schaute: Da lagen sie, geschätzt hundert Barbies, mit ihren langen Beinen und Armen, wie ein Haufen blondhaariger Mikadostäbchen.)

Außerdem erklärte meine Mitsortiererin, sie habe in einem einschlägigen Internetforum gelesen, mit Puppen sei man nur dann auf der ganz sicheren Seite – also prophetenkonform –, wenn man die Puppenköpfe entferne oder sie (sofern aus Plastik) über der Flamme erhitze, bis sie weich würden, und anschließend dermaßen modelliere, dass die Gesichter nicht mehr als solche erkennbar seien. Das, sagte sie, gehe ihr dann doch zu weit. Und ich dachte an die Zombie-Armee, die wir aus der Barbietonne hätten erschaffen können.

Kurz darauf wurde ein Annahmestopp für Kuscheltiere und Puppen verhängt. Wir hatten nichts mehr zu tun. Ein anderer fester Job wurde mir nicht angeboten, es gab zu viele Helfer, und wer eine verantwortungsvolle Position hatte, gab sie nicht gerne her, arbeitete lieber von früh bis spät, als sich ablösen zu lassen. Trotzdem – die Stimmung war heiter, locker. Medien aus der ganzen Welt berichteten über uns. Spinner hatten wir auch, aber nur wenige. Einer hatte sich Engelsflügel auf den Rücken seiner Weste gemalt; vielleicht bloß ein ironischer Kommentar.

Mal kochte ich Tee, mal saß ich herum, mal stellte ich Hygieneartikel zusammen – Seifen, Deos, Einwegrasierer, Binden, Taschentücher, Nagelfeilen und so weiter. Zwischendrin geleitete ich Gruppen zu den Bussen, die sie in die Unterkünfte brachten, junge Männer die meisten. Einmal, als ich mein Rad aufsperrte, um zur Arbeit in die Kneipe zu fahren – ich war eben aus dem Bahnhof gekommen und trug noch meine Weste –, kam ein Mann – sechzig, kahlköpfig, schlank, braune Cordhose, Aktentasche, keineswegs verwahrlost – des Wegs, baute sich neben mir auf und begann gurgelnd und rotzend Schleim zu sammeln, den er mir – offensichtlich – ausspuckend servieren wollte; ich sprang auf und fiel rücklings über das Fahrrad – was sehr weh tat –, aber die Ladung reiste nicht weit, blieb an seinem Kinn hängen. Er schrie mich an: Araberschlampe, du bist auch eine von diesen Kanakenfreunden! Sofort heimschicken sollte man die! Volksverräter! Dann ging er zielstrebig weiter. Besoffen war er nicht. Ich hätte ihm gerne etwas hinterhergeworfen, aber ich stand erst seit drei Sekunden wieder auf den – zittrigen – Beinen, und mir war zum Heulen. Erst als der Typ um die nächste Ecke war, sagte ich, so eher halblaut: Du blöde Sau, du blöde.

Ich bin dann auch gar nicht mehr hingegangen, zum Bahnhof. Nicht wegen des Vorfalls, oder nicht allein deswegen. Es kamen dort immer weniger Menschen an; sie wurden schon an der Grenze abgefangen, registriert und in die Züge gesetzt. Und mein zweites Semester begann. Wenn ich später, im Winter, an diese paar Tage im September dachte oder heute daran denke, fallen mir seltsamerweise zuerst die Barbies in der Tonne ein und die Idee, ihre Köpfe zu schmelzen und zu verformen. Von den Menschen, die ich sah, sind weniger Bilder geblieben. Die zogen vorbei, waren Menschen wie wir und doch nicht. Vor allem diese vielen jungen Männer. Textbesessen, wie ich bin, guckte ich auf ihre T-Shirts, bunt bedruckt und betextet mit dem globalen Fashion-Nonsense à la *Navy Yard 166, Hard Rock Café Shanghai, Diesel Arrival of the Fittest, Old Denim Adventure Race, Premiere Yacht Club Hawaii, I [Herz] New York, Get down and boogie NOW!* ... – solches oder ähnlich sinnloses Gebrabbel. Nur einen habe ich mir genau gemerkt; das war beim Austeilen der Waschzeugtüten. Den Einwegrasierer und Rasierschaum hatte er noch nicht nötig. *F*CK U ALL* stand auf seinem Shirt. Aber in seinem Gesicht las ich so etwas wie: Nimm mich in den Arm, oder: Gib mir ein Kuscheltier, es kann auch ein Hund oder Schwein sein,

Hauptsache, es ist weich und kann Tränen aufsaugen. – Ich gebe hier nur die Eindrücke einer zutiefst gerührten Helferin wieder.

Feuer

Die Dachstühle der Knappenhäuser brannten in der Nacht – die Flammen erleuchteten das ganze Tal. Feuerwehren von fern und nah pumpten und spritzten. Es hieß, der Ellernbach sei unterhalb der Saugstelle vollständig trockengelegt gewesen – der Fischereiverein ist zutiefst erbost und klagt im Namen der verstorbenen Fische: umsonst, umsonst, das ganze Leid, wegen der paar alten Mauern.

Ich hatte im Bett gelegen, ruhig und wach, ein bisschen über mich und Ahmed phantasiert, ob und wenn ja, wie nur, da malte der Feuerschein flackernde Schattenbilder an die Decke, und gleich darauf konnte ich es auch riechen. Aufs Rad und hin – im Windschatten und im Staub der Löschautos –, das Rad fallen gelassen, an den Torpfosten gedrückt – wo mich die sengenden Böen kaum erreichen. Das erste Haus brennt lichterloh, das zweite ist kurz davor, beim dritten sieht man die Flammen zwischen den Schieferplatten herauszüngeln, Blaulichter blitzen, die Feuerwehrler schießen aus verknoteten Schläuchen kreuz und quer, das Wasser verdampft auf glühendem Schiefer, die Flammen lachen, ein konzentrierter Angriff gelingt nicht, kann nicht, will nicht – das Feuer lebt in seiner Wirklichkeit, das Wasser in einer anderen. *Wir haben gekämpft,* sagt der Kommandant der Unseren am nächsten Tag zur Lokalzeitung, der Kommandant vom Nachbardorf sagt, für die Zukunft müsse man an der Koordination im Großeinsatz arbeiten, und Franz sagt: Die Hälfte unserer Leute hat über die Dächer gezielt. Ich erinnere mich: an lachende Gesichter, obszöne Teufelchen im Flammenschein.

Mit Ahmed gehe ich am Vormittag noch mal hin. Die Mauern stehen, die Dächer sind eingestürzt, die Dachbalken ragen wie die Stangen eines umgestülpten Regenschirms in den Himmel. Die Schieferplatten haben im Fallen alles zertrümmert – die WCS *Siena,* die Waschtische *Camargue Arles,* alles andere, die Stockbetten – alles, bis auf die Glühbirne, die der Sohn des Landmaschinenmechanikers gestohlen hat. Zwei Brandwachen mit Handlöschern gehen herum und ersticken Glutnester; ein kleinlicher Akt, um dem Vielfraß am Buffet wenigstens die letzten Krümel zu verwehren. Es ist doch nichts mehr zu retten.

Männer in Zivil sprechen mit meiner Mutter, es wird fotografiert und vermessen. Ein Polizist will mich und Ahmed vertreiben, aber Mutter sieht uns, winkt, wir passieren. Ahmed zieht misstrauische Blicke auf sich, schaut aber nur auf die rauchenden Ruinen. Den Anblick wird er kennen, denke ich, deswegen sieht er wohl so bedrückt aus. Mutter macht einen gefassten Eindruck; ich vermisse die Empörung in ihrer Stimme. Ihre Mimik ist eingeschränkt, weil sie ihre gerötete Wange mit dicken Schichten Make-up kaschieren muss – natürlich auch die andere. Eine ganz junge Lokalreporterin taucht auf, meine Mutter nimmt sie fürsorglich beiseite, stopft ihr alles, was sie braucht, ins aufgesperrte Schnäbelchen: *schändlich, verurteilenswert, niederträchtig, Totalverlust, unersetzlich, betroffen, neue Situation, bezugsfertig, großartiger Einsatz, Zusammenhalt nötig, auswärtige Täter, Dorf erschüttert, ungebrochen, gemeinsame Zukunft,* ... Ein Kriminaler tut dazu: *Hochtouren, verfügbare Kräfte, Sachverständige, Brandstiftung, unbekannt.*

Unbekannt? Mutter und ich sehen uns an – sie knapp an mir vorbei. Ich spüre, dass sie etwas weiß. In diesem Moment rollt ein Geländewagen auf den Platz; der Uniformierte am Tor hat ihn ohne weiteres durchgelassen. Alle schauen, aber nur die Auswärtigen fragend. Der Burgherr steigt aus. Wenn er neben dem großen Auto steht, sieht man, wie klein und schmächtig er ist. Einen Moment sind wir abgelenkt, weil unter den kohlschwarzen Balken des mittleren Hauses plötzlich ein paar höhere Flammen aufschießen; doch die Brandwachen sind schnell zur Stelle. Der Burgherr macht ein paar Schritte vom Auto weg, betrachtet die Ruinen, ruhig und geschäftsmäßig. Mutter sieht noch immer auf das Auto, als ob sie auf etwas wartete. Jetzt kapiere ich.

Respekt. Sollte irgendetwas in der Sache auf eigenes Ermessen, eigenes Kalkül meines Bruders zurückzuführen sein – Respekt. Dann hätte er seine Sache gut gemacht. Es hätte endlich einmal etwas geklappt. Dumm nur, dass man sich der Brandstiftung nicht so richtig rühmen kann, ohne dass es für einen selbst heiß wird. Armer Josef.

Ich weiß nur nicht, warum er das getan hat. Getan haben sollte. Da müsste man schon den Burgherrn fragen, aber der spricht jetzt mit den Kriminalpolizisten. Sie tauschen

Visitenkarten aus, schütteln Hände, der Burgherr steigt ins Auto und sieht – so gerade über die Türoberkante – zu mir und lächelt. Weil aber im selben Moment schon wieder eine Flammengarbe laut knallend aufsteigt, ist das eine Sache nur zwischen uns beiden – und ich frage mich, was er wissen kann und weiß.

Versteckt

Versteckte Schwangerschaften sind selten. Viele halten die Geschichten darüber für ausgemachte Märchen. Besonders Mütter. Sie werden rund und prall, das Kind strampelt wild im Bauch – wie soll irgendjemand das übersehen können? Und trotzdem. Sechser im Lotto sind auch rar, und Millionen glauben daran. Ich will sagen: Egal, wie selten eine Sache ist – passiert es einem am oder im eigenen Leib, dann ist es echt, und alle Mutmaßungen um die gedachte oder tatsächliche Seltenheit reine Theorie. Ich bin der lebende Beweis, und ein ganzes Dorf ist mein Zeuge.

Es ist nicht so, dass eine Frau dick sein muss, sie muss auch keine Sackkleider tragen, damit eine Schwangerschaft lange Zeit vor ihr und der Welt verborgen bleibt. Es ist vorgekommen, dass Frauen mit unklaren Beschwerden um die Leibesmitte zum Arzt kamen und ein paar Stunden später mit einem Neugeborenen nach Hause gingen. Und dass sie die ganze Zeit über, diese sieben, acht oder neun Monate, dieselbe Hosengröße trugen.

Meine Hosen beginnen gerade erst ein wenig eng zu werden. Aber das merkt niemand, noch nicht. Vielleicht noch lange nicht. Ich habe ein bisschen zugenommen. Sollte das jemandem auffallen, würde ich sagen: Weißt du, daheim bei Mutter schmeckt es eben besser als in der Mensa, wo jeder schlank wird, haha. – Und einmal über mein Bäuchlein streicheln. Inzwischen nämlich habe ich mich mit all dem abgefunden, vielleicht – das weiß ich noch nicht so genau – freue ich mich sogar, ein wenig, vorsichtig. Ich hatte nicht so viel Zeit, mich darauf vorzubereiten, weil ich es selber noch nicht so lange weiß.

Besser ist vielleicht: Weil ich es erst realisiert habe, kurz bevor ich die Stadt verließ. Deswegen. Bei mir würden die Ärzte nicht nur von einer *versteckten,* auch von einer *verdrängten* Schwangerschaft sprechen. Dabei hatte ich sogar einen Test gemacht. Der war positiv, und ich warf das Ding wütend in den Müll. Wer kann das brauchen, in meinem Alter, in meiner Lage – ein Kind? So war das nicht geplant, das gehörte definitiv nicht ins »Ersti«-Programm. Aber auf diese billigen Tests kann man sich sowieso nicht verlassen, oder? Es lief dann auch alles normal weiter, die Regel, alles, ich nahm weiter die Pille. Ich hatte ab und zu Rückenschmerzen, aber bei meinem Job schien mir das völlig normal, bei den schweren Tellern, die ich herumtrug, oder wenn ich die Fässer unter der Zapfanlage austauschte. Es durfte nicht sein, und deswegen war es nicht. Basta. Das bekommen diese verdrängten Babys auch mit. Sie machen sich besonders klein, sie drücken sich ganz nach hinten, an die Wirbelsäule der Mutter, anstatt den Platz einzunehmen, der ihnen zusteht und den sie brauchen. Meins hat dann aber irgendwann die Geduld verloren.

An einem Frühlingsnachmittag hatte ich starke Bauchschmerzen. Blinddarm, dachte ich, etwas anderes durfte es nicht sein. Ich fuhr mit Manolis in die Notaufnahme. Die Ärztin drückte auf meinem Unterleib herum – tut das weh, tut das weh? –, und es tat weh, aber schon nicht mehr so sehr wie zuvor, und sie fuhr auch mit dem Ultraschallgerät über meinen Bauch.

Na aber das ist ja erstaunlich, sagte sie, gratuliere.

Ich fragte: Warum?

Sie sind doch schwanger, sagte sie, sieht man gar nicht, also, von außen.

Ich denke, es ist der Blinddarm?, sagte ich.

Nein, der ist in Ordnung, sagte die Ärztin, ich tippe mal auf eine Magen-Darm-Sache, eher harmlos.

Behalten Sie das bitte für sich, sagte ich, das mit der Schwangerschaft.

Aber gehen Sie zu Ihrer Gynäkologin, sagte sie, und ich sagte, obwohl es nicht stimmte: Natürlich, ich habe schon einen Termin.

Blinddarmreizung, sagte ich draußen zu Manolis, kann man noch mit Antibiotika behandeln.

Am Abend saß ich im Wohnheim auf der Bettkante und betrachtete meinen unscheinbaren Bauch. Die Schmerzen waren vergangen. Es klebte noch ein bisschen, von dem Ultraschallgel. So, wie ich lange verdrängt hatte, dass ich schwanger war, so bereitwillig akzeptierte ich die Tatsache jetzt. Es war jetzt irgendwie amtlich. Ich bin dann die halbe Nacht durch die einschlägigen Foren und Ratgeberseiten des Internets gestreift, ich kenne mich inzwischen bestens aus. Und in gewisser Weise fühle ich mich auserwählt. Eine besondere Schwangerschaft für das Mädchen mit dem besonderen Namen. Mittlerweile wird mir auch immer wieder mal übel, die Regel bleibt aus. Als ich mich übergeben musste, nachdem ich die Bauarbeiter mit belegten Brötchen beliefert hatte: deswegen, nicht weil sie so ordinäre Dinge sagten (da könnte man sich als Frau ja dauernd übergeben). Es zieht da und dort. Alles nicht schlimm.

Manolis, der Ahnungslose, er ist wirklich ein netter Kerl, aber für das Vater-Mutter-Kind-Spiel, dachte ich, genauso wenig geeignet wie ich. Dafür leicht aus dem Spiel zu nehmen. Ich habe ihm bis heute nichts gesagt, obwohl ich ihm sogar ein Ultraschallbild als Beweis vorlegen könnte, denn tags drauf bin ich wirklich zur Frauenärztin gegangen, so viel Verantwortungsgefühl habe ich dann schon. War nicht schwer, den Termin zu bekommen: Ich musste nur »versteckte/verdrängte Schwangerschaft« sagen. Die hätte mich glatt persönlich abgeholt.

Die plötzliche Abreise aus der Stadt begründete ich mit einer schweren Erkrankung meiner Mutter, per SMS, auf immerhin 148 von 160 möglichen Zeichen. Und dass ich »Abstand« bräuchte. Richtig rund lief es ohnehin nicht mehr. Er hatte zwei Praxissemester in Neuseeland in Aussicht, und dann wäre es sowieso mit uns vorbei gewesen. Warum also nicht sofort? Es kam auch kein Widerstand, nur eine SMS: *Gute Besserung deiner Mutter und bis dann.*

Deswegen bin ich also ins Dorf zurückgekehrt, zu all den fragenden Gesichtern, denen ich nicht die Wahrheit erzählte. Sollen die mich doch für eine Studienversagerin halten. Eine Flucht nach Hause, zur Mutter, die genauso fragend guckte, ihre Enttäuschung aber gut verbarg. Natürlich war das eine Niederlage. Als ich aus dem Bus stieg, kam mir der Weg von der Haltestelle bis zum Haus zur letzten Laterne elend lang vor, und fast wünschte ich mir, ein Nebel hätte es verschluckt. Aber hier ist eben daheim, hier bin ich jemand, hier werde ich immerhin wahrgenommen. Hier kann ich mich gleichzeitig fremd und zu Hause fühlen.

Jetzt gehen die Dinge ihren unabänderlichen Gang. Doch so unabänderlich sind sie vielleicht gar nicht, nicht alle. Einmal habe ich schon eingegriffen, als ich den Brief an Ahmed unterschlug, dann kann ich es wohl wieder tun. Ich werde mir alles so einrichten, wie ich mir das vorstelle. Die Mutter-Vater-Kind-Sache sehe ich noch immer nicht ganz klar, aber anders.

An Mutters seltsamen Handel mit dem Burgherrn denke ich selten. Selbst wenn ich Teil dieses Geschäfts bin. Ein Teil von mir. Nur eines macht mich manchmal etwas nervös: Was, wenn Mutter doch weiß, dass ich schwanger bin? Ich meine, dass sie es mir irgendwie ansieht? Vielleicht sogar, seit ich wieder hier bin? *Eine Mutter spürt das.* Sagt man doch. Vielleicht läuft da etwas nebenher, bei ihrem Handel mit dem Grünen, etwas, von dem ich nichts weiß. Nein, Unsinn. Nur nicht kirre machen lassen.

Verschwunden

Mein Bruder blieb verschwunden. Dass er bei uns tagelang nicht auftauchte, war nichts Ungewöhnliches; dann schlief er meistens in der Burg oder war unterwegs für seinen Herrn und Meister. Aber dass der nun ständig ohne seinen Schatten unterwegs war, das fiel auf, allen im Dorf.

Die Kriminalpolizei hatte nach keinem erkennbaren System ermittelt, mal an dieser, mal an einer anderen Tür geklingelt und gefragt, ob jemand etwas gesehen hätte. Von meiner Mutter hatten sie erfahren, dass es selbstverständlich keine Fremdenfeindlichkeit im Dorf gebe, sie vermute den oder die Täter deswegen auswärts. Dank meiner Tätigkeit sahen die Polizisten vermutlich auch keines der Plakate des Schweißermeisters und seiner Freunde *vereint im Wiederstand,* und glaubten ihr deswegen.

Georg weinte fast. Seine neuen Küchengeräte, das Thermogeschirr, das stand alles in der Scheune. So wie es aussah, konnte er es nun weder benutzen noch zurückgeben.

Wenn ich das Schwein erwische, das die Häuser angezündet hat, sagte er, den drehe ich durch den Wolf und mach ihn zu Fleischkrapfen – das wären die ersten wirklich hausgemachten. Und die verfüttere ich an die anderen Schweine im Dorf. Die, die dagegen waren. Kann mir doch keiner erzählen, dass die nichts damit zu tun haben, der

Schweißer, den sollten die Bullen in die Mangel nehmen. Der kann mit Feuer und Flammen umgehen. Fährt aber noch immer lustig durch die Gegend. Gestern Abend wollte er hier ein Bier trinken. Tat so, als wär nichts gewesen. Ich hab ihn rausgeschmissen. – Und wo ist dein Nazibruder? Unser aller großer Boss könnte sich auch mal blicken lassen und sagen, wie es weitergeht. Wenn es weitergeht. Meinst du, dein Bruder steckt da mit drin? Aber das ergibt ja keinen Sinn, der wird wohl kaum die Häuser seines Chefs anzünden. Oder doch? Warmer Abbruch? Versicherung? Der große Boss lässt sich ja nicht in die Karten schauen. Und der Josef, der war ja stinkwütend, wegen deinem Araberfreund. Ich hab da was gehört. Finde ich übrigens auch nicht so toll. Ist der Josef vielleicht einfach durchgedreht? Ist da was dran? Na, geht mich nichts an. Mädchen, pass auf. Nur weil ich denen Essen verkaufen will – wollte –, heißt das nicht, dass ich denen traue. Jedenfalls ist er verschwunden, dein Bruder, sagen alle, und das wird schon was zu bedeuten haben. Oder die vom Schulhaus waren es. Wüsste zwar nicht, warum, aber … vielleicht Terror. Was weiß ich? – Dass ich pleite bin, das weiß ich.

Armer Georg. Und arme ich. Am Ende seiner Litanei erklärte er, er könne mich ab sofort nicht mehr beschäftigen. Wegen der Finanzlage, weil die Gäste an meiner »Nähe zu den Fremden« Anstoß genommen hätten. Er brauche jetzt jeden Bierdeckel, sorry, echt.

Ich war nicht traurig, die Kittelschürze und die Baretthaube BETTINA abzugeben. Das viele Stehen strengte mich an. Dauernd Blicken ausgesetzt zu sein strengte mich an. Ich wollte nicht immer darüber nachdenken, ob einer schon etwas erkennen konnte. Auf das bisschen Geld konnte ich verzichten. Dafür vielleicht etwas mehr schlafen. Manchmal fühlte ich mich schon ziemlich müde.

Dann mach's mal gut, Georg, sagte ich und hängte an, erfundenerweise und weil ich das letzte Wort haben wollte: Der Josef ist auf Fortbildung, hat der Burgherr meiner Mutter erzählt.

Georg schnaufte geräuschvoll: Fort ja, aber *Bildung*?

Wo ist er?, fragte ich meine Mutter, als ich nach Hause kam. Sie saß am Küchentisch und sah schlecht aus. Grau und müde. Franz war da, er packte gerade das Blutdruckmessgerät ein. Der nächste Arzt wohnte zwei Dörfer weiter, ein alter Mann, von dem jeder wusste, dass er trank. Man rief ihn nur in absoluten Notfällen – um sich, um ihn zu schützen, denn er fuhr auch, wenn er blau war. Besser als nichts, sagte Mutter immer, nach ihm kommt keiner mehr, die wollen ja alle eine schicke Praxis in der Stadt, und wir dürfen uns bald an die Tierärzte wenden – falls wir einen finden.

Den sorgenvoll-mitfühlenden Blick hatte auch Franz drauf, und er vertat sich wenigstens nicht in der Medikamentierung. Er gab höchstens mal ein Aspirin heraus, falls keins im Haus war. Er maß den Blutdruck und hörte sich Geschichten an und erzählte sie wortgetreu weiter.

Ist nichts, sagte er draußen vor der Tür, alles normal. Zu viel Aufregung. Dem Schweißermeister haben sie die Scheiben eingeworfen, am Auto und ein paar am Haus. Er selber erzählt herum, dein Bruder war es. Oder einer oder alle aus der Truppe vom Boss, oder dein Bruder mit denen zusammen.

Was glaubst du?, fragte ich.

Mir egal, sagte er, aber es hätte auch schlimmer kommen können. In ein paar Wochen, stell dir mal vor, wenn die Leute eingezogen –

Ja, ist ja gut, Franz, sagte ich und schob ihn in Richtung seines Fahrrads. So was wollte ich nicht hören, nicht von ihm. Dann ging ich wieder in die Küche.

Also – wo ist er?, fragte ich Mutter zum zweiten Mal.

Offenbarungen

Das habe ich nicht gewollt, sagt sie, jedenfalls nicht so. Aus zwei Jahrzehnten Erfahrung weiß ich, dass ich jetzt nur warten muss. Sie wird sagen, was sie sagen will, kein Wort mehr. Bohrende Nachfragen führen zu nichts, es dauert nur länger. Sie sitzt noch immer am Küchentisch, den Ärmel hat sie nach Franz' Messung wieder heruntergeschoben, aber der Manschettenknopf ist offen. Ich sehe eine Gesichtshälfte, die andere, die gerötete, liegt im Schatten.

Ich muss dir etwas beichten, sagt Mutter, und zwar dir eher als dem Pfarrer, weil, wenn der das hören würde, er auf sein Beichtgeheimnis pfeifen würde und mich einweisen ließe.

Das kann ich doch auch, sage ich. Es soll heiter klingen, doch Mutter ignoriert meine Bemerkung.

Ich habe mit dem Herrn der Burg etwas ausgemacht. Ich dachte mir, einfach, weil unser Dorf noch nicht so weit ist, wir brauchen etwas Zeit. 140, 150 Neue, wenn die Unseren sich noch nicht einmal an die ersten acht oder zehn gewöhnt haben, das kann doch nicht gutgehen. Vier Wochen, sechs oder höchstens acht Wochen Aufschub wollte ich von ihm. Damit alles später fertig wird. Oder Haus für Haus, dann hätten die Leute stufenweise einziehen können, in kleineren Gruppen. Und die Unseren regen sich beim ersten Mal so richtig auf, beim zweiten Mal weniger, und beim dritten ist es dann auch schon egal, oder? Bis auf die Betonköpfe, die wirst du niemals ändern. Aber eine rechtschaffene Mehrheit bekommt das in den Griff, das schaffen wir. Ist jedenfalls meine Hoffnung, immer noch. – Du kennst ihn. Man kann über alles verhandeln, das liebt er, das Verhandeln ist sein Spiel. Der würde sogar seine eigene Großmutter auf den Markt bringen. Also hab ich ihn hierher gebeten. Und ihm erklärt, was ich will. Er sagt, er hat hohe Unkosten, und je später die Unterkunft bezogen wird, desto später rollen die Einkünfte. Das müsse kompensiert werden. So weit ist er freundlich und verständnisvoll gewesen, er sagt, er versteht mich und will gerne helfen – dann hat er diesen Blick bekommen.

Mutter reibt über ihre Wange. Den kenne ich auch, den Blick. Wenn du Eischnee schlägst und schlägst, wenn aus zähen, weichen Wellen und Strudeln plötzlich Zacken und Spitzen aufstehen, die aussehen, als könnten sie bei leisester Berührung abbrechen. Dann merkst du, dass du über eine Schwelle bist, dass er dich am Schlafittchen hat. Sie atmet tief ein und wieder aus, kommt zurück zur Sache:

Wir haben kein Geld. Wir können ihm keinen Verdienstausfall bezahlen. Du glaubst ja nicht, was der mit einem solchen Heim verdienen kann. Bei einem Luxushotel bleibt weniger hängen. Was kann ich ihm bieten, damit er mir den Aufschub verschafft? Was gibt's im Dorf, das ihn zufriedenstellt? Der Sohn, den ich ihm schon gegeben habe, der zählt hier nicht.

Die Regennacht, in der meine Mutter und der Burgherr handelseinig wurden, kommt zurück, in trüben Schleiern.

Jetzt werde ich erfahren, ob ich richtig gehört habe – oder eher nicht: Mutter hat ihm wohl Baugrund angeboten, Baurecht, Wiesen am Ortseingang, so etwas, nicht direkt, aber die Vermittlung. Das ist viel wert. Sie wird die Eigentümer zum Verkauf überreden, den Gemeinderat herumkriegen. So läuft das hier.

Hör zu und halte mich nicht für verrückt, denn ich bin es nicht: Er will das erste Kind, das hier geboren wird, und zwar ungetauft. Als er das sagt, bin ich fast erleichtert. Kein Geld, nichts Unmögliches für uns als Dorf. Seine Forderung ist dermaßen unerhört, so unbegreiflich, so vermessen, dass ich denke, er will sich einen Spaß erlauben, glaubst du nicht auch? – Aber mit seinem Blick sagte er, er meint es ernst. So nah erschien mir mein ersehnter Aufschub, so unwirklich der Lohn, den er dafür erwartet – wie eine Münze, die noch nicht geprägt ist, niemals geprägt werden wird, soweit es mich betrifft –, dass ich den Handel eingegangen bin.

Du hast eingeschlagen?, gehe ich dazwischen, denn das weicht von meinem Traumbild ab.

Hör einfach zu, sagt Mutter genervt, wir waren jedenfalls nicht beim Notar, es gibt keinen schriftlichen Vertrag, das wäre ja sittenwidrig und somit ungültig. Bei dem Gedanken wurde ich fast übermütig. Ich hatte nicht geglaubt, so billig wegzukommen. Er hat ja flott geliefert, zwar anders, als ich mir das vorstellte, aber gezahlt wird nicht, jedenfalls nicht so, wie er – Was soll das werden?

Ich bin vom Küchentisch aufgestanden und zwei Schritte zurückgetreten. Ich knöpfe mein Kleid vorne auf, Knopf für Knopf, es sind einige. Ich stehe in BH und Slip vor ihr.

Ich drehe mich auf die Seite. Das Kind nimmt sich in letzter Zeit mehr Platz; seit es sich nicht mehr vor mir verstecken muss.

Mutter beobachte ich jetzt aus dem Augenwinkel. Was ich ihr antue, ist schwer erträglich, aber wenn nicht jetzt, wann dann? Mutter hat das Kind ihrer Tochter verschachert, damit ihr Sohn eine Flüchtlingsunterkunft abbrennt. Nicht geplant, aber es sieht ganz so aus. Damit muss man erst mal klarkommen. Ich, sie. Mutter sieht mich an wie in diesem Gemälde von Munch, mit aufgerissenem Mund, die Hände an die Wangen gepresst. Ich ziehe mich an und setze mich ihr gegenüber an den Tisch. Meine Lage ist nicht gerade großartig, aber unter Kontrolle. Ich bin gefasst und bereit, meine Mutter zu trösten, aber die ist keineswegs ein Häuflein Elend. Hat sich schon gefangen. Falls ich sie überhaupt überrascht habe. Ein kleiner Funke Misstrauen gegen sie glüht immer noch in mir.

Welcher Monat?, fragt sie. Alles in Ordnung? Wer? Weiß jemand?

In dem Moment wird mir klar, warum ich zurückgekommen bin. Sie tut zwar irre Dinge, aber wenn es drauf ankommt, geht Mutter in den Muttermodus, öffnet ihren Mantel, und ich schlüpfe hinein. Ich antworte nach bestem Wissen, sie kommt um den Tisch herum und nimmt mich in den Arm. Ich schreie auf – ihre Wange ist heiß wie ein Bügeleisen –, sie sagt:

Das ist eine seltsame Sache, seit – ein paar Tagen. Franz hat mir eine kühlende Salbe gegeben, das hilft auch nicht, und sieh mal, hier der dunkle Punkt –

Sieht aus wie ein flaches, nicht perfekt kreisrundes Muttermal, aus dem drei, vier feine Haare wachsen. Vielleicht etwas entzündet, vom vielen Rubbeln, sage ich.

Nur dass ich da nie eins hatte, sagt Mutter, aber egal, wir haben wirklich andere Probleme.

Sie lächelt mich etwas gequält an: Schöne und weniger schöne.

Was noch?, frage ich und halte den Atem an.

Die Polizei hat vor zwei Stunden angerufen. Im Brandschutt haben sie eine Leiche gefunden. Ob im Dorf jemand abgeht.

Mama, sage ich, das glaube ich nicht, das kann ich mir nicht vorstellen, ich meine, dass er so dumm ist …

Mutter fällt über dem Tisch zusammen und heult auf: Alles ist meine Schuld! Immer will ich das Beste – und was kommt raus?

Ich würde sie jetzt gerne trösten, wie vorher, aber es gelingt mir nicht, denn ich fürchte, sie hat recht. Mechanisch streichle ich ihre Schulter.

Immer fragen sie mich, als ob ich alles wüsste, ich bin doch nicht die Mutter von allen, schluchzt sie, nur von euch, schlimm genug. – Entschuldige, aber ihr macht es einem nicht leicht.

Schon gut, schon gut, du kümmerst dich eben, sage ich und denke an etwas anderes: Wenn es nicht Josef ist – und das glaube ich nicht –, wer dann? Tage nach dem Brand und von niemandem vermisst. Ich weiß, wo ich fragen muss.

Khaled

Nachdem ich Mutter einen Kräutertee gekocht und sie ins Bett gebracht hatte, setzte ich mich aufs Fahrrad und rollte den Berg hinab. Es war ein äußerst seltsames Gefühl gewesen, Mutter zu bemuttern (besonders *diese* Mutter), aber nicht unangenehm. Vielleicht die Hormone.

Ums Schulhaus war es ruhig, niemand zu sehen. Mutter hatte ihnen eingeschärft, abends gut zuzusperren und den Schlüssel innen stecken zu lassen. Ich suchte mir ein paar Kiesel.

Mit den anderen Bewohnern – allen außer Ahmed – wurde ich nicht recht warm. Die beiden jungen Frauen, das wussten wir inzwischen, waren Schwestern (und die ältere die Mutter der Kinder), die alte Frau die Mutter der Schwestern. Von etwaigen dazugehörigen Männern wusste ich nichts. Anfangs hatte ich – nicht erwartet, aber irgendwie doch – angenommen, dass ich vielleicht so etwas wie die Vertraute der beiden, auf jeden Fall der jüngeren Schwester werden könnte. Wir sind ungefähr gleich alt. Ich hätte ihr doch so einiges über das freie Leben einer jungen Frau in einer freien Gesellschaft erzählen können – das müsste sie doch interessieren, jetzt, wo sie die Möglichkeiten hatten. Aber sie hielten Distanz zu mir. Sehr höflich, sehr freundlich, das schon. Wenn sie mich demnächst mit dickem Bauch sehen sollten, ohne angetrauten Ehemann – dann war es vermutlich ganz aus. Dann war ich unten durch.

Ich würde es ihnen nicht verübeln. Auf der Reise, die sie hinter sich hatten, konnte man alles verlieren, Geld, Menschen, Zuversicht, Glauben, den Verstand, aber das, was man ein Leben lang für gut und richtig gehalten hatte, das blieb drin, ganz tief drin. Selbst wenn (oder gerade weil) es mehr oder minder gewalttätig eingetrichtert wurde. Was ich nicht wusste. Wie ich überhaupt wenig über sie wusste.

Der alte Mann wartete auf die Wiedervereinigung mit seiner Familie, die, wenn man ihn richtig verstand, irgendwo in Griechenland festhing. Khaled, der andere junge Mann, hielt sich zurück, sagte fast nie etwas, stellte keine Fragen. Wenn ich mich bei Ahmed nach Khaled erkundigte – zum Beispiel, ob er mit uns auf den Handyberg gehen wolle –, hob er nur die Schultern. Khaled schien mir auch sehr jung zu sein.

Ich brauchte eine Handvoll Kiesel. Als er unten war, fragte ich ihn sofort.

Khaled ist fortgegangen, sagte Ahmed.

Wann und wohin?, fragte ich.

Am Abend vor dem Brand, sagte Ahmed, und wohin, weiß ich nicht.

Warum ist er fortgegangen?

Da wollte er nicht heraus mit der Sprache, mein Ahmed. Er hätte ja einfach sagen können: Weil es hier niemand aushält. Weil auch du gegangen bist. Weil ich auch gehen würde, wenn – Aber das sagte er nicht, da war etwas anderes. Er probierte es halbherzig mit einem schiefen Grinsen und: Ich weiß nicht.

Komm, Ahmed, flüsterte ich, die Polizei hat in einem der abgebrannten Häuser eine Leiche gefunden. Außer meinem Bruder und Khaled fehlt niemand im Dorf, soweit ich weiß, und ein Vagabund wird es nicht gewesen sein.

Tag der enthüllten Geheimnisse. Meine Mutter, ich, zuletzt Ahmed. Noch während er mir erzählte, wünschte ich, es wäre alles vorbei. Ich konnte nicht mehr stehen und nicht mehr sitzen. Ich machte mich auf der Bank lang, er setzte sich aufs Pflaster. Mein Rücken schmerzte, und wenn ich so an mir herunterguckte, Richtung Füße, kam es mir vor, als wölbte sich mein Bauch gewaltig; hoffentlich fiel ihm das nicht auf.

Ahmed und Khaled teilten sich einen der früheren Klassenräume. Die Wandtafel hatten wir nicht abmontiert, und das Kruzifix hatten wir auch hängen lassen. Es war uns gar nicht aufgefallen, so wenig wie Lichtschalter oder Vorhangstangen: selbstverständliches Inventar. Khaled, sagte Ahmed, habe es sofort abgenommen und hinter die Tafel geschoben. Da habe er, Ahmed, schon ein schlechtes Gefühl gehabt. Er kannte ihn, Khaled, ja nicht. In dem Bus, der sie bei uns ablieferte, hatten sie einander zum ersten Mal gesehen. Ihr denkt, wir kommen alle aus dem einen großen Dorf, sagte Ahmed, aber das stimmt nicht. Wir sprechen in etwa dieselbe Sprache, aber ein Iraker, ein Libyer, die sind mir fremd, so wie euch – wir es sind.

Khaled sei ihm schon bald auf die Nerven gegangen, besonders dessen »Muslim Pro«-Handy-App, die ihn fünfmal am Tag zum Gebet rief, mit Stimmen ausgesuchter Muezzins von berühmten Moscheen, die Khaled sich für viel Geld aus dem Premiumbereich heruntergeladen hatte.

»Pro«-Muslim, als ob ich ein Amateur wäre, sagte Ahmed empört, nur weil ich nicht zu jedem Gebetstermin den Teppich ausrolle und gesagt habe, dass ich erst einmal die Folgen dieser Reise geregelt haben will, bevor ich an eine Pilgerfahrt nach Mekka auch nur denke. Je länger Khaled hier war, desto öfter habe er Ahmed und die Schwestern gemaßregelt. Ob mir aufgefallen sei, dass die jüngere in der ersten Woche sogar zwei- oder dreimal ohne Kopftuch draußen vor der Schule herumgelaufen sei? Aber Khaled habe ihr Angst gemacht, nach dem Motto, der Prophet und Gott sähen alles und seien hier nicht weniger zum Strafen aufgelegt als in der Heimat. Außerdem habe er das Bildwörterbuch zensiert, alle – aus seiner Sicht – anstößigen Seiten herausgerissen. Gut, sagte Ahmed, immerhin deine Mutter hat er sehr verehrt, vielleicht hat sie ihn an seine eigene Mutter erinnert.

An dem Tag, als wir beide von der Jungfernhöhle zurückkamen und dann zur Baustelle am Schieferbergwerk gingen, habe er Khaled von den Häusern erzählt, dass nicht mehr viel fehle, dass sie fertiggestellt seien, und vielleicht könnten sie beide dort arbeiten, und was Khaled von der Idee halte – nichts, stellte sich heraus, für die Ungläubigen arbeiten, damit sie uns dort wegsperren, niemals, hatte Khaled gesagt –, und dann habe er Ahmed übel beschimpft, weil er so oft mit mir zusammen sei, und dabei ein paar sehr unschöne Worte für mich gefunden, die Ahmed nicht wiederholte, ich mir aber gut vorstellen konnte – Schlampe, Hure, läufige Hündin und all die Steigerungsformen, vielleicht um ein wenig orientalisches Rankwerk ergänzt, aber genauso gemein.

Ich hätte ihn fast geschlagen, sagte Ahmed. Ich habe ihm gesagt, dass ich die Nacht nicht im selben Zimmer mit ihm ertragen kann und werde, aber er derjenige ist, der gehen muss. Ich habe ihm gesagt, dass an dem einen Haus am Bergwerk die Tür offen ist, soll er da eine Matratze aus einem Karton nehmen und ein, zwei Nächte wegbleiben, bis er wieder klar denken kann. Bis er verstanden hat, dass er nicht mehr daheim ist. Dass er das Schneckenhaus, das er mitgebracht hat, abwerfen muss, weil er hier sonst nie glücklich werden wird.

Wir sind froh, dass wir ihn los sind, sagte Ahmed leise, aber das hätte nicht passieren dürfen. Ich fühle mich schuldig.

Du kannst nichts dafür, sagte ich, und danke, dass du mich verteidigt hast.

Ich war so gerührt – am liebsten hätte ich ihn umarmt. In meiner Arglosigkeit fiel mir nicht ein, dass er vielleicht eher sich selbst verteidigt hatte, seinen eigenen Ruf.

Menschenfresser

Der Brand der Knappenhäuser hatte es nur in die regionale Presse geschafft, mit dem Leichenfund stiegen wir in die Bundesliga auf. Die Kripo drehte wieder Runden im Dorf, näherte sich in konzentrischen Kreisen auch dem alten Schulhaus und landete schließlich ihren Treffer. Mutter und ich hatten überlegt, die Polizei mit der Nase draufzustoßen, es aber gelassen. Wir wollten Ahmed, unsere Quelle, schützen, solange es ging.

Natürlich wurden wir gefragt, warum uns die Abwesenheit Khaleds nicht früher aufgefallen sei. Worauf wir das erklärten, was wir uns zurechtgelegt hatten: dass Khaled sich sehr zurückgezogen hatte, dass wir nicht jeden Tag einen Zählappell machten, dass unsere Gäste selbständig lebten und wegen der Erfahrungen in ihrer Heimat nur schwer den Zugang zur Polizei fänden. Die Ermittler fanden das alles verständlich, jedenfalls fragten sie kaum nach, warum der junge Mann das Schulhaus verlassen hatte. Was immer er im Schilde geführt haben mochte, er war tot. Sie nahmen ein paar persönliche Dinge von Khaled mit, vermutlich für DNA-Untersuchungen, und veröffentlichten zwei Tage später eine Pressemitteilung mit der amtlichen Bestätigung des Todes von Khaled G., 22, aus H. in S., ohne weitere Spekulationen, der mutmaßliche Kollateralschaden einer weiterhin ungeklärten Brandstiftung aus mutmaßlich fremdenfeindlichen Motiven, an der nun noch intensiver gearbeitet würde. Ob jemand versuchte, Angehörige zu ermitteln, um ihnen die Nachricht zu überbringen? – Wenn, dann war es vergebliche Liebesmüh: Nach Ahmeds Vermutung war Khaled mit falschen Papieren unterwegs. Ich weiß auch nicht, was mit der Leiche passiert ist. Und ehrlich: Nach ein paar Tagen war mir Khaled nur noch ein Schattenbild, eine gewesene, diffuse Gefahr für Ahmed – nichts weiter, und nicht mehr.

Irgendjemand – oder mehrere – im Dorf steckte den Ermittlern, dass ein gewisser Josef seit dem Brand nicht mehr gesehen worden war. Aus Überzeugung oder weil sie keinen anderen Verdächtigen hatten – sie schrieben meinen Bruder zur Fahndung aus. Wir (Mutter mehr als ich) hofften, er würde, falls man ihn einfinge und einsperrte, erstens dem Griff des Burgherrn entkommen und zweitens auf den rechten Weg zurückkehren; was in seinem Fall hieße, vom rechten Weg abzukommen. Ich glaube, ich hätte ihn verpfiffen, wenn ich Gelegenheit gehabt hätte. Ziemlich sicher sogar.

Nach über sechzig Jahren in stiller Vergessenheit wurde unser Dorf von innen nach außen gestülpt. Ich musste an Opas Geschichte von dem Schwarzen, der vom Laster fiel, denken. Wie damals der Jeep mit seiner rotierenden Kanone durch das Dorf gerollt war, so taten dies jetzt die Übertragungsautos mit ihren bald dort-, bald hierhin zielenden Kameras und den Satellitenschüsseln obenauf. Die Reporter klopften an die Türen, die manche eisern zuhielten, andere begierig aufrissen. Georg sprach bereitwilligst mit allen, stellte im Wirtshaus ein Schild auf den größten Tisch: *Reserviert für Journalisten.*

Es war arg. Ich radelte herum und winkte ab, wenn mich einer interviewen wollte. Vor der Bushaltestelle drehten sie, der Reporter hielt einen Fetzen in die Kamera, ein Stück von einem der Schweißermeisterplakate. Ich selbst hatte es dort abgerissen und in den Papierkorb gestopft. Der Reporter, mit gerunzelter Stirn: *Fragt man die Leute hier, gibt es keinen Fremdenhass im Dorf. ›Wir lassen uns von den Medien nicht in die rechte Ecke drängen‹, sagen sie. Ich aber fand dieses Plakat, offensichtlich rasch entfernt, um es vor den Augen der Öffentlichkeit zu verbergen. Was geht wirklich vor, was brodelt unter der hübschen Oberfläche –* hier begann der Kameramann zu schwenken – *eines Dorfes, in dem ein junger Asylbewerber einen furchtbaren Tod erleiden musste? Die Antwort bei uns – nach der Werbung.*

Hey, du, magste groß rauskommen?, rief mir der Typ hinterher, und zu seinem Kameramann sagte er, schön laut: Endlich mal 'ne Herzeigbare, und die haut uns ab, bevor wir ...

Den Rest hörte ich nicht mehr; wahrscheinlich besser so. Vor dem Schulhaus lauerten sie auch und langweilten sich, weil keiner unserer Gäste zu sehen war. Mutter erschien einmal und gab ein kurzes, neutrales Statement für alle ab: *Mitgefühl, Polizei, Abwarten, Aufklärung.* Das wurde auch gesendet – Schnitt – Reporterin, in die Linse: *Viel wichtiger aber erscheint uns: Warum trauen sich die Flüchtlinge nicht aus dem Haus, wo doch – angeblich – alles in Ordnung ist? Und warum floh der junge Mann in die zugige Baracke, in der er den Tod fand? Entzündete er womöglich selbst das*

Feuer, um sich zu wärmen? Man wird ja noch fragen dürfen, und die Benutzung eines Fragezeichens entbindet von der Pflicht zur Recherche: Die Frau hatte nur vergessen, dass drei Häuser gebrannt hatten. Diese Journaille kam über uns wie die Böen vor dem Sturm; aber der große Sturm blieb aus, dazu war die Sache dann doch zu klein, und es brannte auch anderswo im Land. Ohnehin hat hier die größte Verbitterung ein Journalist ausgelöst, der keinen Fuß ins Dorf gesetzt hatte, dafür ins Archiv gegangen war: Er holte unsere lieben Steinzeitvorfahren aus der Versenkung.

Was ich über die Jungfernhöhle erzählt habe, war nicht ganz vollständig. Wegen der paar »Jungfrauenknochen« und Schädeltrümmer, die dort zwischen Schutt und Scherben ausgegraben wurden, hätte uns das *Time Magazine* keine fünf Zeilen gewidmet – *angenagten* Knochen und *eingeschlagenen* Schädeln schon. Der Bericht liest sich wie eine Horrorversion von *Familie Feuerstein*. Diese überaus reichhaltige Suppe hat uns der erwähnte Professor Kunkel eingebrockt. Die Jungfrauen-These nahm er zwar später zurück, wie gesagt, aber die Menschenfresser – die blieben noch ein paar Jahrzehnte an uns haften, wie ein verblassendes Poster an der Wand. Bis der Archivstöberer nach dem Brand die Farben auffrischte. Er hatte erst mal seinen Spaß beim Zitieren aus einem Interview mit Kunkel und den alten Zeitungsmeldungen:

> *»Dr. Kunkel vermutet, dass die vierzig Mädchen einer anderen Rasse angehörten, deren Ansiedlungen regelmäßig von den Bandkeramikern auf der Suche nach jungen essbaren Frauen überfallen wurden.*

Der Hauptteil dieser grausigen kannibalischen Bräuche spielte sich vor der Höhle ab – hier mögen die Bandkeramiker ihre lebende Beute hingeschleppt, durch Schläge mit Steinbeilen getötet und verzehrt haben.

Wahrscheinlich dienten die vielen kleinen Gefäße der Aufbewahrung von Blut und Innereien. (…)

Wenn die amerikanische, sonst recht seriöse Time *mit ›frivolen Mätzchen‹ aufwartet (wie Dr. Kunkel mit gelinder Empörung sagt) und aus der Sage von drei Jungfern, die ohne Köpfe um die Höhle geistern, drei wunderschöne Prinzessinnen macht, die jeden Oktober dort ihre leichtbekleideten Schleiertänze aufführen, dann sieht man, wie wenig die Wissenschaft und wie sehr die Presse die Gelegenheit reizte, wieder etwas Erotik an den Mann zu bringen. (…)*

Die Rituale könnten von gewisser religiöser Bedeutung gewesen sein, aber Dr. Kunkel ist da nicht sicher. ›Es könnte sein‹, räumt er ein, ›dass die Männer bloß hungrig waren.‹«

Bloß hungrig. Ich frage mich, ob die Story bei vierzig mittelalten männlichen Schlachtopfern auch nur halb so sexy gewesen wäre. Gegen Ende seines Artikels kriegte der heftig ironisch zwinkernde Journalist die Kurve ins Jetzt, aber auch nur mit Anlauf per Zitat:

Es ergeben sich hier Beziehungen der bandkeramischen Kultur zur Ägäis und zum Orient, wo in Mythos, Magie und Religion Nachlebsel solchen Brauchtums noch in jüngerer Zeit genug greifbar sind. Vielleicht treffen wir

die Bandkeramiker der Jungfernhöhle vor dem geheim-
nisvollen Verschwinden ihrer Kultur an. Denn hier, über
diesem Tal, hat dieses Bauernvolk gewiss nur notgedrun-
gen gehaust, nachdem es aus dem angestammten Sied-
lungsraum hatte weichen müssen.

Kurz: Die Menschen, die Völker ziehen seit je umher, die
einen kommen, die anderen weichen, die einen fressen, die
anderen werden gefressen. Der Journalist – man wird ja
noch fragen dürfen:

Ist es das, was manche Bewohner dieses satten, glückseli-
gen Landes im Allgemeinen und dieses idyllischen, welt-
abgewandten Dorfes im Besonderen so furchtsam – oder
aggressiv – gegenüber dem Fremden werden lässt? Ist es
eine uralte Menschheits-Ahnung, die uns allen, nach all
der Zeit noch, in den Knochen steckt?

Diese Steinzeitpsychologie wäre überflüssig gewesen, wenn
der gute Mann in den Zeitungsbänden etwas weitergeblät-
tert hätte. Spätere Untersuchungen der Knochen und Schädel haben unsere Vorfahren vollständig rehabilitiert. Sie
waren keine Menschenfresser. Die Knochen stammten
wahrscheinlich aus anderen Begräbnisstätten, wurden um-
gebettet. Die Brüche, die »Schnittkanten« der Knochen, die
fehlenden Schneidezähne der Schädel *(welche kultisch-my-*
thischen Vorstellungen sich mit dieser Praxis verbanden,
wird wohl stets ungewiss bleiben) – nicht das Werk von
Kannibalen, sondern ein Werk der Zeit. Und fünftausend,
sechstausend Jahre sind eine lange Zeit.

Ich glaube, diese »Bandkeramiker« (sie heißen so wegen der Verzierungen ihrer Tongefäße) haben sich mit den hiesigen Ureinwohnern früher oder später geeinigt. Die einen hatten was drauf, was die anderen noch nicht kannten, und umgekehrt. Beim Kindermachen dürften sie in Theorie und Praxis auf demselben Wissensstand gewesen sein, und es wird sie erfreut haben, als sie es feststellten.

Wut

Wenn ich durchs Dorf radelte, sah ich nur noch wütende Menschen. Wenn ich anhielt, hörte ich Klagen. Ich wurde auch beschimpft, als Person und stellvertretend für meine Mutter. Die Leute beschimpften sich gegenseitig, von Angesicht zu Angesicht, hinterrücks, tuschelnd. Sie beschimpften die Presse, diese Lügner, die Scheißausländer, die uns das alles eingebrockt hatten. Auch den, der sich hatte verbrennen lassen, ohne Rücksicht auf das Dorf und seine Bewohner, anstatt den Anstand zu besitzen, einfach spurlos zu verschwinden.

Die, die einen Job bei der Unterkunft geangelt hatten, verfluchten den Brandstifter – und wurden von den leer Ausgegangenen und Gegnern der Unterkunft verhöhnt: Geschieht euch recht. Ich traf den Franz, der in einer seltenen Anwandlung von Tiefsinn sagte: Ich möchte mal wissen, wer diesen blöden Spruch von der »schweigenden« Mehrheit erfunden hat, alle reden sie.

Auf einen schimpften sie nicht, oder nur insgeheim – den Herrn der Burg. Man sah den Geländewagen, ich hörte ihn oft an der Scheune, fragte mich, wer ihm jetzt das Tor öffnete. Seit er am Tag nach dem Brand vor den Ruinen aufgekreuzt war, hatte ihn angeblich keiner mehr gesehen. Ich jedenfalls nicht. Es gab sogar das Gerücht, nicht mein Bruder, sondern der Burgherr habe sich abgesetzt. Am Steuer des Geländewagens säße Josef, um seinem Chef einen Vorsprung zu verschaffen. Angeblich seien derzeit auch die Wälder ringsum frei von den Gefolgsleuten des Burgherrn. Manch einer bekam da Verlassensangst. Der Rentner Fahrenschon passte mich kurz vor dem Schulhaus ab. Ob ich bestätigen könne – wir hätten ja gute Verbindungen –, dass der Burgherr dem Dorf den Rücken gekehrt habe, was jammerschade wäre, bei allem, was er für das Dorf getan habe, ein Mann von tadelloser Haltung.

Es war irre.

Am normalsten schien mir die Welt, wenn die Tür des Schulhauses hinter mir zufiel (und ich drin war). Sie kochten mir einen süßen heißen Tee. Der Alte döste im Sessel, die Alte nähte Klamotten um, die beiden Schwestern fragten einander Vokabeln ab. Die Kinder spielten mit meinen Barbiepuppen, ganz unbehelligt von Prophetenvollstreckern und Genderbeauftragten, und auch ich machte mir keine Sorgen um ihre Zukunft.

Ahmed bekam wenig von dem mit, was um ihn herum passierte, und wenn, dann nur durch uns – Mutter und mich – gefiltert. Die Besteigungen des Handybergs hatten wir für ein paar Tage ausgesetzt: zu gefährlich, wegen der Medienmeute, der er nicht in die Arme laufen sollte. Die Bedrücktheit schien von ihm gewichen, er sah, trotz allem, erleichtert aus und lachte oft. Weißt du, sagte er zu mir, wenn nicht Khaled an dem Abend gegangen wäre, dann hätte ich das Schulhaus verlassen und hätte mir meinen Schlafplatz dort oben gesucht. Was für ein Glück, sagte er, was für ein Glück, sagte ich und war heilfroh.

Wenn ich versuchte, ihm ein paar deutsche Worte und Redewendungen beizubringen, machte er nicht so recht mit. Stattdessen scherzte er herum, ob ich ihm nicht Schwedisch beibringen könnte. Das gab mir jedes Mal einen Stich, ich sagte aber bloß, dass Deutsch so etwas wie eine Vorstufe zum Schwedischen sei, beides germanische Sprachen.

Ein anderes Mal, als ich mich umsah, fiel mir etwas ein, und ich sagte: Habt ihr hier auch so viele Spinnen?

Spiders? No, why?, fragte Ahmed.

Doesn't matter, sagte ich – nicht so wichtig; wichtiger war, dass Ahmed von meinem langsam, ganz langsam wachsenden Bauch nichts mitbekam.

Manolis

So dämlich das klingt: Am meisten hätte ich mich vor Onkel Hermann geschämt. Ich hatte mir »was anhängen lassen«, und Onkel Hermann würde sich seine (aus seiner Sicht prophetische) Bemerkung von damals, beim Einzug ins Wohnheim, sicher von mir auf irgendeine schmierige Weise quittieren lassen. Und mich in Zukunft noch ungenierter anglotzen. Als wäre ich »zu haben«.

Ich zählte die Tage, bis das große *A-HA!* durchs Dorf gehen würde: Die *Also doch* und *Wen wundert's* und *Armes Ding, aber* ... Vermutlich würde das erst passieren, wenn man mich mit einem Kinderwagen sähe; falls das mit der nicht mehr verdrängten, aber nach wie vor sehr dezenten Schwangerschaft so weiterliefe. Dann wären sie vermutlich zutiefst beleidigt, weil ich ihnen eine solch interessante Neuigkeit so lange vorenthalten hatte – nicht ich, die Natur in einer ihrer seltsamen Verschlingungen, aber erklär ihnen das einmal.

Dagegen rettete ich mich in Tag- und Nachtträume. Mal stand ich mit Manolis auf dem Handyberg, im goldenen Abendlicht, mal mit Ahmed, Hand in Hand. Mal stand Ahmed in der Mitte, an der Hand eine andere Frau, verschleiert, und eine weitere hielt zwei Babys auf dem Arm, und ich, in zwei, drei Meter Abstand, eine Tasche voller Kindersachen. Oder Manolis und ich unter einem blühenden Baum. Oder ich allein mit Kind in einer Küche topfrührend, während Ingenieur Manolis in Paraguay einen Staudamm baute oder als Astronaut unterwegs zum Mars war. So Zeug, wirr und irr, wo man dankbar ist aufzuwachen; bis man merkt, dass man sich im Traum wenigstens nicht um die Lösung der Probleme kümmern muss.

Mutter versuchte gelegentlich, aus mir herauszubekommen, ob der Kindsvater in »meinen Plänen« eine Rolle spielte. Welche Pläne? Von Manolis hatte ich seit meiner Ankunft im Dorf nichts mehr gehört, es war ja bekannt, dass man hier mit den Mitteln moderner Kommunikation schwer erreichbar war. Aus der WhatsApp-Gruppe, aus der Welt. Aber es kam nicht einmal eine Postkarte. Vielleicht war er schon nach Neuseeland abgereist. Wie auch immer: Ich hatte ja die Pille genommen. Mein gegenwärtiger Zustand: eine Unmöglichkeit. Ein logisch denkender Mensch wie Manolis sagt sich: Ich doch nicht – will die mir was anhängen? Und mich aufs Dorf locken?

Ich will mir jedenfalls keinen anhängen, der so was denkt. Ich will auch keine Begründungen geben müssen, warum es überhaupt passiert ist: Vielleicht Schlamperei, vielleicht Nebenwirkung der Antibiotika, die ich eine Zeitlang wegen einer fiesen Blasenentzündung nehmen musste. Pech, so oder so.

Vielleicht sollte ich das Kind wirklich dem Mann auf der Burg geben. Dann wäre Ruhe.

Warten

Mutter und ich verbringen eine Menge Zeit zusammen. Viele ihrer Sätze beginnen oder enden mit »in deinem Zustand«. Weshalb ich dieses tun, jenes lassen müsse. Mein Zustand (bei offenbar üblichen Beschwerden) ist okay, und der von ihm oder ihr auch. Mit dem Bus sind Mutter und ich in die Kreisstadt gefahren, zu einer Frauenärztin, bei der wir keine Damen aus dem Dorf im Wartezimmer befürchten mussten, weil sie einen ausländischen Namen hat – ja, es ist eine gemeine, pauschale Unterstellung, aber irgendeinen Anhalt brauchten wir, um beruhigt zu sein. Frauen gehen zum Frauenarzt, ganz normal, doch wenn Mama dabei ist (sie wollte mich nicht alleine gehen lassen) und du nicht dreizehn bist, kannst du mit Getuschel rechnen.

Wir kaufen damit ein bisschen Zeit, sonst nichts. Wir können nur die Überraschung perfekt machen: voilà, ein Wunder, das nächstbeste zur Jungfrauengeburt, was man heutzutage bekommen kann. (Wollen wir hoffen, dass es blond und hellhäutig ist. Dann wäre wenigstens Ahmed aus der Sache raus. Abgesehen davon, dass man es sich ausrechnen könnte.) Ein kaum unterdrückter Aufschrei des Entzückens wird durch das Dorf gehen. Ein Premium-Event. Top-Tratsch. Vielleicht kommt es zu spontanen Menschenansammlungen … Wir blödeln, Mutter und ich. Wir sind nervös, und Blödeln hilft. Wir sind nervös, weil der Burgherr anklopfen und seinen Lohn einfordern wird. Was sagen wir dann?

Ansonsten – das Dorf hyperventiliert nicht mehr. Keine Journalisten, keine Kameras, keine Polizei. Zwei Tage dünner Landregen hat den Brandgeruch aus der Luft gewaschen. Die Menschen wenden sich meiner Mutter zu, fast wie früher; vielleicht, weil von der Burg nichts, aber auch gar nichts kommt. (Nur sein Auto sieht man herumfahren. Manche behaupten inzwischen, der Burgherr stünde oben auf der Burgmauer und steuere den Wagen aus der Ferne.) Mutter verkündet, sie glaube nicht, dass man uns weitere Personen aus Kriegs- und Krisengebieten (das ist jetzt die Formel ihrer Wahl) zuweisen werde. Nicht auf mittlere Sicht. Ein Brandanschlag sei keine Empfehlung für uns. Im Übrigen gebe es ja noch die Gruppe im Schulhaus – wer jetzt, nach allem, was passiert ist, mithelfen wolle, sei herzlich eingeladen. Aber so weit geht die Zuneigung dann doch nicht. Allein der Unterstützer lässt sich regelmäßig blicken. Er ist eine Art Fahrer für die Bewohner des Schulhauses geworden. Mutter und ich fahren ab und zu mit in die Kreisstadt, um in kleinen, unauffälligen Partien Babyausstattung einzukaufen, während die anderen im Supermarkt sind.

Was noch? Franz, mein verlässliches Dorf-Fieberthermometer, berichtet von einem kursierenden *Denen-da-oben-haben-wir-es-aber-mal-gezeigt*-Gefühl, gepaart mit einem *Mit-uns-kann-man-auch-nicht-alles-machen*-Stolz, plus etwas *Anders-kapieren-die's-ja-nicht*-Trotz. Als hätten sie alle zusammen die Häuser angezündet. Die Spinnenplage, wenn es je eine gegeben hat, ist vorbei. Jedenfalls redet keiner mehr davon. Und das entzündete Mal auf Mutters Wange hat sich beruhigt, sieht nur noch kurios aus, mit den Borsten wie Fliegenbeinchen.

In diesen Tagen finde ich ein T-Shirt von Josef in der Waschtrommel und wundere mich. Ich zeige es Mutter, und sie sagt, es habe wohl noch unten im Korb gelegen und sei so in die aktuelle Wäsche geraten. Ich weigere mich, es zum Trocknen aufzuhängen, will es wegwerfen. Mutter klammert es an die Leine. Da flattert in unserem Garten das Ding wie eine Fahne. *Aufrecht – Ehrlich – Deutsch* steht drauf, in Frakturschrift. Nach wie vor keine Spur, keine Nachricht von Josef. Ich beginne mich damit abzufinden. Vielleicht ist er wirklich auf Fortbildung; der Burgherr unterhält ein weitgespanntes Netz von Kontakten zu »Gleichgesinnten«. Die tarngefleckten Männer, die durch unseren Wald huschen, sprechen nicht immer Deutsch, gelegentlich auch Osteuropäisch. Opa war einmal beim Pilzesammeln, kam völlig aufgelöst zurück: *Der Russe, der Russe ist da.* Dabei waren das wahrscheinlich nur polnische, tschechische oder ukrainische »Kameraden«.

Zurzeit aber ist der Wald russenfrei. Nicht ein Männlein steht im Walde, auch die Müllers nicht. Der Weg zum Handyberg ist frei. Trotzdem gehen wir immer zusammen. Er darf ruhig glauben, dass ich es bin, der ihm diese Typen vom Hals hält. Ich fühle mich für ihn verantwortlich; seitdem ich dieses amtliche Schreiben unterschlagen habe, mehr denn je. Der Hochsommer lässt sich gut an; manchmal nehme ich eine Decke und etwas zum Essen mit. Wenn er seine Telefonate und das Texten erledigt hat, machen wir Picknick. Noch vor ein, zwei Jahren hätte ich mich im Bikini zum Sonnenbaden hingelegt, unter Freundinnen auch mit weniger.

Jetzt natürlich nicht. Wenn ich die Kontrolle behalten will, muss das mit Ahmed in kleinen Schritten weitergehen. Sosehr ich ihn mag, ich kenne ihn doch kaum. Unsere Unterhaltungen auf Englisch sind oft mühsam, als hätte der eine von uns den Mund voller Kieselsteine und die andere Watte in den Ohren (und umgekehrt). Und ich weiß nicht, was er sieht, wenn er mich ansieht. Wir haben Händchen gehalten, auch wenn das nur ein Schattenspiel gewesen ist. Wäre als nächster, natürlicher Schritt nicht ein Kuss in Ordnung? Wange, Mund, Zunge. So war's jedenfalls immer. Und bei Zunge meistens schon wieder vorbei. Bei mir. Hier. Heute … Bei ihm? Keine Ahnung. Ich bin so dumm und ahnungslos und ärgere mich darüber. Küssen die? Öffentlich wohl nicht. Ist hier, unter freiem Himmel, öffentlich? Zuschauer gibt es keine, außer dem Bussard, der da oben kreist. Küssen die überhaupt? Alle küssen, nur die Inuit reiben angeblich Nasen. Ich habe die Schwestern im Schulhaus ihre Kinder herzen und küssen gesehen; der Kuss als solcher ist also bei ihnen bekannt. Darf ich, oder muss ich als Frau warten? Da muss ich vielleicht lange warten. Aber ich kann nicht warten. Versuch und Irrtum ist alles, was mir bleibt.

Ich zeige ihm, wie man auf einem langen Gras pfeift, das man zwischen Daumen und Daumenballen beider Hände einspannt. Er stellt sich an wie ein Trottel, prustet und pustet ein Gras nach dem anderen in die Gegend. Ich bin unsicher – kann einer wirklich so ungeschickt sein oder genießt er es, wie ich ihm da die Hände und Finger arrangiere, damit der grüne Streifen hält? Wir kichern wie die Kinder. Endlich kommt ein passabler Ton heraus – mein Signal! –, und ich drücke ihm einen Kuss auf die Backe – kurz und mit Schmatz –, so ein echter Kumpelkuss, wie ihn der Postbote abbekommt, wenn er den Brief von der Lotterieverwaltung bringt – also eigentlich ein Unkuss, wenig mehr als ein Händedruck. Nur um zu sehen, wie er reagiert. Ob er rot wird, ob er panisch wird, ob er überhaupt reagiert.

Das tut er: Er nimmt meinen Kopf zwischen die Hände, zieht mich näher und küsst mich auf den Mund; alles ganz geschmeidig. Für eine oder zwei Sekunden lasse ich's passieren, dann fasse ich ihn um die Handgelenke und befreie mich. Widerstandslos. Jetzt wird er rot, er springt auf und geht ein paar Schritte fort, suchend. Aber auf der Kuppe des Handybergs kann man sich nicht verstecken. Er dreht sich um zu mir und sagt: *sorry*.

Schon okay, sage ich und denke: *sehr okay.* Nur nicht vergessen: Ich gebe den Takt vor. Weiter sage ich nichts, stattdessen rolle ich die Decke zusammen.

Franz ist der Erste, der mir die befürchtete Frage stellt: Du hast aber schon zugelegt, oder?

Ich kenne Franz, solange ich seinen und meinen Namen aussprechen kann, aber dass er mich so genau ansieht, wundert mich doch ein bisschen. Jetzt eine Blitzentscheidung: Die *Mutter-füttert-mich-fett-Story* oder die Wahrheit – ohne die Einzelheiten. Ich sage: Bald.

Ah, sagt Franz, und ich lege den Finger auf die Lippen und gucke ernst: *Pssst*.

Klar.

Einbildung oder – sieht er jetzt enttäuscht aus? Genau diesen Blick kann ich gar nicht brauchen: das gefallene Mädchen bedauern, das aus der Fremde mit einem Balg im Bauch heimkehrt. Dienstmädchenschicksal – geheuert, geschwängert, gefeuert. Er könnte mich jetzt zur Abwechslung mal in den Arm nehmen, der Franz, und mir sagen, dass er mein Freund ist und bleibt, egal, was passiert. Stattdessen zieht er eine Schnute, als sei ihm eine verpasste Gelegenheit bewusst geworden. Nein, Franz, du hast den Zug nicht versäumt, der stand nie im Fahrplan. Nicht in meinem.

Was ist, Franz?, frage ich, vielleicht ein bisschen zu aggressiv.

Hätte ich mir ja denken können, nachdem du hier so plötzlich aufgetaucht bist, sagt er.

Ja soll ich durchs Dorf rennen und allen erzählen, ich bin schwanger, und mit Studieren ist nichts?, sage ich.

Nein, aber mir hättest du schon etwas sagen können, wir sind schließlich alte Freunde.

Du bist nicht mein Beichtvater.

Ich glaub auch nicht, dass das eine Sünde ist.

Aber so schaust du mich an.

Ach Xenia, sagt er, wir sind nicht allesamt Dorftrottel hier, und ich auch nicht.

Doch! Seid ihr!, will ich sagen, und alles, was nicht in euer Bild passt, müsst ihr auf euer Bauklötzchenformat schrumpfen, mit dem ihr eure heile Welt zusammensetzt.

Ihr meckert, dass der Bus nur dreimal am Tag fährt, dabei habt ihr alle dicke Autos. Ihr fliegt in die DomRep, nach Kenia oder nach Tunesien, lasst euch von Dunkelhäutigen bedienen für eure paar Pauschaleuros, all inclusive, aber sobald ein paar von denen hier auftauchen, ohne Schürzchen um oder Besen in der Hand, kriegt ihr die Panik und räumt die Gartenzwerge in die Garagen. Und eine, die mit Kind aus der Stadt zurückkommt, die muss ein Flittchen sein.

Geh zum Teufel, Franz, schreie ich, anstatt meine Litanei aufzusagen, und, als er schon zehn oder zwanzig Schritte entfernt ist: Aber du hältst die Klappe, ja?

Er hat sich an alle meine Anweisungen gehalten. Man kann sich stets auf ihn verlassen.

Mit Kleidung kann man viel machen. Ich habe einiges in Mutters Schrank gefunden, alles einen Tick zu groß und zu folkloristisch für meinen Geschmack, aber modische Erwägungen zählen gerade weniger. Ich musste an mein Schneiderlein in der Burka denken – laufen die mit dickem Bauch herum und schluckt der Körpersack auch das, oder müssen die zu Hause bleiben, weil ein öffentlicher Bauch so unziemlich darauf hinweist, wie er entstanden ist? Egal. Ich verkneife mir weitere kritische Gedanken; ich muss mich auch verhüllen, nur eben nicht ganz. Das Kind verhält sich kooperativ, als wüsste es um die Lage. Niemand kann mir etwas ansehen, das glaube ich fest.

Auch nicht Ahmed. Vermutlich wär es für ihn schlicht unvorstellbar. Eine Sache von »es kann nicht sein, was nicht sein darf«. Heute waren wir zum ersten Mal alle zusammen auf dem Handyberg, die ganze Schulhausbesatzung, Mutter und ich. Unbehelligt von Männern im Tarnanzug haben wir es auf die Kuppe geschafft. Dafür stand der Wald voller anderer stiller, stummer Männlein: Fliegenpilze. So viele habe ich noch nie gesehen, und wir warnen die Kinder, die diese roten Kappen mit den weißen Punkten faszinierend finden. Die Schwestern und ihre Mutter haben Sachen für ein Picknick vorbereitet, wir auch. Aber vor dem Essen wird telefoniert. Drüben, auf dem nächsten Hügel, müssen die Antennen glühen.

Später, gesättigt und schweigsam, liegen oder stehen wir herum, jeder auf seine oder ihre Weise einsam, schauen in die Gegend oder in den Himmel – ob die Flieger ein X in die Schatzkarte zeichnen, aber ein starker Höhenwind verwirbelt ihre Kondensstreifen wie Luftschlangen nach der Faschingsparty.

Auf dem Rückweg hängen Ahmed und ich etwas nach. Ob Post von der Behörde für ihn gekommen sei, will er wissen, da müsse schon längst etwas gekommen sein. Nein, sage ich, nichts, sonst hättest du es doch. – Ob man denen mal schreiben könnte, um nachzufragen, ob ich das für ihn schreiben könne. Wird nichts dabei rauskommen, sage ich, aber natürlich, gerne, klar.

Ich weiß ja, wo der Brief landen wird. Aber mein Gewissen funktioniert durchaus, es meldet sich mit einer Protestnote in Form eines kleinen, aber unangenehmen Schwindelgefühls – ich brauche Halt. Da habe ich ihn dann gestoppt, fest an mich gezogen und auf den Mund geküsst. Niemand hat's gesehen, nur Hunderte von stillen und garantiert stummen Männlein. Ich, für meine Hälfte, spüre meinen Bauch; ich hoffe, er nicht, und deswegen, um davon, um ihn abzulenken, fällt der Kuss ziemlich heftig aus. Zu heftig für diese Stufe unserer Beziehung. Das war für später geplant.

Not sorry, sage ich zu ihm.

Er lacht verlegen. Den Brief, den ich schreiben sollte, hat er dann nicht mehr erwähnt. War wohl ein bisschen verwirrt.

Wasser

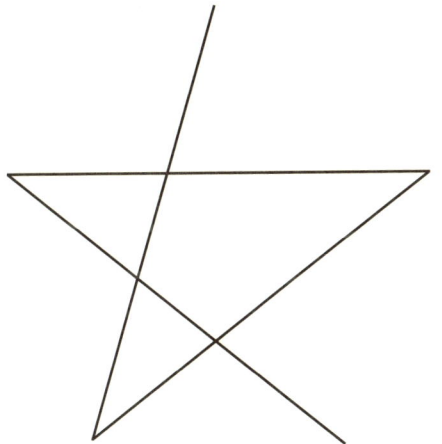

Natur

Für den unbestimmten Tag der Geburt hatte Mutter eine Hebamme engagiert. Zweimal hatten wir sie zuvor unter konspirativen Umständen getroffen. Als wir sie brauchten, kam sie nicht, weil sie woanders zu tun hatte. Ich weiß noch, dass ich fragte: Wo?, weil ich hoffte, dass es vielleicht im Einflussbereich des Burgherrn wäre, aber Mutter schüttelte den Kopf. Seltsam, wie ich immer zwischen meiner Märchenwelt und der Wirklichkeit pendelte. Wir hatten die Frau ja gerade deswegen ausgewählt, weil sie bei uns im Tal unbekannt war.

Sonst erscheinen mir diese Stunden im Morgengrauen, länger dauerte es nicht, im Nachhinein ziemlich vernebelt. In meinem Körper hatte ein Mechanismus zu arbeiten begonnen – irgendetwas zwischen Dampfwalze und Boa constrictor, von einer unheimlichen und zugleich beruhigenden Gewalt und Entschlossenheit. Ich war nicht mehr die Herrin im eigenen Haus, aber froh, dass es losging. Schluss mit dem Verstecken, Verdrängen, Verschweigen.

Und jetzt? Mit dem Auto des Unterstützers ins Krankenhaus fahren, der mir sicher sämtliche Gummimatten unterschieben würde, um seine Sitzbezüge zu retten, und der sich damit ganz bestimmt und endlich, endlich seinen Status im Dorf holen würde? Oder mit der Ambulanz, die noch niemals unbemerkt über unsere Straßen gefahren ist? Mit der Heimlichtuerei war es so lange gutgegangen ... – Da entschloss ich mich, soweit ich zu vernünftigen Entschlüssen in der Lage war, diesem Mechanismus zu vertrauen. Der ist lange erprobt. Und uns zu vertrauen: Ich war jung, gesund, das Kind lag richtig.

Weil ich nicht im Kinderzimmer zwischen alten Postern und den an der Bettkante pappenden Panini-Bildchen debil grinsender Fußballer gebären wollte, landete ich im Ehebett; auf derselben, dick mit Handtüchern unterlegten Matratze, die meinen Sturz ins Leben abgefedert hätte, wenn damals nicht die fürsorgliche Hand einer Hebamme gewesen wäre. Komisches Gefühl, aber unter all den anderen vernachlässigbar.

So schlimm war es gar nicht. Mutter Natur lieferte, mit etwas Mitarbeit meinerseits und Anfeuerungen der anderen Mutter, nach drei zugegebenermaßen anstrengenden Stunden – meine Tochter. Ziemlich kurz, ziemlich leicht, aber ziemlich laut. Gefiel mir. Andere Worte der Rührung, Erschöpfung, Überwältigung, was immer, sollen andere aufschreiben. An meiner kleinen Lebensrakete hatte soeben eine weitere Stufe gezündet, um mich und meine winzige Co-Astronautin in eine neue Galaxie zu schießen.

Lohn

Ich schlief in einen herrlichen Sommermorgen hinein und erwachte am späten Vormittag schreiend, weil ich geträumt hatte, jemand schlüge mit der Axt unsere Haustüre kurz und klein. Dabei klingelte bloß die Hebamme. Sie versorgte mich und das Kind, sah und verkündete, dass so weit alles in Ordnung sei, und fuhr wieder ab, in ihrem unmarkierten Auto (wovon Mutter sich überzeugt hatte).

Den ganzen Tag über vergnügten wir uns mit der Kleinen. Probierten Namen an ihr aus (ohne Buchstabenzettel zu verwenden), aber eher spaßige Namen, die sie bestimmt nicht bekommen würde. Betrachteten sie schlafend. Staunten über ihren Durst. Hielten uns die Ohren zu, wenn sie schrie. Zwischendrin schlief ich. Oder die Kleine. Oder Mutter. Oder wir alle. Am späten Nachmittag stieg ich aus dem Bett, zog mich an, nahm die Kleine auf den Arm und ging ans Fenster. Unter einem flimmernden Deckel heißer Luft lag das Tal, schattenlos und grell ausgeleuchtet.

Schau, das ist dein Dorf, du kleine Landpomeranze, sagte ich, deine Welt, vorerst jedenfalls.

Ich kann mich nicht erinnern, jemals so liebevoll auf diese Häuser- und Garagenansammlung plus Kirchturm geschaut zu haben. Wirkung der Hormone, vermute ich. Oder ich übertrug den totalen Neuanfang meiner Tochter irgendwie auf mich; obwohl alle meine alten Geschichten weiterliefen und keine einzige alte Rechnung durch die Ankunft der Kleinen beglichen war. Im Gegenteil.

Als die Dämmerung einsetzte, schlossen wir alle Fenster, zogen die Vorhänge zu und verriegelten die Tür. Nur keine Zugluft am kühlen Abend. Wenn die Kleine schrie, machten wir *schhhh, schhhh*, und es war weniger beruhigend gemeint als: Still! Sonst hört er uns. Doch weder Mutter noch ich redeten darüber. Worüber auch – es war doch ein ausgemachter Unsinn, eine absurde Idee, ein Ding der Unmöglichkeit. Mutter machte eine Dose Ravioli warm und einen Chianti auf. Selten so gut gegessen und selten so gut vergessen wie während dieser Viertelstunde. Ich löffelte mit der einen Hand, mit der anderen gab ich der Wiege sanfte Schubser. Als hätte ich nie was anderes getan. Ich begann, über Kinderlieder nachzudenken, aber mir fielen keine schönen ein.

Mutter und ich saßen am Küchentisch, bis es dunkel wurde. Ab und zu redeten wir über praktische Dinge. Stillen oder Fläschchen, wo günstig Windeln kaufen, Kinderklamotten und was noch auf dem Dachboden lag. Zwischendrin stillte ich die Kleine. Wir sprachen wieder über Namen, als ob das das Wichtigste von allem wäre. Ich döste ein und erwachte, kurz bevor die Laterne vor unserem Haus anging. Und ein paar Minuten später strich das Scheinwerferlicht eines Autos über die Fenster. *Schhhh,* machten Mutter und ich gleichzeitig, obwohl die Kleine mucksmäuschenstill war.

Der Wagen stoppt, der Motor blubbert im Leerlauf. Ein bekanntes Blubbern. Nicht der Golf von Franz, der zum Gratulieren gekommen ist (wie gerne hätte ich ihn um Entschuldigung gebeten für meinen dummen Ausbruch, aber seitdem hatte ich ihn nicht mehr getroffen – und woher hätte er es wissen sollen?). Dann das Quietschen eines der Scheunentore. Er fährt durch, flüstert Mutter, er fährt weiter. Vielleicht, denke ich, denn eine Autotüre habe ich nicht gehört. Wer aber öffnet die Scheune?

Dann das Quietschen des anderen Torflügels, klack, der Gang rastet ein, der Motor dreht hoch – so müsste es weitergehen. Nicht dieses Mal. Das Blubbern erstirbt.

Das Nächste, was ich in der dröhnenden Stille ausmachen kann, ist das leise Klopfen an der Haustür. Eins, zwei, drei. Zarte Fingerknöchel auf Eiche. Eins, zwei, drei.

Wir haben einen Vertrag, sagt der Burgherr, und Verträge sind einzuhalten.

Es klingt, als stünde er auf dieser Seite der Tür, nicht draußen. Wir warten. Dann Autotür, Motor, Scheunentor, Stille, Sommernacht. Wir sitzen am Küchentisch wie angefroren, zehn, fünfzehn Minuten, bis die Kleine sich meldet. Mutter prustet los: Verträge sind einzuhalten, der hat wohl einen sitzen!

Oder sie. Der Chianti war alle.

Bei Morgensonne ging ich endgültig schlafen, bei Morgensonne wachte ich auf. Für mich ist die Sonne am Morgen der große Radiergummi, der das vollgekritzelte Blatt von gestern blank und weiß bekommt. Dann ist es egal, ob der Tag vorher oder die Nacht beschissen waren.

Tag zwei mit der Kleinen lief ab wie der größte Teil von

Tag eins. Etwas Zeit verbrachte ich mit ihr im Schatten unter dem Zwetschgenbaum. Meins, meins, dachte ich dauernd, wie schön, wie klein, und mein; an Manolis dachte ich nicht ein einziges Mal. Am Nachmittag passierte der Geländewagen die Scheune Richtung Dorf; ich stand atemlos hinter der abgesperrten Haustür.

Der Abend dann – wie der Abend zuvor. Mutter und ich hingen müde über dem Küchentisch, es klopfte. Eins, zwei, drei. Eins, zwei, drei.

Ich habe meinen Teil des Vertrags erfüllt, sagte der Burgherr, Verträge sind einzuhalten.

Wir hatten den Geländewagen gar nicht gehört. Es riss mich fast vom Stuhl; das Klopfen kam vom Fenster hinter mir, die Stimme von der Tür. Ich getraute mich nicht, mich umzusehen. Obwohl wir die Vorhänge zugezogen hatten. Hatten wir? Die Kleine regte sich. Nur nicht schreien, Kleine. Ich beugte mich zur Wiege hinüber, um sie herauszuheben. Aus dem Augenwinkel sah ich einen Schatten unbestimmter Form auf dem Vorhang, der sich schnell wegbewegte.

Der spinnt doch, sagte Mutter tonlos, jetzt könnte er den dummen Scherz doch wirklich mal lassen.

Warum hast du mir das eingebrockt?, sagte ich leise und mit Vorwurf. Ich war echt wütend, auf Mutter, auf den Burgherrn. Absurd, das alles. Wir lebten doch nicht im Märchenwald, Fliegenpilze hin oder her.

Woher sollte ich wissen, dass du schwanger bist? Sprich halt mit mir.

Und wenn eine andere im Dorf ein Kind bekommt, was dann?

Mutter hob die Schultern. Der Burgherr ließ sich wieder vernehmen; seine Stimme klang süß und verlockend. Mir lief es kalt den Rücken hinunter, und ich drückte die Kleine an mich.

Dein Sohn hat die Knappenhäuser angezündet, falls du es nicht ahnen solltest. Aber vielleicht finden wir einen anderen Sündenbock?

Ich geh jetzt zur Tür –, sagte Mutter nach vielleicht zwanzig Sekunden.

Nein, schrie ich und griff nach ihrem Arm. Es war mir egal, ob der Burgherr uns hörte. Der wusste ohnehin, dass wir hier drinsaßen, alle drei.

– und geb ihm Bescheid, setzte Mutter ihren begonnenen Satz fort, der soll uns in Ruhe lassen, was denkt er sich eigentlich.

Nichts da, bleib sitzen, sagte ich schon wieder etwas leiser, du bist imstande und tauschst Josef gegen meine Kleine ein.

Spinnst du jetzt auch, wie könnte ich?

Meinst du, ich weiß nicht, dass Josef oben auf dem Boden der Scheune haust? Du wäschst seine Sachen. Er öffnet dem Burgherrn das Scheunentor. Und gerade hat er am Fenster gestanden, um zu klopfen.

Das wusste ich erst seit ein paar Sekunden – es konnte ja nur so sein, nur so fügte sich alles zusammen. Wenn Mutter gekocht hatte, in der letzten Zeit, dann war immer eine ziemlich große Portion übriggeblieben. Und eigentlich hatten immer zu viele Teller in der Spülmaschine gestanden; aber wer achtet schon genau auf so was.

Er ist doch mein Sohn, sagte Mutter.

Und das ist meine Tochter, die wird nicht verschachert, sagte ich.

Wenn du glaubst, dass ich mich auf diesen Handel eingelassen hätte, wenn ich gewusst hätte, dass du schwanger bist, sagt Mutter, dann ...

Der Satz bleibt unvollendet in der Luft hängen; egal, im Moment traute ich ihr sowieso nichts und alles zu.

Beim dritten Mal lasst ihr mich herein. Ich wünsche eine gute Nacht euch dreien, säuselte der Burgherr, als ob er mitgelauscht und die eingetretene Pause abgewartet hätte. Ich war drauf und dran, die Nerven zu verlieren. Eine vertraute Stimme der Vernunft hätte jetzt gutgetan.

Sobald draußen die Motorgeräusche verstummt waren, rannte ich ans Telefon:

Franz, ich brauche dein Auto und dich als Fahrer, jetzt.

Ist kaputt.

Wie, kaputt?

Kaputt.

Franz, ehrlich, es tut –

Er legte auf, der blöde Hund. Mutter schaute mich an und fragte: Was hast du vor?

Der Burgherr hat ein ungetauftes Kind von dir verlangt, oder?

Mutter nickte und sagte: Getauft, ungetauft, was heißt das heute schon, das Ungeheuerliche ist doch, dass er ein Kind will!

Die Kleine wird getauft, jetzt sofort, von wem auch immer, sagte ich und nahm den Hörer noch mal ab.

Wasser

Unter dem, was ich meiner Tochter so nach und nach fürs Leben mitgeben wollte (die Liste war, am zweiten Tag ihrer irdischen Existenz, noch nicht sehr lang), stand eine Taufe eher nicht. Oder weit hinten. Für den Anfang hätte eigentlich der bestirnte Himmel über uns und das moralische Gesetz in uns genügt. Da musste sich keine Kirche dazwischendrängen. Das sollte die Kleine später selbst entscheiden.

Jetzt, als der Burgherr abgezogen war, erschien es mir als das Wichtigste auf der Welt. Meine Nerven waren wohl schwächer, als ich mir eingeredet hatte. Ich wollte diese unheimliche, bescheuerte Angelegenheit ein für alle Mal aus der Welt schaffen. Kontrolle, mit anderen Worten. Nach Franz hatte ich den Unterstützer angerufen, ihm etwas von einem Notfall erzählt; er solle dicht an die Haustür heranfahren, so dass wir sofort starten könnten, die Zeit dränge. Fünf Minuten später war er da, und wir – Mutter und ich mit der Kleinen – schlüpften durch den Türspalt auf die Rückbank.

Los, los, rief ich, langte zwischen den Vordersitzen durch, um auf die Türverriegelung zu drücken. Er starrte via Rückspiegel auf das Kind und fand das verdammte Gaspedal nicht.

Ich habe keinen Kindersitz oder sonst irgendeine zugelassene Kleinkindertransporteinrichtung, sagte er, so darf ich nicht fahren.

Mann!, brüllte ich, fahren Sie *los*! Es geht um die Seele dieses Kindes, nicht darum, ob es sicher sitzt.

Auf Ihre Verantwortung, sagte er.

Ich blickte durch die Heckscheibe, und mir schien, als würde der eine Flügel des Scheunentores geöffnet; aber da waren wir schon um die Kurve. Mutter und ich redeten auf den Unterstützer ein (die Kleine unterstützte uns durch lautes Geschrei), er solle in dieser oder der nächsten Seitenstraße anhalten, damit Mutter das Steuer übernehmen könne, aber er fuhr standhaft weiter, bis er am Dorfrand endlich bremste. Die absurde Behauptung, dass die Nachgeburt kommen würde, wenn ich mich weiter aufregte, hatte ihn erschreckt. Wenig kannte er sich aus in diesen Dingen, aber was es für seine feinen Stoffsitze bedeutete, konnte er sich vorstellen. Und ich stöhnte und verdrehte die Augen. Der Unterstützer ließ den Schlüssel stecken, sagte: Na machen Sie mal, aber vorsichtig bitte, und rannte zurück, Richtung Dorf, und das bestimmt nicht nur, weil es begonnen hatte zu regnen.

Wo ist der Scheibenwischer?, fragte Mutter.

Fahr zu, den findest du schon, sagte ich.

Hinter uns tauchten die Lichter eines Autos auf. Ich glaube, ich war hysterisch, oder nah dran, und ich bemerkte es weniger an mir selbst als daran, wie die Kleine schrie: wie am Spieß. Ich musste mich zusammenreißen, durchatmen.

Nach der Kurve rechts runter auf den Feldweg Richtung Bach, und dann Licht aus, kommandierte ich.

Wo ist das Licht?, fragte Mutter.

Gedeckt von einer Hecke warteten wir. Nach zwanzig, dreißig Sekunden zog ein Auto oberhalb vorbei, aber bei dem prasselnden Regen konnte ich nicht erkennen, wer oder was es war. Ein großes. Vielleicht.

Und jetzt, fragte Mutter, wohin fahren wir?

Du kennst doch alle Pfarrer in der Gegend, sagte ich.

Und die mich. Mädchen, nichts gegen das Taufen an sich, aber in so einer Aktion … Sollen wir nicht doch umdrehen?

Mir tat wieder alles weh, vom Brustkorb abwärts; vom Rennen, Zappeln und wegen der Aufregung. Aber ans Umkehren dachte ich keinen Moment. Dem Burgherrn meine Kleine ausliefern, niemals. Verträge sind einzuhalten, da hat er schon recht. Dann hielt ich mich auch ans Kleingedruckte.

In dieser Gewitternacht fuhren wir an die einhundertfünfzig Kilometer kreuz und quer, von Pfarrhaus zu Pfarrhaus. Immer wenn Scheinwerfer hinter uns erschienen, selten genug, wurde ich nervös und sagte zu Mutter: Bieg hier ab, bieg da ab. Es kam uns aber keiner zu nahe. Dann saßen wir zweifelnd im Auto, wischten die beschlagenen Scheiben, und Mutter versuchte sich zu erinnern, wer in dieser Pfarrei amtierte und ob man ihm eine Drive-in-Taufe wie diese zumuten und zutrauen konnte. Und genügend Diskretion. Zwischendrin einmal stillte ich das Kind, während es blitzte und donnerte. Einen Kandidaten verwarfen wir, weil er zu jung war. Der hielt sich bestimmt noch an alle Vorschriften, würde kaum seine Karriere in Gefahr bringen wollen. Wir brauchten einen, dem nichts (oder lieber fast nichts) Menschliches fremd war, einen, der schon vieles gesehen und erlebt hatte. Von Johannes dem Täufer ist auch nicht überliefert, dass man Papiere mitbringen und Formulare ausfüllen, sich an die Bürozeiten halten musste. Bei einem altgedienten Pfarrer klingelten wir endlich – nach langer langer Diskussion. Ich spähte durchs Fenster, der Fernseher lief, aber *Hirschhausens Quiz des Menschen* war zu interessant, jedenfalls erhob sich der Pfarrer nicht aus dem Ohrensessel, um nachzusehen, welche Menschenseele da an der Tür war, um diese Zeit, bei diesem Wetter. – Also weiter. Kurz nach Mitternacht erreichten wir ein dunkles Dorf, das ich nicht einmal vom Namen kannte. Kein Mensch zu sehen, aber die Kirche war erleuchtet. Ich ließ die Scheibe ein Stück herab: Jemand spielte immer denselben Lauf auf der Orgel. Jetzt oder nie, dachte ich.

Ein paar Meter vor dem Portal sagte ich: Wart einen Moment, und hielt Mutter am Ärmel zurück. Nach einer halben Minute hingen uns die Haare strähnig, nass und jämmerlich vom Kopf. Meine Kleine barg ich, gut geschützt, vor der Brust. Ich schlug kraftvoll ans Portal, das Orgelspiel brach ab, jemand klimperte eilig über das Xylophon einer Holztreppe abwärts. Ich machte das Köpfchen der Kleinen frei, und siehe, sie lächelte. Kam mir jedenfalls so vor. Was für ein Goldschatz! Ein Mann im schwarzen Anzug mit Kollarhemd öffnete schwungvoll und starrte uns an, als hätte er eine Vision der Heiligen Familie und müsse sogleich auf die Knie sinken. (Meine Mutter ist ein maskuliner Typ, trägt die Haare kurz und gerne Hosen und karierte Hemden.)

Sie müssen das Kind taufen, sagte ich, jetzt gleich, es ist enorm wichtig.

Der Pfarrer, ein Afrikaner, trat zur Seite und sagte: Treten Sie ein in das Haus des Herrn.

Komm schon, Mutter, sagte ich, denn auf einmal tat sie störrisch. Der Pfarrer wartete geduldig, führte uns zum Taufbecken, verschwand kurz und kehrte mit einigen Utensilien zurück. Sind Sie die Patin?, sagte er zu meiner Mutter und zu mir: Geben Sie ihr bitte das Kind.

Ganz gegen meine Überzeugung und mein Naturell ergriff, nein, packte mich eine Rührung so stark, dass ich am liebsten losgeheult hätte. Weihrauch hing dick in der Luft; vielleicht brauchte er das zum Orgelspielen. Ich stand auf wackligen Beinen, während der Pfarrer die Stirn des Kindes salbte und in einem sanften Singsang seine Sprüchlein murmelte und dreimal geweihtes Wasser über den Kopf meiner Kleinen ausgoss. Er wandte sich mir zu, aber ich sah nur, wie seine Lippen sich bewegten; greller Blitz und Donnerschlag versengten mir Augen und Ohren. Vom Turm her brummte eine Glocke, als hätte sie eins abbekommen, und langsam drangen die Worte des Pfarrers durch: Wie soll das Kind heißen?

Ich sah zu Mutter, sie zu mir. Der Pfarrer sagte: Oder einfach, wie Sie sie – ihn – nennen. Auf dem Amt können Sie etwas anderes eintragen lassen.

Ein Mädchen, sagte ich, und ich nenne sie … meine Kleine.

Das ist sehr hübsch, sagte der Pfarrer, also, meine Kleine, der Herr lasse dich heranwachsen, und wie er mit dem Ruf »Effata« dem Taubstummen die Ohren und den Mund geöffnet …

– der Rest ging in einem wütenden, lang anhaltenden

Donnern unter; aber es wird wohl dennoch gegolten haben. Danach standen wir unschlüssig da, der Pfarrer drehte den Deckel auf die Balsamdose.

Das war's, für den Rest sind Sie zuständig, sagte er.

Vielen Dank, Hochwürden, sagte ich und hatte das Gefühl, dass »Hochwürden« falsch war, eher die Anrede für einen Don Camillo, aber haben Sie für mich nicht irgendein Dokument, ein Papier zum Beweis …

Ein Papier, das ist schwierig unter diesen Umständen, sagte der Pfarrer, aber wissen Sie, Ihre Tochter trägt jetzt ein Zeichen. Wer es sehen muss und will, der kann es auch.

Ein Wunder, dass wir unversehrt nach Hause gelangten. Zum Regen war ein brüllender Sturmwind aufgekommen, Alleebäume fielen wie die Zaunlatten, Bäche gingen über, große und kleine Tiere sprangen vor dem Auto her. Obwohl der Scheibenwischer spatzenhaft flatterte, war kaum etwas zu erkennen. Ich saß hinten, drückte die Kleine fest an mich. Die Welt war in Aufruhr, sie schlief. Mutter fuhr langsam und bedacht, doch ein paar Male musste ich ihr zurufen: Beide Hände ans Steuer; weil sie ständig an ihrer Wange rieb.

Heimkehr

Als wir ins Dorf hineinfuhren, stand der Unterstützer wild winkend an der Bushaltestelle. Gott sei Dank sind Sie heil zurück, sagte er und umrundete das Auto, auch das Kleine wohlauf, und nichts aufs Dach gefallen bei dem Sturm?

Ich bedankte mich bei ihm für die großzügige Überlassung und wollte ihm zwanzig Euro fürs Benzin geben, was er ablehnte, der selbstlose Mann. Dann gingen wir langsam zu Fuß weiter. Das Unwetter hatte sich verzogen, am Himmel flimmerten die Sterne, leise Lüfte spielten in den Bäumen, Käuzchen riefen vom Waldsaum. Ich trug meine schlafende Tochter in eine Decke gewickelt. Auf ihrer Stirn glänzte fettig die Stelle, an der der Priester den Balsam verrieben hatte. Mutter tappte still und müde hinter mir; einmal meinte sie ein wieherndes Gelächter gehört zu haben, aber das wehte wohl eher aus einem der Pferdeställe der Hobbyreiter daher. Längst schon brannte keine Laterne mehr.

Der Geländewagen steht vor der Scheune, leise blubbernd. Und – es ist mir total egal. Meine Tochter und ich, wir gehen in einer Seifenblase, es schillert und schimmert in allen Farben des Regenbogens um mich herum – ich bin high, von der Luft, den Hormonen, der Erschöpfung, was weiß ich –, was ich weiß, die Seifenblase ist unzerstörbar. Und ich habe keine Angst, als nacheinander der Burgherr, mein Bruder und – Franz aussteigen und näher kommen, nur von Mutter hinter mir höre ich ein scharfes Ein- und Ausatmen.

Was für ein süßer Balg, sagt mein ekelhafter Bruder, wem sieht es ähnlich? Doch nicht dem Kanaken?

Wir kommen von der Taufe, sage ich, damit das klar ist.

Um *die* Zeit? Zeig mal den Taufschein, schnappt Josef.

Ich hasse ihn. Wie kann ich dieselbe Mutter wie er haben? Beim Vater bin ich nicht so sicher. – Der Burgherr macht einen Schritt ganz nahe an meine Seifenblase heran, legt den Kopf schief, betrachtet das Kind und sagt, nach einem langen, theatralischen Seufzer:

Lass gut sein, Josef, riechst du es nicht? Die Damen haben heute *Olibanum No. 1* aufgelegt, recht kräftig noch dazu.

Franz steht daneben; er bemüht sich, unbeteiligt zu tun, schaut auf den Boden, überallhin, nur nicht zu mir. Die drei blockieren unseren Weg zur Haustür. Ich will ins Bett, meine Kleine neben mich legen und spüren, im Nachdenken über ihren Namen einschlafen; mit diesem Männerpack nichts mehr zu tun haben.

Der ganze Aufwand, die rasende Fahrt im Unwetter, meine Damen, sagt der Burgherr, das wär doch alles nicht nötig gewesen. Wenn es so wichtig war, ich hätte euch doch auch chauffiert oder Franz in meinem Wagen, denn seiner ist kaputt, richtig, Franz?

Der Franz nickt und starrt weiter ein Loch in den Boden; ich hoffe, er versinkt darin. Der Burgherr fixiert meine Mutter:

Ehrlich gesagt: Ich bin enttäuscht. Ich klopfe an, will meine Aufwartung machen, die neue Erdenbürgerin begrüßen, und niemand öffnet. Dabei hätten wir einiges zu besprechen. Meine Entlohnung, zum Beispiel. Ich kann es gar nicht leiden, wenn Vereinbarungen nicht eingehalten werden.

Da sage ich: Meine Tochter bekommst du nicht.

Die drei brechen in ein wieherndes, falsches Gelächter aus, schön der Reihe nach: der große Boss, Josef, Franz. Als hätte ich die Mutter aller Witze erzählt. Den Witz, der alle anderen überflüssig macht. Ja, ich besitze neuerdings Mutterwitz. Das Gedröhne löscht beinahe das Stöhnen meiner Mutter aus. Ich gehe ein paar Sekunden in der Zeit zurück, weil da etwas nachhallt: Der Burgherr hat Erdenbürger*in* gesagt, aber das mag ein 50-Prozent-Treffer sein.

Liebe Xenia, sagt der Burgherr, nun mal ehrlich, was soll ich denn mit einem Kind? Noch dazu einem getauften?

Ganz Showmaster, dreht er sich mit ausgebreiteten Armen zu seinen beiden Assistenten, die ihn programmgemäß anhimmeln (der Franz mit etwas Reserve), und zurück zu uns, strahlend und *très charmant*:

Aber keine Sorge, ich werde mich schon schadlos halten. Und jetzt gute Nacht, meine Damen.

Der Weg zur Tür ist frei, ich gehe hinein, ohne mich umzudrehen. Mutter folgt, und dem Josef, der hereinschlüpfen will, dem schlage ich die Tür vor der Nase zu.

Xenia, sagt Mutter vorwurfsvoll, du hast doch gehört. Alles halb so wild.

Barbaren

Atempause.
Ich hatte eine Art Zusammenbruch.

Nur eine Art, weil ich nicht völlig außer Gefecht gesetzt war. Ich kümmerte mich um meine Kleine. Sonst nichts – nichts sonst. Sie war die Sonne, um die ich kreiste, und das Schwarze Loch, das mich schluckte, die Uhr, nach der ich mich richtete. Sie gab keine Begründungen, entschuldigte sich für nichts, nahm keine Rücksicht. Sie verhielt sich im Großen und Ganzen wie eine Barbarin, die gekommen war, alle meine Schätze zu plündern und meine Vorräte aufzuessen. Dafür durfte ich ihren Po abwischen und fein eincremen. Dabei kannte ich sie gar nicht. Sie sprach nicht mit mir, sie schrie mich an. Wünsche, die ich vorbrachte, ignorierte sie. Ich betrachtete sie lange, um irgendetwas in ihr zu erkennen oder wiederzuerkennen, sah nichts außer einem kleinen Menschen, mit dem ich einmal über eine Nabelschnur verbunden gewesen war. Eine Fremde durch und durch. Und dann schaute mich der kleine Mensch an, und ich stellte mich sofort unter ihren Gehorsam, versprach ihr, sie mit Zähnen und Klauen zu verteidigen, blind gegen alles und jedes, den ganzen lausigen Rest dieser üblen Welt. Verrückt.

Ich glaube, einen ähnlichen Zustand der Gedankenträgheit wie in jenen paar Tagen nach der mitternächtlichen Kindstaufe werde ich nie wieder genießen können.

Der Burgherr, Ahmed, Mutters Deal, mein Bruder, Franz' Verrat, Georg und seine Warmhaltegarnituren und Schulden, der Brand, die Radkappen polierende Leni, die Fleischkrapfen, die Spinnen, der Schweißermeister, die anderen im Schulhaus, das Wetter, das aktuelle Sternzeichen, die Menschenfresser – alles ein Druck auf die Leertaste am Computer. Nichts, nur das monotone Blinken des Cursors.

Dann, eines Vormittags, holte ich unseren alten Kinderwagen vom Dachboden, legte die schlafende Kleine hinein und rollte hinunter ins Dorf. Mit jeder quietschenden Umdrehung des linken Vorderrads wurde ich entschlossener: Wenn ich mich an meine kleine Barbarin gewöhnen konnte, dann konnte das Dorf das auch.

Eigentlich aber sollte die wilde Entschlossenheit nur meine Angst vertreiben und mein Herzklopfen übertönen. Dem Burgherrn das Kind zu entreißen kam mir jetzt einfach vor – viel einfacher, als es Ahmed in die Arme zu legen.

Ahmed

Lief sowieso alles anders. Zuerst überholt mich blöde hupend und aus dem Fenster grölend mein Bruder am Steuer des Geländewagens. Dass er sich wieder blicken lassen kann, liegt an dem Alibi für die Brandnacht. Angeblich haben sie alle in der Burg einem »Lichtbildervortrag beigewohnt« – Josef, sein Boss und ein Haufen Müllers. So erzählt es jedenfalls Mutter. Offenbar glaubt sie es auch oder will es glauben. Sie will ihn auch wieder bei uns aufnehmen, liegt mir deswegen in den Ohren, aber ich sage nein, niemals. Warum dieses »Alibi« jetzt erst auftaucht – das sind so die Spielchen des Burgherrn. Er schlägt auch seinen treuesten Hund, von Zeit zu Zeit, damit er es auch bleibt, treu und ergeben.

Was soll's. Von einem pubertären Auftritt meines Bruders lasse ich mir die Laune nicht verderben. Wir rollen quietschend weiter. Ich beginne zu laufen. Der Kleinen gefällt es, sie quietscht mit dem Vorderrad um die Wette. Wir heben ab, fliegen die Straße hinunter und drehen in einer halsbrecherischen Kurve zu einer sanften Landung ein. Im Charterflieger nach Teneriffa hätten sie jetzt alle geklatscht; auf dem Hof bleibt es still, mal abgesehen von meinem heftig gehenden Atem. Die Schwestern sitzen auf der Bank. Ahmed, Gott sei Dank, nicht. Das gibt mir Zeit. Falls ich gedacht hatte, sie würden erfreut aufspringen und in den Kinderwagen schauen – nein. Gar nicht. Was ich bekomme, ist ein misstrauischer Blick. Offenbar bin ich auf frischer Tat ertappt – eine Kindsräuberin auf der Flucht – und suche ein Versteck. Da würden sie nicht mitmachen, schon klar. Ich rolle näher und setze mich zu ihnen auf die Bank, schaukle den Wagen mit dem Fuß, wie eine echte Mutter.

My baby, sage ich, a girl.

Das macht es nur schlimmer. Die jüngere Schwester, direkt neben mir, rückt ab. Die ältere sieht irgendetwas auf dem leergefegten Schulhof, das ihre gesamte Konzentration erfordert. Ich stupse die jüngere an und sage, ganz natürlich und munter: Look, look.

Sehr langsam beugt sie sich vor, guckt in den Wagen, schreit auf und fällt zurück auf die Bank, als hätte sie eine Faust ins Gesicht bekommen. Ich fahre hoch, mindestens so heftig, wie es sie zurückgestoßen hat, und sehe: eine dicke Spinne auf dem Deckchen, das meine Kleine wärmt, langsam, aber zielstrebig, auf ihren Hals sich hinbewegend.

Ich fasse solche Tiere normalerweise nicht an, ich hole ein Wasserglas und ein Stück Papier, entlasse den Krabbler in die Freiheit und beglückwünsche mich zu meiner Humanität. Doch jetzt lange ich einfach zu, packe die Spinne grob und ohne Rücksicht auf ihre zarten Gliederbeine, ihren prallen, verletzlichen Hinterleib, und schon als ich sie auf den Boden schleudere, spüre ich feuchten Schleim in meiner Handfläche und Würgen in der Kehle. Sie klatscht auf den Stein, ein schwarzes Knäuel, erledigt und zerstört, dennoch trete ich nach, in einer mahlenden Drehung der Schuhsohle, und vereinige das Ding mit dem Sand, dem

Dreck und dem Staub. Zuletzt reiße ich die Kleine aus dem Wagen und falle rumpelnd auf die Bank.

Himmelherrgott, das war bloß eine Spinne, sagt eine Stimme in mir, ein nützliches und harmloses Tier. Und eine andere, hässliche, Stimme krächzt dazwischen: Mach sie platt! Fragen kannst du später.

Offenbar habe ich mit meiner entschlossenen Attacke auf die Spinne ein paar Punkte gutgemacht. Vielleicht habe ich echten Mutterinstinkt gezeigt. Die jüngere Schwester lächelt mich scheu von der Seite an. Jetzt oder nie, denke ich da. Ich gebe die Kleine der älteren Schwester zum Halten – ich drücke sie ihr einfach vor die Brust, und sie kann gar nicht anders, als das Kind im Arm zu wiegen. Die jüngere ziehe ich am Ärmel nach oben, und ich beginne, die Einrichtung des Wagens – Decken, Tücher, Matratze – auseinanderzunehmen und an sie weiterzureichen. Mit spitzen Fingern, vorsichtig, vorsichtig, hilft sie mir, die Teile zu untersuchen und auszuschütteln. Wir stellen den Wagen auf den Kopf. Wir finden keinen weiteren Eindringling, aber irgendwie einen Draht zueinander.

Baby you, how?, fragt die Jüngere, macht ein fragendes Gesicht und wölbt erst die Hände vor ihrem (flachen) Bauch, dann streckt sie sie gen Himmel. Auch die Ältere, die sich mit der Kleinen amüsiert, sieht mich interessiert an.

No, no wonder, sage ich, natural, verdammt, pregnancy, you know, no big belly, sometimes happens.

Die beiden verstehen nichts.

Papa, Daddy, Abu – Letzteres heißt Vater auf Arabisch, glaube ich – there, there – ich zeige irgendwohin, weit, weit weg. Das kommt an, sie nicken. Vielleicht würde ich oder

jemand anders ihnen einmal auch das Mysterium der bauch-
losen Geburt erklären; fürs Erste scheinen sie es zu schlu-
cken. Was sie sich wirklich denken – ich habe keine Lust, es
mir vorzustellen.

Die Ältere gibt mir das Kind zurück. Girl name?, fragt
sie.

Bevor ich – nichts darauf antworten kann, weil ich noch
immer keinen Namen für die Kleine gefunden habe, steht
Ahmed in der Tür des Schulhauses. Ich glaube ein groß-
artiges Bild abzugeben – blonder Zopf, von Anstrengung
und Aufregung apart gerötete Wangen, ein hübsches Kleinkind auf dem Arm – und strahle ihn an wie den Gewinner
eines ersten Preises. Des Preises, den er in seiner ganzen
zweifachen Pracht vor sich sieht. Er braucht nur die Hand
auszustrecken und einen Schritt zu machen. Aber er dreht
sich um und geht ins Haus.

Ich erhalte keinen schwesterlichen Trost. Keine nimmt
mich in den Arm und sagt: Komm, das wird schon. Keine
Solidarität unter Frauen. Im Gegenteil: Sie tätscheln der
Kleinen noch mal zart und verlangend die Wange und verschwinden ohne Gruß hinter diesem elenden Macho durch
die Tür.

Eine Minute stehe ich da, frustriert und wütend; aber wenn
du nicht einmal Plan A hast, kannst du auch nicht erwarten, dass Plan B sich einstellt. Ich schiebe den Kinderwagen
die Dorfstraße hinunter und wieder hinauf, bis zum Schulhaus, und würde liebend gerne irgendetwas überrollen oder
rammen, aber mir kommt nichts in die Quere. Weder sehe
ich Sensationelles, noch mache ich Sensation mit meinem

plötzlichen Kind. Das Dorf wirkt unbewohnt, leer, verlassen. Ich setze mich unter einen Weidenbaum am Ellernbach (nachdem ich die Erde gründlich abgesucht habe) und stille die Kleine. Das Schulhaus behalte ich im Blick. Der Wetterbericht hat einen der heißesten Tage dieses Sommers versprochen, und jetzt, kurz vor Mittag, bekommt man einen Vorgeschmack. Ein Lieferwagen ohne Aufschrift passiert, in die eine, in die andere Richtung, hält, stößt zurück. Der Fahrer fragt nach einer Adresse im Dorf.

Falls Sie auch Bedarf haben sollten, sagt er und lässt ein kleines und ein größeres Papier aus dem Fenster fallen, aber rufen Sie frühzeitig an, ist wahnsinnig viel los.

Als er losfährt und ich wieder Sicht auf das Schulhaus habe, sehe ich gerade noch, wie die Tür zufällt. Ich stelle mir vor, dass Ahmed mich vom Fenster gesehen hat und zu mir herüberkommen wollte, um der lauernden Aufmerksamkeit der Schwestern zu entkommen, mit der Kleinen zu scherzen und meine Geschichte anzuhören – als der vermaledeite Lieferwagenfahrer den Rückwärtsgang einlegte. Worauf Ahmed es sich anders überlegte. Oder irgendeiner hat schnell den Müll rausgebracht; aber die erste Version ist mir die liebere. Ich habe noch nicht aufgegeben. Klar, dass es eine schwierige Situation für ihn ist. Heimliche Küsse, kein Problem, da macht jeder mit, aber das –

Als die Kleine schläft, mache ich mich auf den Weg. Im Vorbeigehen stecke ich die Zettel des Lieferwagenfahrers ein.

Wahnsinn

Mutter, rief ich, als ich durch die Tür war, bin wieder da. Ganz seltsam, das Dorf ist wie ausgestorben. Aber eine eklige Spinne habe ich gesehen, im Wagen bei der Kleinen.

Keine Antwort. Ich dachte mir nichts, brachte die Kleine ins Bett, leerte die Taschen aus. Die Visitenkarte war die eines Kammerjägers, und auf dem Flyer listete er auf, was er alles umbringen konnte, dazu fiese Bildchen von Schädlingen, damit nur ja kein schlechtes Gewissen aufkam. Ich durchsuchte den Kühlschrank und die Schränke nach Essbarem. Sah schlecht aus. Wir mussten dringend einkaufen. Was hatte Mutter die ganze Zeit getan, während ich mich nach der Geburt ausgeklinkt hatte?

Ich fand sie im Bett liegend, ein Tuch um den Kopf.

Kein Licht, sagte sie, als ich die Fensterläden öffnen wollte. Sie drehte den Kopf zu mir. Das Tuch fixierte so etwas wie eine Kompresse an ihrer Wange, ein weißes Eckchen lugte darunter hervor.

Das brennt und sticht höllisch, sagte sie, ich weiß schon gar nicht mehr, was ich machen soll. Es wird jeden Tag schlimmer.

Ich setzte mich neben sie und löste vorsichtig das Tuch, zupfte die Kompresse ab. Offenbar hatte Mutter an dem

Mal herumgekratzt, die Umgebung war hell gerötet, das Mal selbst etwas schuppig und leicht feucht. Sonst – unauffällig, vielleicht ein wenig größer geworden, etwas angeschwollen.

Da darf man nicht dran reiben und kratzen, Mutter, sagte ich, kein Wunder, wenn es weh tut. Schauen wir mal, ob wir eine Salbe haben.

Mein Tonfall erstaunte mich; so belehrend und doch gütig, wie aus einem besseren, höheren Wissen gespeist. Das kam wohl mit meiner neuen Rolle.

Salbe nützt nichts, sagte Mutter leidend, gar nichts nützt.

Wir können zum Arzt fahren, sagte ich, die Kleine sollte ohnehin zur Kontrolle. Außerdem haben wir kaum mehr Vorräte.

Fahr du ruhig, mir hilft kein Arzt. Da kann ich genauso gut im Bett bleiben, sagte Mutter, und nach einer Pause: Wir hätten ihn nicht betrügen dürfen. *Ich* hätte es nicht tun dürfen.

Auch wenn man es bei uns, in diesem Dorf, nicht immer deutlich spürt – wir leben im 21. Jahrhundert, sagte ich, also erzähl keinen Unsinn und fahr mit mir zum Arzt.

Ich versuchte mich zu beherrschen. Wenn sie jetzt ein schlechtes Gewissen hatte, dann hätte sie sich eben nicht auf den Handel einlassen sollen. Sie musste ja nicht überall die Finger drin haben. Man kann die Menschen nicht dauernd zwangsbeglücken und Dankbarkeit erwarten. Und dass es bei unserm Burgherrn nichts umsonst gibt, hätte sie auch wissen können.

Du liest wohl keine Bücher, sagte sie und zeigte auf ihren Nachttisch.

Ach nein. Ein gelbes, abgegriffenes Heftchen. *Die schwarze Spinne.* Mein Name, in Bleistift, stand drauf, und die Klasse: 9b.

Wo hast du das denn herausgezogen?, sagte ich, diese Pfaffenphantasie hätten wir sogar an der Uni lesen sollen, aber wir haben dagegen protestiert.

Du hast es doch taufen wollen, sagte Mutter listig, warum denn bloß?

Damit hatte sie mich kalt erwischt. In diesem Moment fand ich keine Antwort. Mein Gefühl, etwas Absonderliches, aber Richtiges getan zu haben, stieg auf, nur die Worte, um es meiner auf ihre alten Tage offenbar abergläubisch (oder verrückt?) gewordenen Mutter zu vermitteln – die fanden sich nicht ein. Ich sagte:

Damit er aufhört, uns Abend für Abend an der Haustür zu nerven, was weiß ich.

Siehst du, sagte Mutter mit dem Finger auf der Backe, und *das* hier, das habe ich von *ihm*. Zur Erinnerung. Weil *du* dein Kind nicht hergeben wolltest.

Du bist ja total verrückt, schrie ich sie an, und sie lachte ein unsicheres Lachen, an dem ich nicht erkennen konnte, ob es böse war oder ob es einen schwachen Scherz verbessern sollte. Danach jedenfalls ließ ich sie allein, in ihrem dunklen Zimmer. Sie würde sich schon wieder beruhigen. Ich ging ins Badezimmer und zog die Tür hinter mir zu. Drehte den Schlüssel um. Stellte mich nah vor den Spiegel. Ganz nah. Betrachtete Wangen, Kinn, Stirn, Hals, Schultern. Nichts dazugekommen, nichts verschwunden, nichts gewachsen, nichts geschrumpft.

Unten rief ich den Unterstützer an und flötete in süßesten Tönen. Leider, leider nein, sagte er, ich solle es nicht weitererzählen, aber er habe den Kammerjäger im Haus und leider auch in der Garage. Bis ins Auto sei das Ungeziefer eingedrungen. Nichts Dramatisches, keine Kakerlaken oder Bettwanzen, nur eine Menge Spinnen. Der Kammerjäger habe ihm gesagt, das komme schon mal vor, vor allem, wenn es viele Ameisen gebe, denn von denen ernährten sie sich, die Spinnen. Erstaunlich nur, weil ihm von einer Ameisenplage nichts bekannt sei. Jedenfalls müsse das Auto nach der Behandlung sicher ein oder zwei Tage auslüften.

Ich dankte ihm und legte auf. So ein Lügner. Der Kammerjäger hatte mich vorher nach einer anderen Adresse gefragt. Wie konnte er da schon seit Stunden die Bude des Unterstützers ausräuchern?

Jetzt blieb mir nur noch der Bus in die Kreisstadt. Ich packte die Kleine ins Tragetuch vor die Brust, einen Rucksack auf den Rücken und nahm die Abkürzung über die Wiesen ins Dorf. Auf halbem Weg begann es furchtbar zu stinken – nicht meine Kleine –, sondern nach Kadaver. Zwei Meter rechts von meiner Route lag ein Tier, prall aufgedunsen, geschwärzt von der Sonne oder von sonst etwas, seltsam seidig schimmernd, in der Größe zwischen Fuchs und Dachs. Was das einmal gewesen war, so genau wollte ich es gar nicht wissen. Ich hielt die Hand vor das Gesicht meiner Kleinen und ging schnell weiter.

Den Bus verpasste ich trotzdem; der Dieselqualm hing noch in der Luft und würde wohl noch zu riechen sein, wenn der Bus in fünf Stunden wiederkäme – nicht ein Hauch von

Wind zu spüren. Die Klimaanlage wäre jetzt angenehm gewesen. Fünf Minuten, dann passiert etwas, oder du gehst wieder nach Hause, sagte ich mir. Ich hatte Glück; Georg hielt an, auf dem Weg zum Großmarkt, und er kam erst gar nicht auf die Idee zu sagen, er habe keinen Kindersitz oder ein anderes Transportgefäß für Babys. Ich sah vor allem das Kühlaggregat auf dem Dach seines kleinen Lieferkombis, das war Verlockung genug.

Hab schon gehört, sagte er mit einem Seitenblick auf mein Paket, gratuliere. Wie heißt er oder sie denn?

Georgina, sagte ich im Scherzton.

Nicht im Ernst, oder?, sagte Georg.

Hab bis jetzt noch nichts Passendes gefunden, sagte ich, außer »meine Kleine«.

Echt ganz schön klein – ist sie ein bisschen zu früh eingetroffen?

Früh und plötzlich.

Kann man wohl sagen. War wohl eine Instant-Schwangerschaft.

Hat mich selbst überrascht, sagte ich.

Mich auch.

Dich noch ein wenig mehr als mich, sagte ich und lachte.

Georg lachte auch. Ich genoss das harmlose Geplänkel entlang der nächsten paar Kilometer. Ein bisschen allgemeines Blabla, Wetter, Dorftratsch, Stammtischgerede. Er schien mir viel entspannter als zuvor; aber vorsichtshalber fragte ich ihn nicht nach Einzelheiten. – Georg fuhr jetzt langsamer, ohne dass erkennbar war, warum. Er stoppte an der Einmündung eines Feldweges, der nach etwa zwanzig Metern in einem kleinen Hain verschwand. Ich dachte, er müsste vielleicht pinkeln. Er beugte sich zu mir herüber, und ich dachte ganz kurz etwas ganz anderes, aber er griff nach dem Öffner und stieß die Tür auf.

Raus, du und dein Balg.

Wieso das denn, sagte ich, spinnst du, hier?

Ja meinst du denn, ich lass mich von dir verarschen und von euch allen da oben? Erst machst du mir schöne Augen, damit ich dich in der Wirtschaft anstelle. Hast du den Job, seh ich die kalte Schulter. Du kriegst ein Kind so schnell, wie ich eine Fertigsoße anrühre, dein Drecksack von kleinem Bruder gondelt wieder lustig durch die Gegend, als hätte er nicht drei Häuser abgebrannt und mich an den Rand der Pleite gebracht – wenn ich nicht schon pleite bin, weil jetzt auch der große Boss sein Geld zurückhaben will, nachdem ihm seine Unterkunft abgebrannt ist –, und deine Mutter, mit ihren offenen Armen für die ganze Welt, die steckt da mittendrin in der ganzen Scheiße, die übers Dorf gekommen ist – ich werde schon noch rausfinden, wie.

Ich stand inzwischen neben dem Auto in der Sonne und bemühte mich, die schreiende Kleine in meinem Körperschatten zu halten. Deswegen sah ich halb über die Schulter zu Georg hin, der immer noch irr vor sich hin zeterte, und aus dem Augenwinkel, wie eine schwarze Spinne über die Türschwelle kroch und absprang. Ohne nachzudenken zerquetschte ich sie, sobald sie in Reichweite kam. Mit demselben Fuß trat ich dann fest gegen die Autotür, und Ruhe war. Eine Beule blieb auch. Georg raste mit Vollgas davon.

Gibt's doch nicht, meine Kleine, was ist denn in den gefahren? Der war doch immer so ein Netter, der Georg, murmelte ich.

Ich zog mich in den Schatten des Hains zurück, um irgendeine passende Mitfahrgelegenheit abzuwarten; nach Möglichkeit keinen Dörfler. Die Straße behielt ich im Blick, während die Kleine trank. Der Georg, dachte ich, ich habe ihm nie »schöne Augen« gemacht. Eine halbe Stunde später vielleicht hörte ich ein tiefes und lautes Brummen, das sich langsam näherte. Das ließ mir die Zeit, die Kleine ins Tragetuch zu packen und am Straßenrand zu sein, gerade als ein Riesenlaster um die Kurve kam. Er schleppte einen flachen Anhänger, auf dem ein Riesenbagger mit Riesenschaufel festgekettet kauerte. Ich hielt den Daumen raus, und das Gespann kam kreischend zum Stehen.

Klettert rein, ihr zwei, rief der Mann am Steuer.

So weit oben saß ich, dass mir das Fahren wie ein Tieffliegen schien. Für mich, die auf der Landstraße im Nichts ausgesetzt worden war, ein triumphaler Wiedereinzug. Ich genoss es. Wir flogen ins Dorf, und in den Vitrinen dürfte der Nippes gezittert und die Fußball- und Angelpokale gescheppert haben. Die Gartenzwerge schwankten und fielen, und ich sah Menschen an die Fenster stürzen und ihre Nasen platt drücken. Wir flogen die Hauptstraße hinauf, am Schulhaus vorbei, in die erste Kurve nach dem Dorfende, und dann bremste der Fahrer vor dem Abzweig zum alten Schieferbergwerk.

Ich muss hier lang, sagte er.

Was haben Sie eigentlich mit Ihrem Riesenbagger vor?, fragte ich beim Abstieg.

Alten abgebrannten Kram wegräumen und alles plattmachen, sagte er.

Wozu?

Wissen Sie nicht? Hier kommen bald viele Container, sehr viele Container.

Ich ging lachend nach Hause, hysterisch lachend. Weil ich wusste, dass es jetzt erst richtig losgehen würde, im Dorf. Und weil ich nicht wusste, wie ich Ahmed erreichen konnte. Und weil es mir Angst machte, wie meine Mutter drauf war, wie Georg drauf war, dass mein Bruder wieder herumschlich, und Franz mit ihm. Ziemlich gute Gründe für ein bisschen Hysterie.

Geist

Security

Der vom Riesenlaster abgeladene Bagger begann am Morgen, die Reste der Knappenhäuser einzureißen. Dutzende nur um weniges kleinere Lastwagen holten den Schutt, die Steine, die Schieferplatten, die verkohlten Bohlen und Latten, die verbogenen Stockbetten, zerschmolzenen Fensterrahmen und nackten Federkerne der Matratzen, die Wand-WCs *Siena* und die ganze andere in tausend Scherben zersprungene Keramik. Der Baggerfahrer musste die Mauern nur anstupsen, da fielen sie schon um.

Ich stand in einigem Abstand (und andere Bewohner des Dorfs auch) und musste fast heulen. Unsere Dorfstraße wurde zur Ameisenstraße, über die fleißige Laster ihre Beute abschleppten und hungrig zurückeilten, neue Ladung zu holen. Männer in weißen und gelben Helmen stiefelten umher, vermaßen Längen und Breiten und Höhen und schlugen Pflöcke ein; wir fragten sie, was hier passiere, aber sie sagten, sie seien nicht zur Auskunft befugt. Man solle sich an den Bauherrn wenden. Den sah man aber nicht; nur den altbekannten Geländewagen, mit unbekannter Besatzung hinter den schwarzen Scheiben, und niemand getraute sich näherzutreten. Unter den Leuten begannen einige zu murren, ein leises Surren und Brausen, wie ein Topf Wasser kurz vor dem Aufkochen. Jemand warf einen

Stein, der nicht traf. Jemand warf einen Stein, der das Dach des Geländewagens traf. Der Wagen bewegte sich ein paar Meter. Weitere Steine flogen. So wie früher die Konservendosen, die wir mit Steinwürfen durch die Gegend getrieben hatten, kroch der Geländewagen in kurzen Sätzen langsam voran, um sich dann wieder festzusetzen, und zog so einen weiten Kreis, im Steinwurf-Radius, um die Gruppe. Verjagen ließ er sich nicht.

Beim ersten Steinwurf war ich schon auf dem Weg zum höher gelegenen Rand des Geländes; ich hatte meine Kleine dabei. Ich trage sie immer herum, sie ist leicht, schläft gut im Tragetuch und mag es, unterwegs zu sein. Bei meiner Mutter möchte ich sie lieber nicht lassen. Was sie zu essen braucht, habe ich dabei, und ich finde immer einen stillen Platz. So einfach wie in diesen ersten Tagen wird es mit ihr nie wieder werden. (Wir sind übrigens doch nicht so die große Sache im Dorf geworden; die neuesten Entwicklungen und wahrscheinlich auch die Spinnenplage haben uns die Schau gestohlen. Umso besser.)

Hört doch auf, ihr Idioten, rief einer aus der Mitte der Gruppe. Darauf drehten die drei, vier Steinewerfer um, die Menge zog sich schlagartig zusammen, ballte sich um den Rufer und dessen zwei oder drei Parteigänger. Man brüllte sich erst an, so erfordern es die Konventionen, dann prügelten sie aufeinander ein, zogen an den Haaren und traten zu; wer wen genau war nicht zu erkennen. Der Riesenbagger legte weiter Mauern um, der Geländewagen schlich sich (ohne weiter bombardiert zu werden) davon. Ich zeigte meiner Tochter Versteinerungen, die ich unter meinen Füßen auflas. Sie interessierte sich für alles, auch für *Cypellia rugosa* und Seelilien aus längst verdunsteten und versickerten Meeren, aber zum Glück nicht für die Urviecher, die sich da unten gegenseitig aufs Maul schlugen.

Als ich das Gelände verließ (die Schlägerei dauerte an), kam mir ein Trupp uniformierter Männer entgegen. Voran marschierte der, der sich damals im Wald als »Patrouillenführer Müller« vorgestellt hatte. Sie trugen keine Holzgewehre mehr, sondern Knüppel und allerhand anderes Gerät am Gürtel, dunkelgraue Lederhandschuhe und schwarze Sonnenbrillen: Schläger-Chic. Ihre Tarnkleider hatten sie gegen schwarze Uniformen getauscht. Niemals zuvor hatte der Burgherr seine Truppen auf unsere Straßen geschickt. Die waren immer nur im Wald unterwegs gewesen. Einer jungen Mutter mit Kind auszuweichen kam für diese Kerle nicht in Frage; in breitbeiniger Dreierreihe stampften sie eilig über den Kies, drängten uns fast in den Graben. Dafür konnte ich die Abzeichen gut erkennen: *Spider Security.*

Spätestens jetzt hätte ich sie als Männer des Burgherrn identifiziert. Das Logo zur Schrift war eine Spinne, und jedes ihrer acht Beinchen sah aus wie eine einzelne ss-Rune. Oder auch bloß wie ein zweimal abgeknicktes, stilisiertes Spinnenbein. Ein Späßchen nach seinem Geschmack. Alles im Auge des Betrachters, hätte er gesagt, ich werde doch keine Kennzeichen verfassungsfeindlicher Organisationen verwenden, ich doch nicht.

Und diese Herren würden jetzt den Konflikt auf dem Baugelände friedlich schlichten, dachte ich mir – natürlich nicht; ich sah, wie sie ihre Knüppel lockerten. Dass sie jetzt »Security« statt Krieg spielten, machte keinen Unterschied. Im Gegenteil: konnten sie endlich mal hinlangen.

Ich erreichte die Hauptstraße und ging Richtung Dorf-
mitte, wo Kirche und Wirtshaus eng beieinander auf Kund-
schaft warten. An der Bushaltestelle standen ein Polizeiauto
und eine kleine Gruppe Schwarzgekleideter. Ein Security-
Mann beugte sich zum Fenster auf der Beifahrerseite hinunter, redete eine Weile auf die Wageninsassen ein und
klopfte zweimal mit der flachen Hand aufs Dach des Autos,
das daraufhin wendete und Richtung Dorfausgang fuhr.
Danach ließ sich die Polizei im Dorf nicht mehr blicken.
Ein Polizeiauto war hier schon früher eine Seltenheit; war
ja nie etwas los. Und jetzt auch nicht. Das, denke ich, hatte
der Spider-Mann zu den Beamten gesagt. Die Leute des
Burgherrn übernahmen es, für Ruhe und Ordnung zu sorgen. Oder was sie dafür hielten.

Container

Es dauerte noch einen Tag, bis von den Knappenhäusern nichts mehr zu sehen war. Und noch einen, um die Fläche einzuebnen und zu glätten. Dann kamen die Container. Einer nach dem anderen, bunte, rostige, verbeulte, kurze, lange, mit Fenstern und Türen oder ohne, beschriftet oder nicht. Der Burgherr schüttete das Dorf mit Containern zu, als wolle er ein Legoland XL aufbauen. Die bunten Klötzchen stauten sich auf Wiesen vor dem Ortseingang, weil die Arbeiter beim alten Bergwerk nicht mehr mit dem Sortieren und Stapeln vorankamen. So sah seine Rache aus; Rache für den nicht eingehaltenen Vertrag. Meine Mutter sagte das jedenfalls und sah mich finster dabei an. Als ob *ich* schuld daran sei, entgegnete ich empört, wenn der Herr der Burg nun ein neues Geschäftsmodell ausprobiert, weil mein dummer Bruder die Knappenhäuser niedergebrannt hat – als Folge eines Deals meiner Mutter mit dem Unternehmer. Sie solle sich mal lieber an die eigene Nase fassen. Worauf sie bloß begann, über ihre wunde Wange zu reiben. Sie hatte sich wirklich verändert.

Spider Security nahmen sich ein paar der Container dort oben als Hauptquartier und patrouillierten überall herum, um die Ankunft und Verteilung der Kisten zu beaufsichtigen. Wer fragte oder sich beschwerte über Lärm, Dreck und

Laster, wurde roh zurechtgewiesen. Und Georg war sauer, dass die Security-Leute ihr Essen und Bier bei einem Discounter kauften. Immerhin, der Kammerjäger und ein Helfer hatten inzwischen ein Zimmer bei ihm genommen. Er machte sich nicht mehr die Mühe, seinen Wagen zu tarnen. Seine Ameisentheorie kursierte immer noch. Die Leute beschuldigten sich gegenseitig, ihre Komposthaufen nicht zu pflegen und die Mülltonnen nicht gereinigt oder sonst auf irgendeine abscheuliche Weise zur Ungezieferplage beigetragen zu haben.

Einige behaupteten, gebissen worden zu sein, und zeigten rote Pünktchen an Beinen und anderen Körperteilen vor, die aber auch Mückenstiche hätten sein können. Manche erzählten, bei der Berührung von Netzen und Spinnfäden nesselartige Verbrennungen erlitten zu haben. Dass die Spinnen giftig waren, war klar; es sei nur eine Frage der Zeit, bis es einen geschwächten oder alten Menschen fatal erwischte.

Zu den Ursachen dieser Heimsuchung war im Dorf Verschiedenes zu hören, darunter a) der Abfall von Gott (vertreten von der Großmutter Georgs; soweit ich es mitbekam, eine isolierte Meinung), b) eine Rache der Natur (Ansicht der Mobilfunkstrahlenflüchter), c) der oder die Nachbar/n (die Vermutung einer Vielzahl von Nachbarn), d) die Ausländer im Schulhaus (verbreitete Konsensmeinung, denn die Spinnenart war hier unbekannt, also ebenfalls Ausländer). Für d) schien außerdem zu sprechen, dass die allerersten Sichtungen kurz nach Ankunft der Ausländer verzeichnet wurden. Zwar hatte keiner damals etwas gesagt, natürlich, wegen einer kleinen Spinne hier oder da. Aber jetzt sei der Zusammenhang unübersehbar. Es genügte ja eine einzige trächtige Spinne, die versteckt mitgereist war. Und dann dieser heiße Sommer, ideale Brutbedingungen für Einwanderer aus dem Süden.

Mir kam das alles übertrieben vor. Außer der einen im Kinderwagen, der auf dem Plakat, der in Georgs Auto – das konnte man ja kaum eine Plage nennen. Drei merkwürdige Zufälle, wenn überhaupt. Im Haus hatten wir – bisher – keine Spinnen. Mutter machte den Fehler, das auszuplaudern, und schon hieß es, unser Haus sei das einzige im Dorf, das verschont geblieben sei. Woran das wohl liege … Die zuletzt günstige Stimmung gegenüber meiner Mutter kippte wieder. Hatte sie nicht gesagt, es gäbe keine neue Unterkunft – und jetzt diese Containerflut? Sie mache wohl eher mit dem Burgherrn gemeinsame Sache. Als Mutter das hörte, schrie sie gequält auf und sagte: Ich wollte, es wäre so. (Die Entzündung auf ihrer Wange war nicht besser geworden, aber sie weigerte sich nach wie vor, zum Arzt zu gehen, obwohl der brave Unterstützer sich wieder zu Fahr- und anderen Diensten gemeldet hatte.)

Wer allerdings zur allgemeinen Überraschung und zur Verbitterung mancher neuerdings mit dem Burgherrn paktierte, war der Schweißermeister. Ich habe es selbst gesehen, als ich mich eines Nachts an der *Spider Security* vorbei bis zum Stacheldrahtzaun am Bergwerksgelände pirschte. Unter grellweißem Flutlicht brannte der Schweißermeister mit seinen schneidenden Flammen Tür- und Fensteröffnungen in die Container, die noch keine hatten. Verständlich, dass die nunmehr führerlose Gruppe, die sich immer beim Landmaschinenmechaniker versammelt hatte – irgendetwas tun musste.

Aufstand

Ich stehe am Fenster, weil ich nicht schlafen kann, halte die Kleine im Arm, sie schläft. Warum ist das so schwer zu synchronisieren, mein und ihr Schlaf? Ich sehe seltsam zappelnde Schattenfiguren auf den Baumkronen entlang des Ellernbachs und ein rötlich-fahles, flackerndes Licht, nicht direkt, bloß im Widerschein: Unheimlich ist das, auch bedrohlich, wie sich das Schattenspiel langsam, aber sicher Richtung Schulhaus bewegt. Dazu ein dumpfer, rhythmisch wiederkehrender Schlag.

Da läuft etwas beim Schulhaus, ich fahre mal runter, schreie ich nach oben, wo ich meine Mutter im Bett vermute.

Sie könnte auch woanders sein. Sie ist in letzter Zeit viel unterwegs, vor allem nachts, als wäre sie zu einer Schlafwandlerin geworden. Wenn ich sie frage, verweist sie wechselweise auf ihr schmerzendes Wangenmal, oder sie sagt, sie sei auf der Suche nach einem ungetauften Kind, *was denn sonst, blöde Frage*. Sehr witzig, sage ich dann. Jedenfalls war unser Verhältnis schon einmal besser. Einig sind wir uns nur in der Vernachlässigung unserer Schützlinge im Schulhaus; ich habe mich seit Tagen nicht dorthin getraut. Aber jetzt. Werde ich gebraucht.

Nennt mich eine schlechte Mutter, aber mit dem Kind

im Tragetuch setze ich mich auf das Fahrrad; ich muss, sonst schaffe ich es nicht rechtzeitig, sonst fliegen die Molotowcocktails, Steine, Flaschen, die Dreschflegel, die Fackeln, was weiß ich, was sie dabeihaben. Ich fahre von der Rückseite an das Schulhaus, lehne das Rad an die Wand, drücke die Klinke der Hintertür – versperrt, gut – und spähe vorsichtig um die Ecke.

Mutter ist da, steht auf halbem Weg zwischen dem Eingang und der Menge auf dem Hof und schwankt mal hierhin, mal dorthin. Sie weiß nicht, wohin sie gehört. Mit dem Kopftuch, das sie neuerdings trägt, fest ums Kinn gezurrt, sieht sie aus wie eine verirrte Bäuerin. Die Menge ist größer, als ich gedacht hätte. Das halbe Dorf. Onkel Hermann ist mittendrin, Franz steht am Rand, Georg mit nachdenklicher Miene (bedauert vielleicht, dass er nicht ein paar Kisten Bier auf den Leiterwagen geladen hat), mein Bruder natürlich; er stiefelt wie ein Zirkusdompteur zwei Schritte vor den Leuten auf und ab, drauf und dran, »Allez-hop!« zu rufen. Er trägt die Uniform der Security-Leute, dazu glänzende Schaftstiefel als kleines Extra für den Adjutanten des Chefs. Zwei Dutzend halten Fackeln in den Händen; diese und eine Lampe über dem Schulhauseingang beleuchten die Szenerie; zwei der offiziellen Dorflaternen haben sich entweder der herrschenden Dramaturgie untergeordnet oder sind einfach nur kaputt. Im Hintergrund, zum Bach hin, lauert eine Gruppe *Spider Security*.

Der Tagesordnungspunkt »Marsch aufs Schulhaus« ist offenbar abgehakt und der nächste noch nicht aufgerufen. Die Menge brummelt und vibriert im Leerlauf; manch einer oder eine tankt ein wenig aus der mitgebrachten Bierflasche nach. Es braucht jetzt jemanden, der den Motor auf Touren bringt. Der Sohn des Landmaschinenmechanikers probiert es mit Altbewährtem und ruft: *Ausländer raus!* Das bringt ihm einen eifersüchtigen Blick meines Bruders ein, ein paar Nachahmer, aber die Menge kommt nicht so richtig in Wallung. Im Treppenhaus der Schule springt die Beleuchtung an; ich erkenne es an dem langen Schatten, den Mutter mit einem Mal wirft. Die Menge raunt und macht geschlossen einen Schritt nach vorne, meine Mutter tritt zwei Schritte zurück. Ich renne wieder zum Hintereingang, krame nach dem Schlüssel. Von drinnen kann ich ihr die Vordertüre öffnen, falls sie schnell hereinschlüpfen muss, ins Haus. Ich sperre auf und stoße fast mit Ahmed zusammen; der steht da mit einem Feuerlöscher in den Händen, hoch über dem Kopf. Wir erschrecken beide; ich habe einen Bild-Flash – liege mit zertrümmertem Schädel, das Kind schreit, und Ahmed neben mir kniend, Tränen in den Augen. Vorbei –

Komm, sage ich, schließe ab, ziehe ihn weiter zur Vordertür. Durch ihr kleines rautenförmiges Fenster habe ich fast alles im Blick, aber uns kann man nicht sehen, weil der Bewegungsmelder für das Licht hier unten nicht funktioniert. Die Kleine maunzt. Ahmed sagt: Du hättest das Kind nicht hierherbringen sollen. Ich mache ein Geräusch wie *sch-sch;* falscher Ort und falsche Zeit für Fragen des Erziehungsstils, und er ist schon gar nicht befugt, nach allem, oder besser, nach dem Nichts, was er – aber egal, auch dafür: keine Zeit.

Mit ihren beiden Schritten aufs Schulhaus zu hat Mutter Position bezogen – denkt die Menge. Sie schütteln die Fäuste und rufen. Geh doch zu denen, zu uns gehörst du nicht mehr. Wie viele denn noch? Du erzählst uns nur Scheiße. Wie wär's mal mit der Wahrheit? Schickt sie alle nach Hause. Wo der Pfeffer wächst. Wir wollen wieder Ruhe im Dorf.

Josef, wenigstens das bisschen Anstand besitzt er noch, hat sich auf die Seite verdrückt, während man seine Mutter anpöbelt. Etwas klatscht gegen die Hauswand und dann noch einige Wurfobjekte. Klingt wie ein kurzer, heftiger Schauer faustgroßer Regentropfen, es sind aber faule Früchte, matschige Äpfel, Zwetschgen, überfällige Tomaten. Noch werfen sie säuberlich an Mutter vorbei. Aber es muss nur einer treffen, und sei es aus Versehen, dann –

– geht es los. Die Frucht eines der gepflegten Gärten unseres lieblichen Dorfes streift sie am Oberarm und kollert bis vor die Türe. Sie reißt sich das Kopftuch herunter – für den Fall, dass jemand sie noch nicht erkannt hat? – und schreit:

Ihr seid wohl nicht bei Verstand! Ich bin die, die sich für euch und für alle zerreißt, und natürlich kann ich es nicht jedem recht machen. Aber wir kriegen das hin, auch die neue Situation, ich bin in Gesprächen. Geht jetzt bitte alle nach Hause, und wenn morgen früh ein paar von euch hier sind und helfen, die Hauswand zu reinigen und neu zu streichen – dann ist ja nichts passiert, nicht wahr?

Fehler, denke ich, Mutter hat ihr taktisches Gespür verloren. Stark begonnen, butterweich geendet. Merken die anderen auch. Früchte fliegen. Damit es sich lohnt, das Streichen, plärrt eine. Waren die, waren wir immer so niederträchtig? – Na, ich muss ja reden. Das Opfer meiner Niedertracht steht neben mir und hält den Atem an – weil es ruhig wird, weil in diesem Moment der Geländewagen vorfährt, so wie ein Krokodil aus sumpfigem Wasser auftaucht; dann halten die Frösche lieber still. Der Burgherr steigt aus, komplett mit Hut und Feder, verbeugt sich spöttisch grinsend in alle Richtungen. Mutter kommt näher ans Schulhaus heran, ich öffne einen Spaltbreit, damit sie mich sieht. Josef treibt langsam auf den Geländewagen zu.

Was ist denn hier los?, sagt der Burgherr, wohl nicht viel. Was für eine lahme Veranstaltung! Ihr hattet lange genug Zeit, ihr müsst euch einmal entscheiden. Ich kann es nicht immer für euch tun. Wollt ihr nett sein, dann helft ihr dieser guten und gutmeinenden Frau morgen beim Streichen. Wollt ihr böse sein, dann stürmt ihr das Schulhaus und setzt die Fremden auf die Landstraße. Na? Ihr seid Memmen. Geht doch euer Bier auf dem Sofa saufen. Oder beim Georg, der würde sich freuen, nicht, Georg?

So habe ich den Burgherrn noch niemals erlebt. Sonst säuselt er, jetzt kreischt er. Beim Wort »Schulhaus« ist er mit ausgestrecktem Arm herumgewirbelt und hat wie ein Feldherr den Zeigefinger auf die Tür, hinter der ich stehe, gerichtet. Und ich könnte schwören, dass sich die Menge ruckartig ein paar Zentimeter nach vorne geschoben hat. Aber bei »Memmen« froren sie schon wieder ein.

Habe ich je einen Vertrag mit euch, auch nur mit einem Einzigen von euch gebrochen?, schreit er die Leute an.

Ich kann mir vorstellen, worauf das hinausläuft. Er tut es, er tut es wirklich. Die Männer von der *Spider Security* flankieren jetzt die Ansammlung; Josef dirigiert sie mit diskreten Handzeichen.

In die Knappenhäuser hat nicht der Blitz eingeschlagen!

Aber die Einzelheiten der Sache spielen keine Rolle, nur das Ergebnis. Und im Ergebnis hätte ich euch *viele fremde Menschen* erspart. Gewollt habe ich dafür nur *einen*. *Ist* das ein *faires* Angebot? *Ich* denke schon!

Der Burgherr tänzelt mit lustig auf dem Hut wippender Feder vor seinem Auto auf und ab. Anderer Text, und es könnte eine Verkaufsshow sein. Nein – es ist eine. Er wirbelt wieder auf der Stelle, wie eine Wetterfahne im Sturm.

Und mit *dieser Frau* dort, die so viel für euch getan und so oft für euch gesprochen hat, wurde ich handelseinig – also auch mit *jedem Einzelnen* von euch. Ob es euch gefällt oder nicht.

Mutter steht starr und sieht sehr einsam aus, das Kopftuch in der einen Hand, es schleift am Boden, die andere Hand drückt sie an die Wange, als hätte sie Zahnweh. Ich muss ihr beistehen, trotz allem. Wenigstens neben ihr stehen. Aber nicht mit der Kleinen. Wem anvertrauen? Die beiden Schwestern haben sich bestimmt oben unter ihren Betten versteckt. Tut mir leid, Ahmed, das hatte ich mir eigentlich anders vorgestellt – so hält man das, hier unter dem Kopf stützen. Dann schlüpfe ich durch den Türspalt. Der Burgherr spürt, dass er für einen Moment die Aufmerksamkeit der Menge verloren hat, folgt den Blicken, findet mich, fixiert mich. Mein Bauch fühlt sich an wie mit Eiswürfeln aufgefüllt. Aber der Burgherr verliert nur einen Takt. *The show must go on.*

Das, was ihr in diesen Tagen erlebt – Container und anderes –, erlebt ihr, weil *diese Frau* den Vertrag *nicht* eingehalten hat, einhalten *will.* Ihr wollt nun sicher wissen, wieso und weshalb. *Wollt* ihr?

Es ist eindeutig: Die Leute, wie sie dort stehen, werden bei ihm kaufen, egal, was es ist, egal, was es kostet, und ohne Recht auf Rückgabe.

Nun, schreit der Burgherr mit hoher Stimme, *sie da* hat mich um meinen *Lohn* geprellt.

Heiße Gesichter fragen: Welchen Lohn? Und der Burgherr dreht die Handflächen nach vorne, um zu zeigen, wie empörend leer sie geblieben sind.

Ein neugeborenes, ungetauftes Kind, weiter *nichts.* – Das Kind von *der anderen* dort, jenes, welches kürzlich auf so *wundersame* Weise auf der Bildfläche erschienen ist, ihr habt es gesehen, das wäre es gewesen.

Ooooh!, schreit die Menge. Und mein vermaledeiter Bruder hat endlich seine große Stunde.

Gib ihm das Kind!, brüllt er.

Und dann alle: Gib ihm das Kind! Gib ihm das Kind! Gib ihm das Kind!

Mein Bruder, in ein Rumpelstilzchen verwandelt, hüpft von einem Bein aufs andere. Nicht das Einzige, was mir hier wie aus einem bösen Märchen scheint. Die Menge gerät in Bewegung. Nur der Burgherr steht ganz still, Arme verschränkt, sieht mich an. Wenn ich einen kühleren Kopf gehabt hätte, in dem Moment, hätte ich vielleicht aus seiner Miene gelesen, *lesen müssen:* Siehst du, Xenia, es ist so einfach, ich hab sie im Griff.

Aber mein Kopf glüht, und weil ich aus dem Augenwinkel sehe, wie meine Mutter sacht die Lippen zum Text des Chors bewegt, und bevor der Burgherr die Leute meines Dorfs doch noch in eine Zombiearmee verwandelt – schreie ich, so laut ich überhaupt kann:

Das Kind ist aber getauft!

Ich dringe erst auf das zweite Mal durch, und nur, weil der Burgherr die Leute und meinen Bruder mit erhobener Hand zum Schweigen bringt. Dann sagt er, ganz und gar unaufgeregt:

Hört ihr? Ja, das stimmt. Es ist getauft und kommt nicht in Frage für mich. Sehr bedauerlich. – Schluss für heute! Gute Nacht. Geht nach Hause, ihr guten Leute.

Die Menge verharrt, es ist, als hätte einer im Partykeller, mitten in der Ekstase des engen Tanzens, plötzlich das Neonlicht angeknipst. Der Burgherr wartet ein paar Sekunden, hebt die Schultern und schwingt sich ins Auto, mein Bruder übernimmt das Steuer. Sie fahren los. Und ich will schnellstens zurück ins Haus, in Sicherheit, zu meiner Kleinen. Ich pflücke sie von Ahmeds Arm. Offenbar Zeit für eine frische Windel. Plötzlich kommt von draußen Unruhe auf. Eine Frau kreischt, mehrere, alle. Wir beobachten alles vom Treppenabsatz zwischen erstem und zweitem Stockwerk. Die Leute fangen an zu zucken und zu springen, zu stampfen und zu treten. Sie schlagen mit den Händen auf ihre Kleider, auf die Hosenbeine, sie nehmen die Kinder auf die Arme, sie zerzausen ihre Haare, als wären sie in einen wilden Bienenschwarm geraten; aber Bienen können es nicht sein, denn die fliegen nicht in der Nacht. Georgs Großmutter am Rollator wird umgerempelt, Bierflaschen zersplittern. Wo ist die Security, wenn man sie braucht, die könnte doch Ordnung in den Aufruhr bringen – doch die Männer mit den Sonnenbrillen sind verschwunden. Binnen vielleicht zwanzig Sekunden dünnt der zuvor dichtgepackte Pulk aus, wie Popcorn schleudert es die in hellen

Aufruhr geratenen Menschen an die Ränder und hinaus. Rette sich, wer kann. Alles rennt. Was die Panik ausgelöst hat, kann ich nicht erkennen, aber es gibt bloß eine vernünftige Erklärung:

Hab keine Angst, sind nur Spinnen, sage ich zu meiner Kleinen, diese schwarzen Krabbeltiere vertreiben die bösen Leute.

Wir müssen reden, sagt Ahmed zu mir, als es endlich ruhig geworden ist. Mir hüpft das Herz, aber ich lasse ihn etwas warten, bevor ich sage:

Okay, morgen um zehn Uhr bei der Jungfernhöhle.

Am Hinterausgang, ich hatte schon die Hände am Lenker, um das Rad nach Hause zu schieben, traf ich Franz. Ich hätte zu Tode erschrocken sein müssen, als er plötzlich aus dem Gebüsch kam; aber nach diesem Abend konnte das kein echter Schocker mehr sein. Er sagte:

Es tut mir leid. Ich schäme mich für diese Menschen. Und für mich. Er hat aber auch was, der Kerl. – Wieder Freunde?

Er drückte mir eine Versteinerung in die Hand, flach und halb so groß wie eine Tafel Schokolade. Seeigelstachel, regelmäßig angeordnet wie ein Fächer. Ein schönes, seltenes Stück, von dem er sich bestimmt nur schwer trennen konnte.

Ja klar, sagte ich.

Ich entschloss mich auf der Stelle, ihm wieder zu vertrauen. So wie früher. Was hatte ich denn für eine Wahl? Ohne einen Freund würde ich das alles nicht durchstehen.

Crazy

Ich, nein wir – denn ich hatte natürlich die Kleine dabei – waren schon vor zehn Uhr an der Höhle. In der vergangenen Nacht hatte es noch etwas geregnet, und mit der vorsichtig zwischen die Buchenstämme vordringenden Morgensonne stieg ein duftig-dunstiger Hauch von feuchtem Laub auf. Dieser heutige versprach so ein Spätsommertag zu werden, an dem man zum ersten Mal an den Herbst denkt. Früher hätte ich das erfolgreich verdrängt und mich irgendwann gewundert, warum es mich fror, und mich geärgert, dass ich auf einmal kalte Zehen bekam, obwohl ich doch dieselben schönen leichten Schuhe trug wie den Tag zuvor. So etwas zählte jetzt nicht mehr zu meinen Problemen. Bald würde ich die Kleine nicht mehr so bequem wie eine Handtasche durch die Gegend tragen können, bald wäre ich ans Haus gebunden wie durch unsichtbare Gummibänder, die mich mit jedem Schritt hinaus umso stärker zurückziehen würden – wickeln, füttern, spielen, ihren Schlaf bewachen, jede wache Minute. Und das zu Hause, bei meiner seltsamen Mutter. Inzwischen bedrängte ich sie nicht mehr, wegen ihrer Wange zum Arzt zu gehen. Weder Doktor noch Quacksalber konnten so etwas heilen; darin wenigstens stimmten wir überein. Das war mehr als bloß ein juckendes Mal auf der Wange: Ich hielt es für ein fixe

Idee, sie für den Fluch des Burgherrn – Einigung ausgeschlossen.

An der Rückseite der karstigen Felsknolle, in der sich vorderseitig das Maul der Jungfernhöhle öffnet, gibt es einen kleinen Überhang, ein Dach, unter das ich mich setzte. Hier war es trocken geblieben, hier konnten wir auf Ahmed warten.

Ich dachte an Mutter – am Morgen, beim Frühstück, hatte sie mich schon wieder gefragt, ob eine Taufe ohne gültigen Taufschein überhaupt eine gültige Taufe sei, und dabei meine Kleine so forschend angesehen, als ob sie das Kind dem Burgherrn doch noch auf irgendeine Weise andrehen wollte. Dabei hatte der es abgelehnt –

– und das halbe Dorf war Zeuge, hatte ich gesagt, langsam irre werdend, eine Fingerspitze Salbe, drei Fingerhüte Weihwasser, ein paar ernsthaft vorgetragene Sprüche, das hat doch den Trick bewirkt, was willst du denn mehr?

Aber sie hat noch nicht einmal einen richtigen Namen!, sagte Mutter und sprang wieder auf ihr Karussellpferdchen, ich frage mich, wie eines da überhaupt gültig getauft sein kann.

Den bekommt sie, wenn ich mit dieser Sache fertig bin, sagte ich.

Welcher Sache?

Wirst schon sehen, sagte ich trotzig. Dem wäre hinzuzufügen gewesen: Und ich selbst hoffentlich auch.

Aber – wie die Knospe die Blüte verheißt, so fühlte ich zumindest einen Plan in mir reifen. Ich meine – vielleicht lebten wir doch in einem Märchenwald. Sieh dich um – da stehen sie, die Männlein, still und stumm, und der feuchte

Dunst hängt zwischen den Buchen wie Tausende taube-netzte Spinnweben, die glitzern, wenn die Sonne sie kitzelt. Zauberei überall – Muttern verdealt ungetaufte Kinder und liest Spukgeschichten aus dem vorletzten Jahrhundert, ein schwarzer Mann begießt um Mitternacht mein Kind mit Wasser, wer weiß, vielleicht hüpft da drüben beim Bettel-brünnlein jemand übers Feuer und kräht: *Ach, wie gut, dass niemand weiß, dass ich Rumpelstilzchen heiß.* Ein Name, das ist wie der Henkel zum Krug, wie der Daumen zu den Fingern, der Schlüssel zum Schloss. Ich will einfach nicht, dass der Burgherr weiß, wie meine Kleine heißt. Schlimm genug, wenn er mich anredet. Das *Ksss* von *X*enia – wenn er es sagt, ist es wie die Messerklinge, mit der er mich öffnet. Meine Kleine wird ihm verschlossen bleiben.

Alles Märchen. Darum wollte ich Ahmed hier treffen und nicht auf dem Handyberg. Das hier ist ein mythischer Ort. Das oben nichts als eine kahle, wüste Telefonzelle. Dort teile ich ihn mit allen Menschen, die er kennt und liebt. Hier gehört er mir. Wir könnten da weitermachen, wo wir – ewig scheint mir das her – aufgehört haben. Und irgendwie müssen wir das Kind in die Gleichung hineinbe-kommen. Das wird doch zu machen sein, denke ich. Hoffe ich.

Aber dazu müsste er erst einmal da sein. Unpünktlich-keit macht mich ohnehin nervös; und dazu habe ich Sorge, dass er der Security des Burgherrn in die Hände gelaufen ist oder sich nicht aus dem Haus traut, weil sie dort herum-stehen. Ich hätte ihn abholen sollen. Aber immer kann ich ihn auch nicht an die Hand nehmen, oder?

Er kommt fast eine halbe Stunde zu spät und keineswegs

gehetzt daher – weder von *Spider Security* noch von einem schlechten Gewissen. Als ich einen Ast knacken höre, verlasse ich meinen trockenen Platz und finde ihn lachend auf den letzten Metern vor dem Höhleneingang.

Was ist passiert?, frage ich; das *Wir hatten zehn Uhr ausgemacht* verkneife ich mir gerade noch.

Nothing, sagt er, I am here.

Er kommt näher – was jetzt, ein Kuss? das darf ich doch erwarten – und hält der Kleinen den kleinen Finger hin. Die packt mit der ganzen, winzigen Hand zu. Ich bin ein wenig eifersüchtig – und stolz auf dieses Kind.

What's her name?

Ich hebe die Schultern und lasse sie wieder fallen. Habe ich nicht recht? Immer dieses Getue um den Namen.

She is nice like you, sagt er, who is father?

Irgendwer, sage ich.

Don't know?

Ich glaube, ich werde rot. Erst schmeicheln und dann? Was denkt der? Dass ich so eine Liederliche bin, eine, die sich im Suff hat schwängern lassen oder sogar nüchtern, und trotzdem ist es ihr egal, so was?

Natürlich weiß ich es, aber es ist nicht wichtig, sage ich.

Wie kann das nicht wichtig sein, sagt er, noch immer mit der Kleinen scherzend.

Dass er das tut, finde ich irgendwie herzerwärmend. Vielversprechend. Er straft das Kind nicht für seine moralisch fragwürdige Mutter ab. Dennoch – auf eine Grundwertediskussion habe ich jetzt keine Lust. Ich frage ihn:

Über was wolltest du mit mir sprechen?

Er entzieht der Kleinen seinen Finger und sieht mich an.

Ich gehe heute fort, sagt er, weißt du, das gestern Abend … Es ist genug … Das nächste Mal schlagen sie die Tür ein, und dann … weiß ich auch nicht. Ich werde es nicht abwarten. Ist mir egal, ob es Ärger mit den Behörden gibt. Wir haben alle Angst. Etwas in eurem Dorf ist seltsam.

Soso, denke ich, er will gehen.

Das darf er aber nicht, wir haben noch etwas vor. Die sind nicht so schlimm, die Leute, das macht nur der Mann von der Burg, will ich sagen, aber das glaube ich selbst nicht so ganz. Unwahr ist es leider auch nicht. Natürlich sind die seltsam. Ich muss jetzt genau aufpassen, was ich sage. Wenn ich ihn umstimmen will. Mein Gott, ja, um alles in der Welt.

Du bringst dein Anerkennungsverfahren in Gefahr, wenn du einfach das Dorf verlässt, erkläre ich ihm, so gut ich kann, und mit der ernstesten Miene, die mir möglich ist: Dann können sie dich zurückschicken, und du kannst nie wieder einreisen.

Das dürfen sie nicht tun, sagt er, ich komme aus einem Kriegsgebiet.

Offenbar ist er gut informiert. Wir waren zu oft auf diesem verdammten Handyberg. Mal ganz abgesehen davon, dass ich seinen Status gefährdet habe, als ich den Brief vom Amt verschwinden ließ. Aber egal – ist lange her und belastet mich nicht wirklich. Ich kümmere mich ja um ihn. Ich mache alles wieder gut. Ich mache alles sogar noch viel besser.

Die Leute sind nicht so schlimm, die sind nur aufgehetzt worden, behaupte ich und versuche ihm weiszumachen, sie seien eben von der aufbrausenden Art hierzulande, müssten sich ein- oder zweimal mächtig aufregen, und danach würden sie brav die Ohren anlegen und sich in das von der Obrigkeit für sie vorgesehene Schicksal fügen. Als wäre der gestrige Abend so etwas wie regionaltypische Folklore gewesen. Jedenfalls sei der Höhepunkt überschritten. Außerdem, aber da würgt es mich selbst ein bisschen, müsse man die ja auch verstehen … die bräuchten etwas Zeit zur Gewöhnung …

Das überzeugt ihn nicht. Wie lange denn noch, sagt er, das funktioniert einfach nicht. Ich muss hier weg. Die anderen wollen auch gehen, aber die trauen sich nicht.

Ich lege den Kopf in den Nacken. Genau über mir ist eine Lücke zwischen den Baumwipfeln, ein Fenster ins Himmelsblau. Ein Flieger zieht seinen Kondensstreifen von einer Ecke zur anderen, und gleich darauf vervollständigt ein zweiter das X im Kästchen. Okay. Also gut. *Ich mache es.*

Marry me, platze ich heraus. Heirate mich.

You are crazy.

Yes.

Ich bin froh, dass ich mich damals nicht sehen konnte. Ich glaube, ich lächelte irgendwie tapfer mit einem Gesichtsausdruck, der alle meine widerstreitenden Gefühle in einer hoffentlich nicht allzu abschreckenden Grimasse zusammenfasste: Zuneigung, Entschlossenheit und Ironie, falls ich doch noch einen Notausgang aus dieser Angelegenheit nehmen müsste. Ich meine, schon wieder hatte ich eine Bastion im Festungswerk meiner Überzeugungen eingerissen: Nach Hause zurück? – niemals. Ein Kind? – nicht, bevor ich wenigstens im Ansatz eine berufliche Karriere gehabt hätte. Eine Kindstaufe? – total überflüssig. Heiraten? – niemals.

Ahmed tritt einen Schritt zurück und mustert mich und die Kleine. Ich kann mir nicht helfen – werde ich hier taxiert? Nicht zu dünn und nicht zu fett, meine Hüften breit genug für weitere Geburten, meine Arme stark genug für die Arbeit? Aber was beklage ich mich: Ich habe mich selbst auf den Markt geworfen. Dann kann ich auch mein Kreuz durchdrücken, die Kleine auf meinem Arm ins rechte Licht rücken und eine Haarsträhne hinters Ohr streichen. Dabei sind das bloß die materiellen Vorteile.

Meinst du das ernst?, fragt er.

Ja, sage ich und teile mich in zwei Xenias: Die eine erklärt ihm, dass er durch die Ehe mit mir ein Aufenthaltsrecht im Land bekäme, leichter einen Job finden würde oder studieren könnte, irgendwann einmal Staatsbürger werden, meine Tochter adoptieren könnte und wir eine Familie sein würden, hier im Dorf oder anderswo,

– und die andere Xenia denkt sich mit wachsendem Horror, dass sie hier einen jungen Mann ohne richtige Papiere und Zeugnisse vor sich hat, aber mit einer riesigen Familie im dunklen Hintergrund lauernd, die vielleicht nicht so moderat wie er ist – wie moderat ist *er* überhaupt? –, und was für ein absurder Zirkus es werden wird, aus seiner zerbombten Heimatstadt so etwas wie eine Ehefähigkeitsbescheinigung zu bekommen ... Ich *bin* crazy.

I like you, sagt er, nachdem er mir stumm nickend zugehört und dann zweimal angesetzt hat, aber das musst du für mich nicht tun.

Es ist alles oder nichts, sage ich und blicke auf die Kleine hinunter.

Ich muss darüber nachdenken, und du auch, sagt er, gibt mir einen flüchtigen Kuss auf die Wange und rennt los, springend und Haken um die Bäume schlagend, über den Weg, den er gekommen ist. Ich weiß nicht, ob das eine Flucht ist oder Freude, die sich in Bewegung austoben will.

Ich könnte vielleicht deine Hilfe in den nächsten Tagen brauchen, rufe ich ihm nach. Dabei wüsste ich gar nicht genau, wozu. Es ist eher, um das letzte Wort zu haben. Er breitet die Arme seitwärts aus. Dann wird er mich wohl verstanden haben, denke ich und schlinge das Kind wieder in das Tragetuch ein. Meine Sonnenbrille, die ich in die Haare geschoben hatte, fällt herunter, und als ich mich bücke, sehe ich eine kleine Waldspinne, die eine strampelnde Beute in ihr Loch ziehen will. Keine von den großen schwarzen, die – angeblich – das Dorf terrorisieren. Ich lasse einen Tropfen Spucke fallen, sie erschrickt und springt ohne Beute ins Loch.

Ich bin eben immer auf der Seite der Schwachen. Und außerdem ist mir gerade etwas für den anderen Plan eingefallen. Es ist ein bisschen irre, aber warum nicht? Mit »vernünftig« sind wir nicht besonders weit gekommen, oder? Und es ist höchste Zeit, um damit zu beginnen. Sonst bekommt die Kleine nie einen Namen.

Belagerung

Es wurden immer noch Container herangekarrt, Lego-land wuchs. Mutter nahm den Bus in die Kreisstadt und kam mit der Auskunft zurück, dass alles genehmigt und in Ordnung sei. Sie versuchte, eine spontane Versammlung bei Georg zu organisieren, eine Art Dorfrat, aber er verweigerte ihr den Saal, weil sie die »Agentin des Burgherrn« sei. Das muss ihm schwergefallen sein, denn die Geschäfte liefen schlecht und seine Versuche, sich an die Spitze des Widerstands zu setzen, misslangen. Die Dörfler hatten nicht vergessen, wie Georg den Jobcenter-Manager für den Burgherrn gemacht hatte. Immerhin trug er zur Verbreitung der Nachricht bei, in der verkrüppelten Form des Gerüchts. Da wusste jeder: Unser Dorf würde das Aufnahmezentrum des gesamten nördlichen Bundeslandes werden. Und die zentrale Wohncontainer-Ausstattungs- und -Wiederaufbereitungsanlage des Burgherrn, für Geschäfte in ganz Europa, wenn nicht gar der Welt. Oder so ähnlich. Weitere Lager- und Stapelplätze ums Dorf kamen hinzu. Von unserem Haus aus betrachtet, konnte ich mir leicht die totale Einkreisung vorstellen, bald hätten wir eine Stadtmauer aus bunten Eisenkisten. Oder nicht. Auch Stadtmauern werden nicht auf den Sand der Gerüchte gebaut.

Spider Security hatte viel zu tun. Das Haus und die

Werkstatt des Schweißermeisters beschützten sie bereits. Sie lösten eine Sitzblockade auf der Zufahrt zum Bergwerksgelände auf, obwohl sie das nicht durften, die Blockierer anfassen und herumtragen. »Privatstraße«, behaupteten sie und räumten auf. Niemand beschwerte sich. Eigentum wird hier am Ende doch immer respektiert.

Für meinen Plan brauchte ich Franz und sein Auto. Damit er mir zur Hand ginge, wollte er den Plan wissen. Verständlich, aber das Schöne an ihm ist, er verzieht keine Miene, selbst wenn man ihm den größten Irrsinn erzählt. Franz rechnet immer und irgendwie mit allem. Ah, wenn du meinst, das hilft, das war alles, was er sagte. Es war ein bescheuerter Plan, aus einem Buch herausgelesen – noch dazu aus dem Buch, das ich auf Mutters Nachtkästlein gefunden hatte, aber besser als gar keiner. War es nicht so gewesen: Unser zwiespältiger Burgherr hatte jedes Interesse an meiner Kleinen verloren, nachdem er es gerochen hatte, dass ich sie hatte taufen lassen. Ist das normal, nimmt er uns auf den Arm? Ich hatte ihn doch bloß beim Wort genommen. Die Taufe ist auch nur ein Wortzauber mit etwas Brimborium drumrum. Hat aber gewirkt, so viel weiß ich. Damals, bei seinem Wirtshausauftritt, hat er sich dreimal bitten lassen, bis er von der Schwelle kam. *Du musst es drei Mal sagen.* Erklärt Mephisto dem Faust, und außerdem: *Wo sie hereingeschlüpft, da müssen sie hinaus. Das erste steht uns frei, beim zweiten sind wir Knechte.* Hört er schlecht oder nimmt er uns auf den Arm? An solche Dinge dachte ich; und ich gebe zu, dass ich ein wenig durch den Wind war. Posttraumatisches Stresssyndrom, was weiß ich, aber ich hatte zu dem Zeitpunkt schon einiges hinter mir. Da sollte man sich seine Lektüre sorgfältig aussuchen; ein Horrorschocker wie die *Schwarze Spinne* ist nicht optimal, aber damals hatte ich keine Wahl; es sprang mich förmlich an, und als ich durch war, hatte ich die Lösung.

Wir mussten unter größter Geheimhaltung arbeiten; das Dorf hat Ohren überall und sieht alles. Der Burgherr sowieso. Zur Vorbereitung unternahm ich einen Erkundungsausflug in den Wald unterhalb der Burgmauer und wäre beinahe einem Trupp Security (auf dem Weg zum Dienst oder zurück) in die Hände gelaufen, wenn ich mich nicht in ein Brombeergestrüpp hätte flüchten können. Ich kauerte auf dem Boden, über mir hingen die duftenden Früchte in riesigen Mengen. Die Männer stampften ein paar Meter nur an mir vorbei, aber ich fühlte mich wohl geborgen unter dem Blätterzelt, pflückte Brombeeren und kam mit schwarzen Lippen nach Hause. Mutter fragte nicht, warum. Wir redeten ja kaum noch.

Dreimal fuhren Franz und ich in die Kreisstadt zu einem Baumarkt, denn Franz' Auto ist klein. Bei uns in der Scheune konnten wir die Einkäufe nicht lagern, also ließen wir alles abgedeckt in seiner Garage liegen, bis Franz, nach Einbruch der Dunkelheit, einen Rucksack vollpackte, um die Sachen zu dem Versteck zu bringen, das ich bei meiner Exkursion gefunden hatte. Er musste viele Male laufen, der Franz, mein treuer Lastesel.

Ehre

Von Ahmed hörte ich eine Weile nichts. Der andere Plan beschäftigte mich; die Einkaufstouren mit Franz, der Transport der Sachen, meine Kleine und all die vielen kleinen Einzelheiten des Plans – es durfte nichts schiefgehen. Falls doch, drohte bestenfalls eine Blamage, die ich (sozial) kaum überleben würde, und schlimmstenfalls eine Katastrophe unbeschreiblichen Ausmaßes. Ich übertreibe nicht – so dachte ich. Normal war ich nicht in diesen Tagen. Außerdem dachte ich, er solle den nächsten Schritt tun. Er hätte nicht auf Knien rutschend um meine Hand anhalten müssen (die hatte ich ja bereits großzügig angeboten), aber ein paar Worte, ob und wie er sich das mit uns vielleicht irgendwie vorstellen könnte … das wäre schön gewesen, für ein romantisches Gefühl. Darauf wollte ich eigentlich nicht verzichten. Ich hätte sogar einen Strauß Wiesenblumen toll gefunden. Einerseits.

Andererseits: Meine Begeisterung war schon ein wenig heruntergekühlt. Sicher verbrachte er Stunden in den sozialen Netzwerken, um die Vor- und Nachteile der Angelegenheit zu recherchieren; denn auf den Handyberg konnte er auch ohne mich steigen, jetzt, da die Müllers Container beschützten. Vielleicht musste er bei den Alten und Respektierten seiner Familie nachfragen. Den Nutzen abwägen gegen den Schaden an der Ehre, das fremde Kind mit den blauen Augen gegen den Vorteil gesicherten Aufenthalts. Geht das – eine nicht nur nicht unbefleckte Frau, sondern sogar eine, der man das ansieht? Vor dieser Herausforderung wären, wenn ich es recht überlege, auch Einheimische davongerannt. Und – die Jungfernschaft war futsch, irreparabel. Dass ihm diese Tatsache möglicherweise nicht völlig egal wäre, darüber wollte ich schon gar nicht nachdenken.

Also – obwohl ich einige Male am Schulhaus vorbeikam, ihn sogar zweimal auf dem Hof sah – ich ging nicht auf Ahmed zu. Ich winkte, er winkte. Ich war froh um jeden Tag, jede Stunde Aufschub. Aber dann begann Franz zu drängen. Zu zweit könnten wir die Sache unmöglich in der geplanten, kurzen Zeit durchziehen. Ein weiteres Paar Arme – und zwar kräftige – müsste her. Frag doch mal den Ahmed, sagte Franz, und ich sagte: Gute Idee.

Als ob wir irgendeine Wahl gehabt hätten, in diesem Dorf und wie die Dinge lagen. Und trotzdem schob ich es hinaus, bis fast auf die letzte Stunde, und erreichte das Schulhaus atemlos und zerzaust und unvorbereitet. Ich fand ihn nicht sofort, fürchtete, er sei doch abgereist, erlitt eine mittlere Panikattacke, traf ihn nach einem Rundgang schließlich in der Küche, wo er an dem alten Röhrenradio meines Opas herumdrehte. Es pfiff und jaulte, und er schien ganz fasziniert auf die dazwischen treibenden Stimmenfetzen zu lauschen.

Ahmed, wir brauchen dich, sagte ich.

No problem, sagte er.

Ich erklärte ihm, wo und wann er Franz treffen würde. Er fragte nicht, warum. Wofür ich ihm dankbar war. Ich wollte den Raum verlassen, die Zeit drängte, ich musste den Burgherrn an der Scheune abpassen, da fasste er mich am Handgelenk. Er sagte, er habe nachgedacht und er könne mich nicht heiraten.

Ebenso gut hätte er mich in den Bauch boxen können. Ich musste mich an der Spüle festhalten. Er sah, was er angerichtet hatte, und sprach hastig weiter, erklärend, beschwichtigend, aufmunternd –

Gott, wie altmodisch. Wenn ich alles richtig verstand, wollte er sich zunächst mit mir verloben, nach einem traditionellen Ritus, das sei ihm wichtig; nicht für lange, aber lange genug, um sich näher kennenzulernen. Dann sei es auch in Ordnung, sich gemeinsam in der Öffentlichkeit zu zeigen, dann könnten wir Pläne machen und die Familien einbeziehen. So würde das für ihn gehen. Eine Nacht lang dachte ich darüber nach, ich konnte sowieso nicht schlafen. Ich war aufgeregt. Zukunftspläne, warum nicht. Liebend gern. Aber zuerst musste mein eigener Plan aufgehen.

Geist

Es ist ewig her, dass ich mit ihm im Auto gefahren bin. Es ist die Strecke zwischen unserer Scheune und der Pforte in der Burgmauer. Als ich mir noch Bücher aus seiner Bibliothek holte, bin ich meistens zu Fuß gegangen, über den steilen Pfad, der ein paar Schleifen des Fahrweges abkürzt. Ich steige ein und sage *puh* – stimmt, er mag es immer noch heiß. Oder die Klimaanlage ist kaputt.

Kannst ruhig die Scheibe runterlassen, sagt er.

Ich öffne nur einen Schlitz weit, damit die Kleine keinen Zug abbekommt. Ja, ich habe sie dabei, in einem ausgepolsterten Weidenkorb, den ich bei uns gefunden habe. Sie gehört zum Plan. Für sie tue ich das, für sie vor allen anderen.

Freut mich, dass du mich wieder einmal besuchen kommst, sagt der Burgherr, das ist ja fast wie früher.

Die Feder an seinem Hut ist so lang, dass sie gerade nicht an den Dachhimmel stößt. Wie abgemessen. Tags zuvor habe ich ihn abgepasst. Mein Bruder machte gerade das Scheunentor auf, ich klopfte an die Beifahrertür des Geländewagens. Der Burgherr fuhr die Scheibe herab. Ich stotterte herum, erzählte was vom Studium, das ich wieder aufnehmen wolle, und ich bräuchte da ein paar Bücher zur Vorbereitung, und überhaupt müsse ja nach all den Verrücktheiten wieder eine Normalität ins Dorf und in die

Beziehungen zwischen der Burg und dem Haus zur letzten Laterne zurückkehren. Es fiel mir schwer, das zu sagen. Seinen furchterregenden Auftritt vor dem Schulhaus hatte ich nicht vergessen. Ob er mir irgendetwas von meinem Vortrag glaubte, weiß ich nicht. Ist auch egal; er ist neugierig. Die Gelegenheit ließe er sich nicht entgehen. Und er war auch zum verabredeten Zeitpunkt zur Stelle.

Wirklich eine Süße, sagt er und beugt sich herüber, wie heißt sie denn?

Wir überlegen noch, sage ich.

Immer noch? Mensch, Xenia, das war wohl wirklich eine Nottaufe, sagt er und lacht.

Die Hände braucht er zum Reden, das Auto lenkt er mit den spitzen Knien, und auf den Weg sieht er kaum. Aber wir fahren so langsam, dass einer bequem nebenhergehen könnte. Ich schwitze. Ich habe ehrlich Schiss. Aber es gibt keinen Grund dafür. Überhaupt gar keinen einzigen Grund. Mein Kind, mein getauftes Kind, gibt mir Sicherheit.

Wie geht es deiner Mutter?, fragt er.

So weit okay, sage ich, nur etwas mitgenommen von allem.

Aber das ist stark untertrieben. Sie ist völlig anders geworden. Läuft nur noch mit Kopftuch durch die Gegend. Ist misstrauisch und mürrisch. Redet oft Unsinn. Ist irgendwie schon gar nicht mehr wie Mutter.

Weißt du, wenn ich mich selbst auf deine Mutter nicht mehr verlassen kann, sagt der Burgherr, dann ist das nicht mehr das Dorf, das ich kenne … und liebe.

Es hätte ja nicht gleich brennen müssen, sage ich.

Hätte es nicht, aber für die Bruchbuden mit dem Baumarktschrott hat mich die Feuerversicherung ordentlich entschädigt.

Und ein Mensch ist verbrannt.

Der Burgherr wirft die Hände in die Luft. Pech, sagt er, aber der war sowieso nicht glücklich hier.

Ich wundere mich, woher er das wissen will. Mutter hat es ihm wohl kaum erzählt.

Container kann man nicht anzünden, nicht von außen jedenfalls, sagt er, Container sind die Zukunft, praktisch, mobil, stapelbar, leicht zu reinigen und zu desinfizieren.

Es ist so viel Streit und Misstrauen im Dorf, sage ich.

Umso besser! Ich werde euch nämlich, pardon, mit Containern zuscheißen. Das ist erst der Anfang. Man wird die Containerwälle vom Weltall sehen können, so wie die Chinesische Mauer. Streitet euch, schlagt euch die Köpfe ein! Ein paar von euch kriegen Jobs bei mir, aber auf den Rest pfeife ich. Dafür kommen noch mehr Ausländer. Ich gewinne, so oder so. Der Protest treibt das Risiko für Investoren wie mich und natürlich auch die Preise in die Höhe – und außerdem brauchen wir Zäune, Kameras, Security im Schichtdienst. Und Lärmschutzwände! Weil die ja dauernd feiern, diese Südländer! Meinen Leuten sind die ewigen Geländespiele im Wald schon langweilig geworden. Die lernen jetzt was dazu, als Sicherheitsdienst. Interkulturelle Kompetenz würde ich das zwar nicht nennen, aber, sagen wir: In der Begegnung mit den Fremden arbeiten sie an ihren Vorurteilen. Aber meistens werden die nur noch schlimmer. Win-win, wohin ich blicke. Win-win-win, für mich.

Der Burgherr lacht ausgedehnt, hört abrupt auf und sagt:

Das Spektakel vor der Schule war vielleicht ein bisschen krass. Ja, ich habe mich hinreißen lassen. Mir juckten die Finger wie einem Töpfermeister beim Anblick eines geschmeidigen Klumpen Tons. Aus so einer Menge kann man, muss man doch etwas formen. Die wollen das, darauf warten sie. Der Josef kann es noch nicht, wird es wohl nie können, leider. Aber beim Anblick deiner Mutter kommt in mir die Wut über den gebrochenen Vertrag wieder hoch. Also habe ich ein bisschen aufgedreht, nimm es mir nicht übel.

Wenn sie nun auf mich losgegangen wären, sage ich, oder auf das Kind oder das Schulhaus gestürmt hätten?

Du hast gut reagiert, sagt er ruhig.

Plötzlich schlägt er mit beiden Händen auf das Lenkrad und schreit: Es ist ja wirklich getauft, das Malefizkind!

Er beugt sich zu mir, über den Korb, in dem die Kleine liegt, hält die spitze Nase drüber. Ich kralle die Finger zwischen die Weidenruten, dass es knarzt. Das Auto fährt wie von selbst.

Ja, ja, man riecht es, ich habe es gleich gerochen, als ihr in der Nacht zurückgekehrt seid. Der dumme Josef hat euch schon kurz nach dem Dorf verloren. Aber bei dem Donnerwetter, das hatte ich nicht bedacht, vielleicht war's ein bisschen zu viel davon.

Der Heizknopf ist auf Anschlag im roten Bereich. Mir ist kalt, und ich schwitze. Das Auto schrammt durch eine Kurve, die Scheinwerfer tasten, und ich sehe zwischen den Bäumen riesige Fliegenpilze stehen, krumm und verzerrt. Machen wohl die Tränen, die es mir in die Augen treibt. Der Burgherr lacht leise vor sich hin, es klingt, als würde er mit

Glasmurmeln gurgeln. Er legt die Hand auf meinen Arm, und ich zucke zusammen.

Xenia, Xenia, sagt er, du wirst doch noch einen Scherz verstehen?

Ja ... schon, sage ich, aber der Vertrag, der war wohl auch ein Scherz, ich meine, das kann man doch nicht machen?

Ich bin wütend und verwirrt und will nichts wie raus aus diesem rollenden Glutofen. Die Kleine hat schon einen roten Kopf, strampelt und maunzt.

Kann man nicht?, tut er hoch erstaunt. Beredet, abgemacht und besiegelt, deine Mutter weiß schon wie, und das soll nicht gelten? Ob ich drauf bestehe, das ist eine andere Sache. Das steht mir frei. Aber damals habe ich drauf bestanden.

Was, damals?, frage ich.

Das geht mir alles zu schnell. Zwei Schritte vor und einen zurück.

Rechne, Xenia, sagt er, oder geh in die Zeitungsarchive und schlage nach. Wann war es, als der Gutshof hinter der Kirche abgebrannt ist? Kurz bevor die vom Balkan einziehen sollten. Ich war neu als Burgherr über eurem Dorf, noch im Aufbau meiner Organisation, man trat an mich heran, sie schickten deine Mutter vor. Ich helfe gerne, aber nicht umsonst. Ich wähle frei die Mittel und bekomme meinen Lohn. – Hast du's? Dein Bruder war gerade geboren.

Wir sind am Fuß der Burgmauer angekommen, der Burgherr stellt den Motor ab. Raus kann ich noch nicht, ich will, aber sitze wie gebannt, lasse die Scheibe herunter. Endlich Luft zum Denken. Und ich denke: Der will mich auf den Arm nehmen. Der will nur spielen. Mich fertigma-

chen. Uns alle fertigmachen. Und nach Belieben wiederauf-
bauen, wie es ihm gefällt. Falls es ihm gefällt.

Frag dich mal, ist der getauft, der Josef?, sagt er, wo
deine Mutter doch dauernd in die Kirche rennt?

Jetzt steigt er aus und kommt flott herum, um mir die
Tür zu öffnen. Er streckt die Hand galant nach dem Korb
aus, aber den drücke ich mit beiden Händen an mich und
rutsche unbeholfen vom Sitz. Nein, getauft ist er nicht, der
Josef. Dafür gibt es keinen Stempel im Familienbuch und
auch sonst kein Dokument. Das ganze Zeug habe ich genau
studiert, schon wegen der Uroma. Unsere Mutter hatte gesagt: Ach, die Urkunde ist irgendwo, wird schon auftauchen, falls man sie wirklich brauchen sollte.

Glaub mir, sagt er – wozu sollte er auf meine Antwort
warten? –, ist er nicht, Papiere hin oder her. Deine Tochter
hat ja auch keine.

Er zieht einen langen, rostigen Schlüssel aus der Hosentasche. Die Pforte, ein paar verwitterte Holzplanken, zu-
sammengehalten von Eisenbändern, schwingt auf, ein küh-
ler Luftzug weht mir entgegen, modrig, moosig, feucht.

Wirklich schade, sagt er und macht eine einladend-her-
einschaufelnde Geste unter dem Rundbogen des Portals,
aber da bin ich altmodisch. Hätte der Frauenquote in meinem Unternehmen gut getan. – Sei's drum, und lassen wir
das alles. Nun also an die Bücher, tritt ein!

Das muss jetzt sein, genau so sein, auch wenn es mich
graust: Ich setze den Korb ab, trete zwei, drei Schritte auf
ihn zu, sage: Geh du schon vor, ich will hier noch ein paar
Sekunden abkühlen, nach der Fahrt in deinem Brutkasten,
und die Kleine stillen, bevor wir in den kalten, feuchten

Gang eintauchen, dann habe ich mehr Ruhe, und es besteht weniger Gefahr, dass sie sich erkältet. Ich nicke dazu so ein Mutter-weiß-es-am-besten-Nicken und berühre ihn mit der flachen Hand zwischen den Schulterblättern, um ihn sanft durch den Torbogen zu schieben, hinein in seine Burg. Und ich schwöre – er trägt bloß ein dunkelbraunolivgrün-kariertes Jägerhemd –, sofort will ich die Hand zurückzie-hen. Der Mann hat keine normale Körpertemperatur. Ein wenig Widerstand setzt er mir entgegen, lässt es dennoch passieren, tut einen Schritt über die Schwelle, dreht sich um und sagt:

Schön, aber ich hätte dir gerne geholfen, du kennst ja die Treppe, sie ist glatt und stellenweise feucht, soll ich nicht doch …

Er verharrt – und mir bleibt nichts übrig, als an den Knöpfen meiner Bluse zu nesteln und mit der anderen Hand langsam die Tür zu schließen, während ich sage: Nur ein paar Minuten, ich bin ja schon so gespannt auf die Neu-zugänge. Jetzt endlich wird er flink.

Wir sehen uns …, höre ich noch dumpf, und die Stiefel-absätze auf den steinernen Stufen, die ersten elf von 147 ins Innere der Burg.

… nie wieder, sage ich leise, warte ein paar Atemzüge ab, drücke die Tür zu, lausche, drehe den Schlüssel im Schloss, sooft es geht, und lausche noch mal an der Tür: nichts. Nor-malerweise wird von innen verschlossen, und der Schlüssel kommt an einen Nagel. Das wird jetzt anders. Alles wird jetzt anders.

Ich pfeife. Meine Freunde tauchen auf, schwer beladen. Franz schleppt zwei Eimer Mörtel, Ahmed einen Sack Ziegel. Ich laufe schnell zu dem aufgedeckten Depot, das Franz in den letzten Tagen mit Baumaterial aufgefüllt und gut getarnt hat, ungefähr fünfzig Meter entfernt, und hole Kellen, Meterstab, Hammer und einen Handbesen. Damit die Schwelle von Staub und Sand befreit und rasch, aber sorgfältig mit dem nassen Finger einen Drudenfuß in die erste Mörtelschicht gemalt; da darf keine Ecke offen bleiben. Wenn es nicht nützt, so schadet es doch nicht. Schnell steht die erste Lage Steine. Ich messe die Lücke zum Portalstock, wo eine bleibt, Ahmed schlägt den Ziegel mit dem Hammer auf Länge. Franz klatscht den Mörtel hin und setzt die Steine. Ich kontrolliere mit dem Meterstab. Einmal mischt Franz neuen Mörtel an, Ahmed holt Nachschub aus dem Depot. Unter dem Rundbogen wird es schwierig mit dem Mauern, aber Ahmed hat eine geschickte Hand. Nach einer halben Stunde sind wir fertig und haben dabei kaum ein Wort gesprochen.

Die Sonne geht unter, wir haben drei Flaschen Bier geöffnet (zwei mit, eine ohne Alkohol, für mich). Die Kleine zappelt auf einer Picknickdecke zwischen einem Gurkenglas, einer Schale Hummus, Brot und Wurstaufschnitt im Papier; aber wir haben keinen Hunger, solange der Mörtel noch feucht ist. Alle paar Minuten gehe ich hinüber und tippe mit dem Finger drauf. Was denkt der Burgherr? Warum schickt er nicht nach mir? Ich lege das Ohr an den Ziegel – nichts dahinter, kein Knurren, kein Fauchen, kein Brüllen.

Trocken, sage ich irgendwann, als es schon dunkel ist.

Dann liegen wir alle vier auf der Picknickdecke und gucken in den Himmel, der, was sonst, sternenklar ist, bis auf einen milchigen Wischer. Über uns der bestirnte Himmel und in uns – in mir jedenfalls – ein saugutes Gefühl. Die Kleine hat das Gurkenglas umgeworfen, und ich glaube, in meinen Haaren klebt eine Scheibe Salami. Unterm Nacken spüre ich eine Hand; es wird die Ahmeds sein. Und selbst wenn es die von Franz wäre – egal. Fast egal.

Auf dem Weg hinunter lösen wir (spontan, das war nicht geplant, aber wozu braucht er ihn noch?) die Handbremse am Geländewagen, schieben und drehen ihn ein auf Kurs Abgrund. Er nimmt Fahrt auf, holpert geradewegs über die flache Böschung der nächsten Kurve und stürzt ab in die Schlucht, die den Burgberg von der waldigen Höhe der Jungfernhöhle trennt. An der Kurve sehe ich die beiden Reifenspuren, gequetschtes Gras und aufgewühlte Kiesel. Dazwischen aber ist noch ein Pfad. Seidige Gespinste hängen wie vielfach unterbrochene Leitplanken an gebeugten Halmen.

Die Spinne ist im Loch. Das Loch ist zu. Das Dorf hat Ruh.

Brief

Ob das das Happy End war? Natürlich nicht. Aber es fühlte sich so an. Leicht wie eine Feder (den Korb mit der Kleinen trug Ahmed) hüpfte ich über den Weg, den ich ein paar Stunden zuvor im Geländewagen hochgefahren war, bis zur Scheune, schloss das rückwärtige Tor hinter uns und das vordere. Am liebsten hätte ich noch ein paar Bretter drübergenagelt.

Ahmed hatte natürlich mitbekommen, wessen Türchen wir zugemauert hatten, den Geländewagen und seinen Besitzer kannte auch er. Aber er hatte erst einmal keine Fragen gestellt und mitgeholfen, das Auto anzuschieben (allerdings sah er dem stürzenden Gefährt mit Bedauern nach) – bis wir uns auf den Rückweg machten. In dem Moment war ich sogar für mein mäßiges Englisch dankbar: Was einer aus dieser aufblubbernden Wortsuppe macht, liegt genauso an ihm wie an mir, die ich diese Brühe zusammenrühre. Ich gab mir auch weniger Mühe als sonst. So genau wollte ich gar nicht verstanden werden, besonders nicht von Ahmed. Der hörte mir still zu, während ich mit fliegenden Händen erzählte. Dass der Mann von der Burg für all das Schlechte und Böse im Dorf verantwortlich sei, dass er Zwietracht säe (dafür habe ich nicht im Ansatz einen englischen Ausdruck), dass er ein totaler Egoist sei, ohne Rücksicht auf irgendwen. Und so weiter. Nur ging ich nicht ganz so weit, ihn als den Leibhaftigen zu bezeichnen. Oder vielleicht habe ich das gesagt. Dass ich deshalb das Loch verschließen wollte, aus dem er immer herausgekrochen kam. Aber stammte Ahmed nicht aus dem Kulturkreis von *Tausend-undeiner Nacht,* sprach er nicht eine Sprache, in der das Blumig-Poetische auch die nüchternste Konversation verziert? Er würde das schon verstehen. Hauptsache, er würde verstehen, dass es auch für uns beide ab jetzt völlig anders aussähe.

Okay, sagte Ahmed nach einer längeren Pause, und ist das die einzige Tür?

Die Tür zu *uns,* sagte ich trotzig. Wo sie hereingeschlüpft, da müssen sie hinaus, so steht es im *Faust.* Glaub's oder glaub's nicht.

Ich glaube es, sagte Ahmed, I trust you.

Und ich glaubte es ja auch. Ein Trick, zu Magie geworden. Ich, Xenia, hatte das Böse besiegt. Wie im Buch. Die Spinne listig gepackt, ins Loch gesteckt, zugemacht. Fertig. Angepasst an die individuellen Umstände, an die Zeit. Aber wer wollte behaupten, das Symbolische wirke nicht; sonst gäbe es doch keine Religionen, keine Kirchen, keine Esoteriker, keine Homöopathie, und niemand würde Politiker wählen, die das Blaue vom Himmel und denselben auf Erden versprechen.

Unter der Laterne vor dem Scheunentor verabredeten wir uns für den folgenden Tag. Jeder umarmte jeden. Dann trennten wir uns. Ich schaute den beiden nach, wie sie die Straße hinuntergingen, und hoffte, dass sie Freunde werden könnten. Ein gemeinsames Geheimnis hatten sie ja nun.

Mutter war noch wach. Sie ignorierte meine schmutzigen Klamotten und stellte keine Fragen. Das war das erste gute Zeichen. Ein gedeckter Frühstückstisch am folgenden Morgen das zweite. Das hatte es seit Wochen nicht mehr gegeben. Zwar war das Angebot knapp, aber Mutter sagte freundlich: Guten Morgen, wie haben meine jungen Damen denn geschlafen?, und das straffgezogene Kopftuch trug sie auch nicht mehr. Auf das dritte machte sie mich selber aufmerksam. Schau, sagte sie und deutete auf das Mal auf ihrer Wange. Ich musste schon sehr genau hinsehen, um überhaupt noch etwas erkennen zu können. Zuletzt war es fast so groß wie eine Ein-Euro-Münze gewesen, mit einer rot flammenden Aura, jetzt hatte es die Größe eines Stecknadelkopfes, schwarz, kugelig und ein klein wenig glänzend.

Oh, eine Spontanheilung, sagte ich, so was kommt öfter vor, als man denkt.

Ungefähr so oft wie versteckte Schwangerschaften, sagte Mutter, ich halte das eher für eine Art Wunder.

Und das erste Mal seit Wochen lachten wir zusammen, aber so rein und gut war meine Heiterkeit nicht. Was, wenn …? Nein, sagte ich mir, während ich die Kleine saubermachte und wickelte, nein, nein. Zufall. Alles Zufall.

Nachdem ich mich selbst zurechtgemacht hatte, packte ich sie in den Kinderwagen und rollte los. Den Schlüssel zur Burgpforte steckte ich auch ein; damit hatte ich noch etwas vor. An der Abzweigung zum alten Bergwerk musste ich eine Pause einlegen, weil eine lange Reihe von Lastwagen, mit je zwei oder drei Containern beladen, das Gelände verließ und Dieselqualm die Straße vernebelte. An dieser Stelle hatte in den letzten Tagen immer ein Team von *Spider Security* herumgelungert und mit ebenso müden wie überflüssigen Handzeichen Lastwagen eingewiesen. Jetzt nicht mehr. Das Schulhaus ließ ich fürs Erste rechts liegen; neugierig stieß ich tiefer vor, ins Dorf, ins Herz der Finsternis sozusagen, an der Bushaltestelle, am Wirtshaus vorbei. Georg stand in der Tür und winkte mir freundlich zu. Ein Lieferwagen überholte mich, bremste, und aus dem Fenster grüßte der Schweißermeister: Hallooo, die hübsche junge Mutter! Ich begann zu laufen; mir war mehr als seltsam. Ich drückte auf Franz' Klingelknopf und ließ ihn erst wieder los, als er in der Tür erschien.

Hast du was aus der Klinik mitgebracht und ins Trinkwasser gemischt?, fragte ich.

Nein, sagte er langsam, als müsse er nachdenken, das habe ich nicht.

Das war ein Witz, schrie ich, warst du heute schon draußen? Weißt du, was hier abgeht?

Klar habe ich meine Runde gemacht. Die Spinnen sind übrigens auch weg. Der Kammerjäger ist vor einer Stunde total sauer abgereist und hat gewarnt, dass Hausmittel gegen diese Spinnenart keinen bleibenden Erfolg bringen.

Gibt es nicht, sagte ich, muss los, bis später.

Aufwärts, Richtung Schulhaus, kam mir wieder eine Kolonne Containerlaster entgegen. In die andere Richtung, zum Bergwerk, fuhr kein Einziger. Nicht dass ich irgendetwas Spektakuläres erwartet hätte – aber ich war froh, dass das Schulhaus so dastand wie immer. Die beiden Schwestern und die Alte saßen auf der Bank, die Kinder rannten herum und spielten Fangen. Als ich sah, dass sie mich erspäht hatten – ein wenig schäme ich mich, es zuzugeben –, wechselte ich in so etwas wie ein, na ja, modelhaftes Stolzieren, ein Dahertänzeln an der Lenkstange des Kinderwagens: Rücken gerade, Kinn hoch. Ich weiß nicht, was die Frauen in mir sahen, vielleicht hegten sie gar keine unfreundlichen Gedanken. Ich jedenfalls kam meinen künftigen Mann abholen. Und nicht als die Dorfschlampe mit dem Balg – das wollte ich nur klarmachen.

Ahmed trat aus der Tür, nur fünf Minuten zu spät. Lass uns zur Höhle gehen, sagte ich.

Die Jungfernhöhle betrachtete ich als *unseren* Platz. Hier würden wir auch künftig die wirklich wichtigen Dinge besprechen. Außerdem wollte ich die – kultische Handlung an dieser steinzeitlichen Kultstätte begehen; wo auch sonst. Am Waldrand parkte ich den Kinderwagen und band die Kleine ins Tragetuch. Ich hatte das Gefühl, dass Ahmed sich sehr für diese Tragetechnik interessierte. Unser Gespräch auf dem Weg lässt sich am besten als artige Plauderei beschreiben: die wunderliche Stimmung im Dorf. Abtransport der Container. Verschwinden der Spinnen. Die anstehende Verlobung. Wir spazierten nebeneinanderher, und wenn ich noch ein Sonnenschirmchen gehalten hätte – wiewohl überflüssig im schattigen Wald –, wäre es fast wie in einem Roman von Theodor Fontane gewesen; der Galan wirkte jedoch etwas dunkler als der durchschnittliche Mark-Brandenburger Edelmann. Als wir das Felsentor passierten, musste ich kurz anhalten. Die Kleine legte Tag für Tag an Gewicht zu. Schön. Eine von den Lasten, die zu teilen wären.

You know this?, sagte ich dann oben, vor dem Höhlenschlund. Die Kleine lag im Tuch, auf einer dicken und wohlriechenden Blättermatratze, die unter ihrem Gezappel knisterte. Einen Moment bedauerte ich, dass ich nichts für ein Picknick mitgenommen hatte.

Der Schlüssel von der Tür, sagte er.

Genau, exactly, sagte ich. Das würde ich mir auch angewöhnen müssen: das deutsche Wort zum englischen sagen. Schau her, now look.

Am Rand des Höhleneingangs sitzend stieß ich mich ab und sprang die eineinhalb Meter in den weichen Schutt, den Schlüssel in der Faust. Früher hatte das einmal zu den verbindlichen Mutproben gehört, der Sprung ins Jungferlesloch. Ich wartete eine halbe Minute, bis ich etwas in dem Dämmerlicht erkennen konnte. Das meiste von Bedeutung war natürlich längst ausgeräumt, bei der ersten und einer weiteren Grabung in den 1990ern. Die Knochen und die Schädel, die Tonscherben, Zähne, die späten Münzen. Dafür war aber auch etwas dazugekommen. Eine Coladose, eine platt gedrückte Tüte Capri-Sonne mit Strohhalm, ein Turnschuh, Bonbon-Papiere, Kronenkorken mit dem Zeichen von Georgs Brauerei, Kippen. Nicht überwältigend, aber das war unser Heimatmuseum; jedenfalls, solange es kein richtiges gab. Ich scharrte im Schutt herum und entschied mich für eine abgelegene Stelle, dort, wo das Höhlendach flach in den Höhlenboden überging. Auf allen vieren, mit bloßer Hand, schaufelte ich eine Kuhle, legte den Schlüssel hinein, schob reichlich Schutt drüber und sagte feierlich: Mögest du nie gefunden werden, und wenn, niemals wieder in das Schloss finden, für welches du gemacht wurdest.

An der Höhlenschwelle reckte ich beide Arme in die Luft und sagte zu Ahmed:

Pull me up, please, zieh mich hoch, bitte.

Er griff kräftig zu, lupfte mich aus dem Loch, als wär ich federleicht. Um bei so einer Aktion nicht direkt in seinen Armen zu landen, hätte ich mich schon sehr blöd anstellen müssen – tat ich aber nicht. Ich drückte ihn fest an mich und sah über seine Schulter auf meine Kleine. Ich stellte mir vor, wie sie hier aufwachsen würde, im Dorf, zwischen Wäldern und Wiesen; am Ellernbach würde sie Staudämme bauen und auf dem Handyberg Steinmännchen, mit uns im Garten Fallobst klauben, irgendwann die Jungfernhöhle zum Knutschen entdecken, und ich würde ihr die Milchstraße und die Sternzeichen zeigen und die Geschichten dazu erzählen. Ahmed begann, uns, in der Umarmung, auf der Stelle zu drehen, so weit, dass er auf das Kind schauen konnte.

I have a name for her, sagte er und flüsterte mir ins Ohr.

Er hätte wirklich nicht flüstern müssen; hier war ja niemand, nur wir drei und ein Geisterpublikum von Steinzeitmenschen, die uns freundlich zulächelten. Einer, der aussah wie Ötzi, er hatte den Arm um die Taille einer Frau gelegt, die – von den Gesichtszügen her – ein anderer, eher asiatischer Typus zu sein schien –, der gab mir das Okay-Signal mit dem Daumen und sagte etwas, das bei mir als *Völkerverständigung, so geht's, führt ja doch kein Weg dran vorbei* ankam; ich war ein bisschen abgelenkt, weil ich noch Ahmeds Lippen an meinem Ohr spürte. Zum ersten Mal, seit dem gemeinsamen Ausflug auf den Handyberg, küssten wir beide uns wieder richtig. Die Steinzeitleute zogen sich höflich zurück, und wir beide, wir versanken im Urmeer, es war warm und trübe, zwischen den Seelilien, den klaffenden Muscheln, was da sonst noch schwamm, trieb und pulsierte, ich sah es ja nur aus dem Augenwinkel, die Seeigel, die *Cidaris coronata,* die *Cypellia* – alles wunderschön, vielleicht auch etwas für die Kleine, als zweiter Vorname ... – und *Josef.* Blitzartig verdampfte das Urmeer.

Ich stieß Ahmed grob weg, der mich entsetzt ansah, noch bevor er den Störer unserer Zweisamkeit erkannte – ich musste die Hände, die Fäuste, frei haben – machte zwei Sprünge, stellte mich zwischen meinen Bruder und die Kleine. Ahmed rückte neben mir auf.

Josef und doch nicht Josef. Wir starrten ihn an, kampfbereit, er schaute auf den Boden. In der Hand hielt er ein gefaltetes Papier.

Hier bist du also, entschuldige bitte, ich habe dich gesucht, sagte er, die Burgpforte oben ist zugemauert. Weißt du was davon? Wer hat die zugemacht? Mutter sagt, sie hat keine Ahnung, und es ist ihr auch egal.

Er klang weich und weinerlich. Ich entspannte mich etwas.

Die ist zu und bleibt zu, sagte ich streng.

Der Burgherr kommt nicht mehr?

Nein.

Woher weißt du das?

Weiß ich halt. Ich hab ihn eingemauert. Ich, Franz und Ahmed.

Sicher?

Ja, sagte ich gedehnt, als ob es zu der ganzen Angelegenheit nichts weiter zu sagen gäbe. Eigentlich war ich sprachlos. Ich erkannte meinen Bruder nicht wieder. Ohne Wolfspelz, so ganz anders. Oder eher so wie früher, ganz früher.

Na gut, sagte er, dann ist es eben so. Entschuldigt nochmals die Störung.

Er streckte seine Hand aus. Nach zwei Sekunden Überlegens schüttelte ich sie. So eine Art Vorvertrag – selbst wenn ich dem Ganzen kaum trauen wollte.

Tschüs, Ahmed, sagte er, ich bin übrigens der Josef. Hab mich ja nie richtig vorgestellt, das ging ja nicht.

Das hatte fast etwas Offizielles. Josef schüttelte einem Ausländer die Hand. Nicht zu fassen.

Ah – Moment, sagte er schon im Gehen, das habe ich gefunden, während ich in der Scheune wohnte, ich setz mich immer auf die gestapelten Dachziegel zum Rauchen. Das hat da rausgeguckt. So ein Eckchen nur.

Ich glaube, ich brannte; bei den ersten Worten loderte ich auf wie ein ausgetrockneter Weihnachtsbaum – ein Scham-*Flash* –, ein immenses Schuldgefühl und ein ebenso großes Bedauern, dass ich mich nicht, wie der Weihnachtsbaum, an Ort und Stelle in Rauch verflüchtigen konnte. Ich dachte, man müsse mir das ansehen, oder sie müssten wenigstens die Hitze spüren, die mein hochroter Kopf abstrahlte. Doch Ahmed rätselte wohl noch, welche Vorstellung mein Bruder da gerade gegeben hatte, und Josef beeilte sich davonzukommen, nachdem er mir den Umschlag in die Hand gedrückt hatte. Ich schob das Stück schnell und hektisch in die hintere Hosentasche.

What happened to him?, fragte Ahmed.

Was mit ihm passiert ist?, echote ich, ich habe keine Ahnung. Don't know.

Ich wollte nur eins: zurück ins Urmeer, ins warme, verwunschene Urmeer, zu den ganzen fremdartigen Kreaturen. Und ich wollte meinem wilden Fremdling, hier auf Tuchfühlung vor mir, Stück für Stück und Schritt für Schritt alles Fremde wegnehmen, auf alle möglichen Wege, bis ich ihn genauso gut kannte wie mich selbst. Oder besser noch. Ich spürte seine Hände im Nacken, auf meinen Schultern, unter den Schulterblättern, um meine Taille – ich wusste, was passieren würde – an den Hüften – konnte ihn aber um nichts in der Welt loslassen – und tiefer – dann hatte er den Umschlag in der Hand.

Behördengrau mit aufgedruckter Frankierung, im Sichtfenster Ahmeds Name und die Adresse des Schulhauses. Natürlich zog er den Briefbogen heraus. Natürlich konnte er nicht alles lesen, was da stand, das ganze Amtsgeschwurbel. Aber kombinieren konnte er: seinen Namen, das Datum des Schreibens, den Namen der Stadt, in die sie ihn hatten schicken wollen. Wohin er gewollt hatte. Er fand auch die längst verfallene Bahnfahrkarte. Was in seinem Gesicht stand, in diesem Moment, weiß ich nicht. Ich konnte ihn nicht ansehen. Dazu war ich zu feige.

Machen wir es kurz. Er ist noch am selben Abend davon; ich habe die Schwestern gefragt. All die Verlockungen, seine sichere Zukunft, das hat er alles aufgegeben. Wie sollte er denn einer wie mir noch vertrauen? Er ist in einen der Containerlaster gestiegen. Irgendwo, an einer Stelle, wo die Signalanzeige auf seinem Telefon gut und kräftig ausschlug, wird er ausgestiegen sein. Ich bin natürlich traurig, aber ich verstehe ihn. Hier ist man ja wirklich verlassen.

Schlummer

Was mit den Containern passierte, Mutters Mal, das Kommen und Gehen der Spinnen, der Sinneswandel meines Bruders: Inzwischen neige ich dazu, das alles als die Zufälle eines besonderen Sommers zu betrachten. Mit meinen jüngsten Erfahrungen bin ich etwas vorsichtig geworden, was das Seltsame, das Wunderbare und das geradewegs Verrückte betrifft.

Der Burgherr hat sich im Dorf nicht mehr blicken lassen. Keine Polizei hat bei uns geklingelt und mich wegen des Geländewagens befragt. Entweder straft er uns mit Verachtung und macht seine Geschäfte woanders, oder – ich hatte recht. Es ist schwer, über den Schüsselrand unseres Tales zu blicken. Und wenn ich nicht unbedingt muss, dann lasse ich es. Fürs Erste bin ich mit der Lage so zufrieden, wie eine sein kann, die gerade die Liebe ihres Lebens verloren hat. Dann wiederum denke ich, das hätte nichts werden können, nicht so. Ich werde es nie erfahren.

Ab und zu spaziere ich mit der Kleinen zur Burgpforte. Der Fahrweg wuchert langsam zu, an der Burgmauer wachsen die Büsche und Sträucher. Ich inspiziere unsere Arbeit. In zwei, drei Jahren wird man die Tür kaum mehr erkennen können, und manchmal frage ich mich, wer sich später einmal darum kümmern wird. Vielleicht meine Kleine? Die

Pforte muss versiegelt bleiben; da darf kein Idiot mit Spitzhacke ran, sonst geht alles wieder von vorne los.

Ein Wunder allerdings ist geschehen: Eine Frau aus dem Dorf hat einen Kuchen, angeblich sogar *halal,* zum Schulhaus gebracht. Unaufgefordert. Ich kenne sie, sie stammt aus dem Umkreis des Landmaschinenmechanikers, war auch bei der großen Demo vor der Schule dabei. Eigentlich sind es eineinhalb Wunder, denn meine alte Freundin Leni hat mich gefragt, ob und wie sie mithelfen könne, am liebsten samstagvormittags. Sie hat wohl das Putzen der Alufelgen satt; aber immerhin. Beide sagen, mit diesem Seufzer, der offenbar dazugehört: Sind ja auch Menschen. Schön, dass sich das herumspricht.

Josef wohnt wieder im Haus zur letzten Laterne; bei uns. Seine paramilitärischen Klamotten haben wir gemeinsam im Garten verbrannt. Und einiges anderes aus seiner Sammlung. Ich denke, er wird sich eine Lehrstelle suchen. Er macht sich manchmal Sorgen, dass sein ehemaliger Chef das Alibi für die Brandnacht platzen lässt. Das glaube ich nicht. Erstens kann er es nicht tun, und zweitens würde er sich nur selber Ärger einhandeln. Josef, das sieht jeder, ist bloß ein Werkzeug. Ich setze ihn gelegentlich zum Babysitten ein, aber nur kurz. Vielleicht wird er ein brauchbarer Onkel. Ich behalte das im Auge.

Das kleine gelbe Reclamheft, das zuletzt für den kurzen Rest einer langen Nacht auf meinem Nachttisch lag, habe ich wieder ins Regal gestellt. Es ist, wie die anderen, voller Kritzeleien und naseweiser Kommentare und doofer Notizen einer Neuntklässlerin: *Happy End mit Gottes Hilfe!!!*

Brav in die Kirche gehen, und alles wird gut. Totaler Klerikal-Schwachsinn!!! –

Das war mein Kommentar zu dieser Stelle, am Schluss des Buches:

Bald war es still ums Haus, bald auch still in demselben. Friedlich lag es da, rein und schön glänzte es in des Mondes Schein das Tal entlang, sorglich und freundlich barg es brave Leute in süßem Schlummer, wie die schlummern, welche Gottesfurcht und gute Gewissen im Busen tragen, welche nie die schwarze Spinne, sondern nur die freundliche Sonne aus dem Schlummer wecken wird. Denn wo solcher Sinn wohnet, darf sich die Spinne nicht regen, weder bei Tage noch bei Nacht. Was ihr aber für eine Macht wird, wenn der Sinn ändert, das weiß der, der Alles weiß und jedem seine Kräfte zuteilt, den Spinnen wie den Menschen.

Man lernt dazu; auch wenn man das alles nicht so wörtlich nehmen muss. Ich will auch, dass alles gut wird; da bin ich wie meine Mutter. Aber beim Paktieren werde ich besser aufpassen. Mit dem Bösen ist es wie mit der Kälte und der Wärme: Kälte ist nichts anderes als die Abwesenheit von Wärme. Deswegen friert der Teufel immer, sogar wenn er auf dem Ofen sitzt oder wenn er die Heizung im Auto voll aufgedreht hat.

Meine Kleine hat nun einen Namen, ganz offiziell. Den, den Ahmed mir geflüstert hat. Aber den sage ich nicht, ich schreibe ihn nicht auf. Er ist ja ein großer Bücherfreund, der Burgherr.